我還沒摁住她

02

星球酥——著
虫羊氏——繪

高寶書版集團

目錄
CONTENTS

第九章　我對你沒興趣　005
第十章　第二個許星洲　038
第十一章　她是寒夜裡的火　069
第十二章　他的星河之洲　109
第十三章　惡龍、勇者與英雄　145
第十四章　向落魄乞丐求愛　187
第十五章　他的在劫難逃　227
第十六章　我的鏡面人　271

第九章　我對你沒興趣

深夜雨聲連綿，將盛開的月季花打得垂下頭顱。秦渡單手撐著傘，夾著手機，靠在許星洲的宿舍樓下。

他從口袋裡摸出根菸，以打火機點著，於是在唰然的、茫茫黑雨之中，一星火燭亮起。手機那頭嘟嘟響了好半天，才傳來肖然不耐煩的「喂」一聲。

肖然不耐煩地問：『老秦你是想進黑名單了是吧，你什麼時候才能改掉你半夜三更奪命連環 call 的毛病？』

秦渡：「……」

秦渡問：「今晚發生了什麼嗎？」

肖然似乎嘆了口氣，在那頭和一個人說了些什麼，過了一下聽筒裡傳來雨與風的聲音——肖然走出了室外。

『沒發生什麼吧。』肖然在電話那頭道：『至少我沒覺得有什麼。』

秦渡說：「許星洲下去吹了個風，回來就不太高興的樣子。」

肖然茫然道：『我猜是睏了？畢竟她看起來作息挺規律的，和我們這種夜貓子不大一樣。』

「……睏了才怪，嗆我的時候精神得很。總不能有人在她面前胡扯吧？」秦渡煩躁地道：「不可能啊，我身上一個八卦都沒有——這都多少年了。」

肖然：『……』

肖然想了想道：『話不能這麼說，指不定有人說你不近女色，是個gay呢？畢竟我一直以為你高中會出櫃。嘴又毒，又不怎麼談戀愛……』

秦渡簡直暴怒：「放屁！」

秦渡又心虛地問：「……她總不能在意我國中談過的那兩個校花吧？我都不記得她們的臉了。」

肖然說：『你覺得她看起來智商很低？』

秦渡：「……」

『在意這種十年前黑歷史是不可能的，你信我。』肖然又問：『她怎麼和你鬧彆扭的？』

秦渡羞恥地道：「就是跟我旁敲側擊什麼深淵不深淵的，又是自己會掉下去啊什麼的，聽得我心驚肉跳……又拿我不知道他們南區澡堂關門了這件事來嗆我，大概是嫌我和她差距太大了……」

肖然：『……』

肖然思考了很久，中肯地評價：『我一個肉食系怎麼知道草食系小女生的想法。不過人家是真的不想嫁豪門吧？』

「……」

秦渡沉默了許久，才羞恥地咬著菸：「滾。」

暴雨傾盆，花瓣順水流向遠方。秦渡狼狽地靠在許星洲的宿舍樓下，不知站了多久，褲管被雨水濺得透濕。

聽筒那頭風夾著雨，肖然打破了沉默，說：『老秦，表白吧。』

秦渡一傻：「啊？」

『我讓你表白。』肖然平靜道：『都到這個地步了。就算你今天專門把我叫到那裡照看她又怎麼樣？你堂堂正正的一句『她是我女朋友』，比十個我都管用。』

秦渡難以啟齒地對著話筒道：「可是……」

肖然：『可是什麼可是，你還打算讓那種女孩子表白？我跟你說，你要是幹出這種事我是真的看不起你。』

秦渡用鞋尖踢了踢地上的水窪，一句話都沒說。

聽筒裡肖然登時聲音高了八度：『老秦你他媽還真有這個打算？！』

雨聲之中，秦渡羞恥道：「……只是想過。」

「表白我想過挺多次的了……」秦渡嘆了口氣，不好意思道：「但是我一直不敢。」

肖然：『……』

「她哪裡都好啊。」秦渡說。

那瞬間，彷彿連春天都折了回來，與秦渡在同一個屋簷下淋雨。

「她怎麼逗都可愛，」秦渡說話時猶如個少年，甚至帶著一絲靦腆的笑意：「一笑我就心癢，捉我袖子叫我一聲師兄，我連心都能化給她看……」

那是秦渡在春雨裡所能說出的，最溫暖的詩。

「——可是，我怕她拒絕我。」他說。

「我哪裡都不差勁，」秦渡對肖然道：「我有錢，長得好看，家世相當不錯，聰明，無論她想要什麼樣的男人我都可以滿足，可是——」

可是，她不吃這一套，秦渡想。

他遞出搭訕紙條給許星洲時，他與許星洲重逢時，就明白了這一點。

那些他引以為傲的、甚至可以所向披靡的外在內在條件，許星洲統統不曾放在眼裡，在她的眼裡那些東西甚至毫無特殊之處，她看向秦渡時，所看重的是另一些東西。

秦渡必須承認，林邵凡、那些普通的男孩，他們每個人，都比自己更適合她，

肖然在電話裡說：『……表白吧。』

秦渡欲言又止：「我……」

電話那頭，肖然在雨裡，輕聲道：『……別操心有的沒的，去吧，去表白。』

秦渡：「……」

『最簡單的方法了，』肖然說：『我不知道你們到底怎麼了，她怎麼會嗆你，但是以我接觸的她來看——』

『你去表白，是最簡單的方法了。』

次日中午。

許星洲一整晚都沒睡著，快天亮了才稍微瞇了一下，結果完美蹺掉了第二節課。

怎麼想，秦渡都沒有錯，許星洲醒來時，心裡空落落地想。

只是以許星洲自己的脆弱程度，秦渡是最可怕的暗戀對象罷了。

秦渡這種喜新厭舊的人，何況他能表現在外的那點喜歡實在少得可憐。他國中時三週花了四五萬給那時的女友，尚且可以以不認真的理由把人甩了，那這個叫許星洲的女生呢？

許星洲捫心自問可以接受分手，卻無法接受這種近乎「棄若敝屣」的行為，哪怕連想想都不能接受。

許星洲已經被丟棄過一次，搭進去的是自己的人生。

絕不會再有第二次了。

李青青傳來訊息，問她：『醒了沒有？粥寶，要不要幫妳帶飯？』

許星洲躺在床上打字：『不了，我不太餓，你們好好吃。』

她看了看手機，發現秦渡傳了一堆訊息過來——許星洲無力承受與秦渡以任何方式的溝通，眼眶紅紅地看了一下，把他的聊天方塊刪了。

然後許星洲從床上爬了起來，打起精神，從程雁的保溫瓶裡倒了點熱水沖了杯咖啡。

外面早已不再下雨，勞動節假期將近，程雁已經收拾好了行李，蹺了週五的課，打算下午一下課就滾蛋，坐六個小時的火車，與家人團聚。

許星洲拿著自己的化妝包，踢了踢地上的兩大盒五芳齋粽子，突然覺得自己這樣相當沒意思。

但是，每次都要買東西給奶奶，是很久以前就說好了的。

許星洲又踢了一腳那兩個禮品盒，把自己桌上零零散散的東西一推，開始認真地化妝。

她氣色實在不算好，畢竟一整晚沒睡，黑眼圈都出來了。許星洲只得好好上了底妝，連隔離帶遮瑕地上了個全妝。

許星洲看著自己沒什麼血色的嘴唇，想了一下，還是挑了自己最心機的那支白蓮花唇釉塗了上去。

今天是要去見人的，化妝是對那個人最基本的尊重。

許星洲看著鏡子裡的自己，用力拍了拍自己的臉，盡力讓自己顯出了點氣色。

外面天陰沉沉的，風裡帶著擠不乾淨的水氣，呼地吹起了許星洲的T恤。

許星洲走到華言樓門口時，才剛剛下課，大門口人來人往的都是下課的學生。門口廣袤的草坪上坐了幾個神神叨叨的研究生——在打坐。

許星洲路過時瞄了一眼，覺得那幾個研究生應該是學數學的……或者凝聚態物理，看起來十有八九是課題要來不及交了，目前出來打坐，以免自殺。

許星洲要找的那群人實在非常好找。

畢竟，不是每天都有一群人扯著橫幅在華言樓門口拍定格照片。

那幾個P大光華學院的男生聚在一處，一個騎在另一個頭上，手拉橫幅，另外幾個瘋狂拍照片，一邊拍一邊狂笑。

許星洲：「……」

「你別動啊老岑！」一個人喊道：「端正你的態度！這可是要上學校首頁的！！」

那個叫老岑的多半被卡了什麼難以言說的部位，慘叫不已：「操你大爺！！靠！高岩！放我下來！」

許星洲試探道：「那個……」

另一個個子挺高的男生一邊拍照一邊哈哈大笑，說：「論壇見吧！」

許星洲：「……」

然後那兩人咕咚一聲倒下了，摔得嗷嗷慘叫，周圍一群男孩笑得都快裂了。

這世界上，直男的智障程度果然是不分國界不分學校不分年齡的。

許星洲點了點那個正在哈哈大笑的青年的肩膀，大聲喊道：「你好——你好！我找林邵凡，他在嗎？」

那青年聞言一愣，把手機放下了。

「我是他高中同學，」許星洲摸了摸自己的鼻子，不太好意思地說：「今天老林約我見面，我來這找他。」

那青年爽朗地笑了起來：「妳就是許星洲吧？」

許星洲吃了一驚：「對的，你認識我？」

「沈澤。」那青年簡單地自我介紹，又道：「一個認識的學長和我提過，很高興認識妳。」

許星洲還以為是林邵凡天天提，沒想到居然是一個學長——許星洲怎麼都想不出她在P大有認識的大三學生，便對沈澤點了點頭。

這男生外貌條件不錯，有種直爽而壞的味道，身高甚至和秦渡差不多，許星洲之前聽過八卦，貌似在與他的初戀女友異國戀。

「林邵凡在那邊。」

沈澤指了指華言樓門口，故意的、帶著一絲要看好戲的語氣，道：「他以為妳在裡面上課，正在門口等妳呢。」

天色暗淡得像是末日即將來臨，華言樓前人來人往。

有人騎著共享單車從大門前經過，風吹過大地與高樓時，許星洲的裙擺被吹了起來。她無意識地撥了一下頭髮，然後在沈澤的指引下，看到了在玻璃門前等待的林邵凡。

許星洲今天沒什麼精神，做什麼都懨懨的，抬腿朝林邵凡走去時甚至覺得腿黏在地上。就好像踩在一塊融化的硬糖上一般，一踩，甚至有種夾起拔絲蘋果的感覺。

林邵凡看到許星洲，立刻迎了上來。

「星洲，」林邵凡關心地問：「妳沒上課嗎？」

許星洲沒什麼表情地說：「昨晚出去玩，玩得太晚，一不小心睡過頭了。」

林邵凡溫和地道：「那我今天下午不耽誤妳太久了。妳昨晚去幹嘛了啊？」

「和一個學長飆車。」許星洲誠實地回答：「挺累的，回來也很晚。」

林邵凡猶豫了一下，終於問：「……是那個數學系的，幫我們結帳的學長嗎？」

許星洲點了點頭表示是他，卻又擺出了一副不想多談的樣子，林邵凡便不敢再問。許星洲理智上明白自己不應該這樣——她對林邵凡太過冷淡，但是她實在是打不起任何精神去做任何事情。

不想與任何人解釋。

卻也無力對任何人發火。

林邵凡過了一下，又問：「那我們下午去哪裡？」

許星洲幾乎想說「你如果想對我說什麼你就直接在這裡說吧，我今天實在是電量不足無法續航」——可她還沒說，眼角餘光就看到了秦渡的身影。

秦渡大約是剛上完課，正朝樓外走。

他臂彎裡兩本列印的講義，封面上夾著兩支中性筆和一副眼鏡，一副剛上完課的模樣。風把他的捲髮吹得凌亂，他把頭髮抓了抓，抬腕看錶，又摸出手機看了一眼。

許星洲看到他的動作的那一瞬間，無端生出了一種酸澀的希冀，他等等會不會看到我呢？他看手機，會不會是想看看我回覆了沒有呢？

但是接著秦渡就在螢幕上一滑，將手機放在了耳邊，接了電話，背對著許星洲走遠了。

許星洲：「……」

想太多，羞恥。

許星洲於是對林邵凡說：「下午我帶你去附近吃點好吃的，你買點回去當伴手禮給同學，正好我也想買。」

林邵凡紅著臉笑了起來，點了點頭。過了一下，他一手在褲子上抹了抹，僵硬地搭在了許星洲的肩上。

那群來參加比賽的少年們對林邵凡偷偷比了個大拇指，表示他上道——林邵凡搭許星洲肩膀的那動作極其僵硬，還帶著點羞澀和不自信，這明顯是在此之前的晚上一群年輕混球們耳提面命的結果。

「我想想——」許星洲卻渾然不覺肩上多了一隻蹄子，斬釘截鐵地說：「我帶你去吃甜食好了。」

正好我需要一點甜食救救我自己。許星洲想。

秦渡掛了導師的電話，回頭看向華言樓的門口。

鋪天蓋地的是鐵灰大風，頭髮將他的視線擋了大半，可他還是一眼就看到了一條紅裙子。

朱紅的顏色實在是太適合許星洲了，從第一次見面時她就穿著各式各樣的紅裙子，無論怎麼換身上都帶著點紅色。

許星洲是那種無論天氣冷熱都會堅持穿裙子的女生，猶如執念——好像那是她漂漂亮亮活著的證明之一。

秦渡看到的是，穿著紅裙子的許星洲站在臺階上，她的高中同學——林什麼的，以一個極其僵硬的姿勢搭著她的肩膀。

秦渡：「……」

傳了一堆訊息約她今晚吃飯也沒回，秦渡瞇起眼睛，正要發作——許星洲就和林邵凡說了幾句話，和他一起啪嗒啪嗒跑了。

許星洲跑的時候還踩著小高跟鞋，也背著她那個萬年不變的小帆布包，那兩位從高中就相熟的老同學跑得飛快，轉眼之間就跑出了好遠。

秦渡：「……」

他的同學好奇地問：「秦哥，你看什麼？」

秦渡面色看起來簡直要殺人，答道：「非本校的社會流竄人士。」

「秦哥，那叫社會人士，把流竄去了。而且這些人和我們沒關係。」他同學樂呵道：「最近各大高校來開挑戰杯，現在正管得鬆呢，連身分證都不用登記了。」

秦渡：「……」

去他媽的，秦渡想。

他看著那兩個年輕孩子，一陣逼得他眼紅的心慌。

✧

許星洲與林邵凡在高中時，從未單獨相處過這麼長的時間。那時許星洲坐的位子離林邵凡非常近，可是他們的交集卻算不上很深。

許星洲無論是高中還是大學都是個上課經常打瞌睡、看漫畫的人，每次老師點她起來回答問題時，都是程雁幫她打掩護，把答案寫在紙上，讓許星洲念出來。而林邵凡更像一個沉默著坐在她前面的大男孩，有時候上完體育課他打完籃球，連頭髮都是濕答答的，一滴滴地往下滴水。

那時候，許星洲就會嫌棄地用圓珠筆戳戳林邵凡，讓他擦擦汗。

高中三年，林邵凡跟許星洲講解了數本厚厚的數學卷子。

而作為講題的報酬，許星洲買了許多許多罐可樂給林邵凡——但也只是如此而已。

仔細想來，許星洲上次與林邵凡見面，還是近兩年前的畢業聚餐上的事。

兩年前的那個夏天，他們整個班級喝了點酒，又去KTV唱歌。KTV包廂上四散的彩虹光耀得許星洲眼睛發花，她和他們班上的女孩子抱在一起，喝了點酒又哭又笑，許星洲拉著她高中時勾搭的女生的手，一邊哭一邊說等以後我家財萬貫了我就娶妳。

然後，KTV的BGM突然變成了〈那些年〉。

那首歌非常抒情。鋼琴聲中閃過那些年錯過的大雨，那些年錯過的愛情，你是我眼裡的蘋果，在雨裡絕望大哭的少年，坐上火車離開的沈佳宜。

包廂裡那些同班男生也不鬧騰了，突然開始揶揄地噓個沒完，許星洲還有點醉意上頭，抬起頭就看到林邵凡拿著麥克風，臉色通紅地看著許星洲。

那時候許星洲與他大眼瞪小眼了一下，BGM都過了大半，周圍還有人在嗡嗡地起鬨。

他要幹嘛？許星洲簡直摸不著頭腦。

許星洲忍了一下，試探地問：「老林，你拿著麥克風，不唱嗎？」

林邵凡立時臉紅到了脖頸，拿著麥克風，把那首歌唱完了。

兩年後的今日，許星洲帶著林邵凡，在他們學校周圍溜達了一下午。

天光沉暗，濕潤狂風颳著梧桐，要下的雨遲遲未下，大風席捲天地江河。

黃浦江邊棧道上，許星洲買了不少伴手禮給林邵凡，林邵凡提著，許星洲帶著點笑模樣地道：「說實話老林，你保送P大，離開學校的時候，我還真有點小傷心呢。」

林邵凡抬起頭：「嗯？」

許星洲頗有些回憶崢嶸歲月的意味，說：「畢竟從此沒人幫我打掩護了，只能和老師正面對抗。」

林邵凡羞赧地笑了笑。

「總是要走的，」許星洲看著林邵凡，道：「老林，你是明天的飛機吧？」

林邵凡說：「嗯，和同學一起，明天上午。」

許星洲溫和地笑了起來：「畢竟高中畢業之後，都是要各奔東西的。」

林邵凡：「……」

林邵凡道：「星洲，妳以後來北京，打電話給我就好。」

許星洲點了點頭，目視著前方，踩著石板的縫隙往前走。

下雨前天黑得猶如末日，狂風大作，江面水浪洶湧。發黃的梧桐葉落在棧道上，在地上逃命般地亂竄。在那樣的大風中，許星洲一頭長髮被吹得四散，凌亂又飛揚。

她什麼都沒想，整個人的腦子都有點空空的，茫然地望向遠處的水平線。

然後身後，突然傳來一個鼓足了勇氣的聲音。

「許星洲。」林邵凡聲音還有點發抖地說：「我有話要對妳說，已經忍了三年了。」

許星洲一愣，轉過了頭。

林邵凡手裡還提著買的伴手禮，頭髮被大風吹得亂糟糟的，一個一百八十多公分的大男生站在江岸棧道之上，身後的背景猶如末日。

林邵凡站在距離許星洲兩步外的地方，連耳根都是紅的，顫抖道：「……我喜歡妳。」

「我喜歡妳……」林邵凡發著抖重複道：「許、許星洲，從第一面見妳的時候，我就特別、特別喜歡妳了。」

「妳是……」

他羞恥地閉上了眼睛，又猶如剖心頭血一般，對許星洲說：「……妳是，我見過，最美好的人。」

那一瞬間夾著雨滴的風吹過他們兩個人，江畔棧道上幾乎沒什麼行人路過，樹影被撕扯，猶如被攫住了命門。

「我喜歡妳，喜歡妳許多年了，」林邵凡說話時簡直破釜沉舟一般，「……從妳坐在我後面的那一天就開始了。星洲，我覺得妳是我見過最美好、最溫暖的人，妳總是有那麼多新奇的點子，就像……」

許星洲其實在接受今天的約會時，就猜到了這次約會的走向。

但是當她真的站在這個預測中時，面對了林邵凡的話時，還是感到了一種深入骨髓的不解和絕望。

許星洲說：「……老林。」

林邵凡：「……嗯？」

許星洲抽了口氣，盡力措辭道：「——你再說一遍，為什麼？」

林邵凡臉瞬間紅到了耳尖，沙啞道：「星洲，妳是我見過最美好、最溫暖的人。」

「——妳在我眼裡就是這種存在，又溫暖又朝氣蓬勃，我想不出妳低落的樣子，我最難過的時候都靠妳支撐，我媽媽見過妳，也覺得妳很可愛……包括妳每天像是小、小太陽一樣……」

他害羞得幾乎說不下去，剩下的話就被吞沒在了狂亂的風裡。

那的確是他喜歡的許星洲，至少是他眼裡的。

——那個許星洲健全而溫暖，活潑又愛動，能得到他父母的認可，猶如一輪溫暖的太陽。

「可是如果有個人每天都覺得自己站在深淵上，」許星洲自嘲地說：「每天醒來都想往下跳，床都成為了吸住自己的深淵，不想動，連說話的力氣都沒有，站在高樓上只有往下跳的念頭……她覺得這世上沒有一個需要自己的人，每個人最後都會把自己拋棄掉——你覺得這個人怎麼樣？」

林邵凡怔住了，想了很久，才中肯地求證：「我不明白。是妳朋友嗎？這個人是哪裡出了問題？是得了絕症了，才會這麼絕望嗎？」

「沒有。」許星洲冷靜道：「沒有任何器質性病變，只有精神垮了。」

林邵凡想了很久，才認真地道：「……星洲，她和妳完全相反，別的我無從評價，但絕不是一個值得他人喜歡的人。」

大浪猛地拍上堤壩，在摧天滅地的大風中，許星洲以一種極其複雜而難過的眼神看著林邵凡。

林邵凡看不懂許星洲的眼神，茫然道：「……星洲，有什麼不對嗎？至少我覺得，和這種人在一起絕對不會開心……」

許星洲沉默了許久，眼神裡是一種說不出的自卑和悲哀。

然後她終於嘶啞地開口：「這個人，是我。」

林邵凡：「……」

女孩的頭髮被吹得凌亂，雨水落下，可蚪結雲縫中又隱約透出一絲黃昏天光。

「老林，」許星洲輕聲說：「我就是這種人。大多時候我覺得活著很好，但是一旦我無法控制自己的情緒，一旦我過不去那個坎，就會……」

她深呼吸了一口，啞著嗓子道：「……就會……那樣。」

「那個可能隨時去死的定時炸彈，就是我。」

許星洲誠實又難過地說。

林邵凡的表情極其吃驚，像是從未認識過許星洲一般。

「妳騙人吧？」林邵凡顫抖道：「星洲，妳就是為了拒絕我才編謊話，妳怎麼可能——」

許星洲說：「我雖然愛說謊，但我不在這種地方騙人。」

她沙啞道：「老林，你接受不了這種許星洲。」

接著，許星洲看向林邵凡的眼睛。

——林邵凡確實接受不了，許星洲想。

看他震驚又難以置信的表情就知道了。

「可是這就是真的，」許星洲自嘲道：「我是單向憂鬱症，曾經重度發作，有反覆傾向。嚴重時甚至到了出現軀體症狀的程度。我因為憂鬱症休學，因為憂鬱症割腕，整夜整夜的想著怎麼樣才能死得無聲無息，我奶奶不搬去公寓，就是怕我哪天……」

怕我哪天捨棄，我在清醒時如此熱愛的生命。許星洲想。

「——我說的，都是真的。」

她說完，林邵凡一句話都說不出來。

「所以，」許星洲又溫和地道：「我希望，你不要為我拒絕你這件事而覺得太難過。」

林邵凡無法承受那個發病的許星洲這件事，許星洲早就知道了。

他只是個出身普通家庭的普通男孩，有著普通而平凡的價值觀，生而被世俗桎梏——他被學歷制約、被生活推著走、被父母影響。這樣普通的男孩，沒有那麼多的情深去交付給一個高中時懵懂的暗戀對象，沒有那麼多的耐性去忍受一個完整的許星洲。

——去忍受那個尖銳的、絕望的，縮在長夜深處的、灰暗的許星洲。

他的喜歡是真的，將許星洲視作美好也是真的。

卻也只是如此而已。

林邵凡從來不曾了解過她，甚至連嘗試都不曾有。

猶如對待一個夢中的幻象。

——可是許星洲是個活生生的人。

許星洲平靜地說：「老林，我拒絕你。」

「我……」許星洲忍住心裡湧上的悲哀：「我對你沒感覺，我也不是像你說的那麼好的人，而且，我已經……」

「我，已經有喜歡的人了。」

許星洲在呼呼的風聲中，這樣道。

許星洲閉上眼睛，耳邊傳來世界遙遠的呼喊。她聽見風的求援，聽見海的哀求，聽見自己心裡那個痛苦掙扎的女孩拍著門求救。

可是，可是……

她眼眶滾燙地想——

可是，秦渡分明更加糟糕啊。

他擁有一切，喜新厭舊。他對待自己的人生尚不長情，對待活人更為挑剔，許星洲平凡得猶如千帆一般，和須彌山下的芥子、滄海中的一粟也並無不同。

許星洲面對他，連賭一把的勇氣都沒有。

許星洲是一個人回學校的。

她剛拒絕了林邵凡的表白，總不能再若無其事地和他一路並肩走回學校，許星洲畢竟不是傻子，拒絕完就找了個晚上要上課得先滾蛋的理由先溜了，林邵凡一路都像是受到了莫大的打擊一般，連挽留都沒來得及，許星洲就鑽進公車，逃得無影無蹤。

然而事實是許星洲晚上沒課，只是明天有兩節選修。程雁和她選了差不多的課，早已把自己歸類為勞動節假期開始的自由人——三點多時就傳了訊息給她，說自己取了票，要滾回家了。

許星洲從公車裡鑽出來時，路燈都亮了起來。

那大風幾乎能將人吹跑，融融細雨呼一下子糊了她一腿，將裙子牢牢黏在了許星洲的腿上。

許星洲買的最後一把傘經過昨晚的大風也沒了，她只得嘆了口氣，認命地將可憐的小帆布包頂在了自己的頭頂。

……今年買了三把傘居然還要淋雨，人生怎麼可以這麼慘啊。

許星洲頂著小包，在雨裡跑得透濕，沒跑兩步就覺得自己受不了這種雨，躲進了旁邊的銀行ATM。

外面雨勢相當可怕，ATM由磨砂玻璃圍著，外面猶如被水柱沖刷，透過玻璃只能看到路燈破碎的光。

許星洲茫然地看了一下，只覺得鼻尖有點發酸。

她今天，無論怎麼樣，都高興不起來。

許星洲摸出濕答答的手機，準備傳訊息給李青青，讓她別上自習了，來銀行ATM這救救這個學期丟了三把傘的倒楣蛋女孩。

然而她剛把手機摸出來，連螢幕都沒解鎖，ATM的那扇磨砂玻璃門，突然就被拉開了。

剎那間，漆黑的大風和雨，咕嚕咕嚕地灌入。

而與那大風一起進來的，還有一個個子高大的、褲管淋得透濕的青年人。

許星洲被撲面而來的冷氣激得一個哆嗦，下意識地瑟縮了一下。

進來的那個人穿著雙許星洲白天見過的鞋，許星洲思考了半天，才有些遲鈍地想起自己應該是在華言樓門口見過。

華言樓門口人來人往這麼多人，為什麼會偏偏記住這一雙鞋呢……

許星洲其實平時根本不會思考這些東西，可是那段時間卻莫名其妙的思緒緩慢，糾結於一些很小的細節，呆呆的，甚至不能思考。

像是她與世界之間隔起了一層涼涼的塑膠薄膜。

——連試圖碰觸，都會漾起一層阻隔她的霧。

哦是了，許星洲半天才想起來，要抬起頭才能判斷這雙鞋是誰的。

可許星洲連頭都沒來得及抬，就聽到了熟悉的聲音。

「——許星洲。」

那個人將那把印著小星星的傘收了，傘面的水嘩啦啦地擠在大理石地面上。那個空間其實相當狹窄，許星洲呆呆地抬起頭，與他對視。

秦渡居高臨下地道：「許星洲，我傳訊息給妳妳為什麼不回？」

許星洲：「……」

「昨天晚上不是還好好的嗎？」秦渡不爽地道：「我如果做了讓妳不高興的事情，不是讓妳直接指責我嗎？」

是了，秦渡似乎有這樣說過。

他很久以前說過，以後不舒服就要和師兄說，師兄不懂，可是會改。

許星洲愣愣地道：「……沒有吧。」

我昨天晚上沒有好好的，許星洲其實是想這樣說的。我從昨天晚上起就覺得世界開始變得糟糕了——可是她連把這句話說完的力氣都沒有。

這些話是不能說給秦渡聽的，他又能做什麼呢？許星洲想。程雁去哪裡了？

秦渡狐疑地問：「真的沒有？」

「沒有。」許星洲篤定地告訴他。

秦渡道：「那沒事了，我傳訊息是想約妳今晚去吃飯。」

許星洲茫然地想了很久，才道：「……我不太餓。」

「我猜也是。」秦渡瞇起眼睛：「在外面吃過了是吧？」

許星洲搖了搖頭，她確實沒吃晚飯，把林邵凡丟開之後就一路跑了回來，確切來說已經一整天沒吃飯了。

可是，不太餓也是真的。

外面唰然地下著大雨，劈里啪啦地砸在玻璃隔間上，秦渡有點不高興地問：「妳沒回我訊息，那今天和妳同學去做什麼了？」

許星洲想了一下，認真地說：「我去買伴手禮給他了，他得帶點東西給他同學。」

秦渡：「……」

秦渡嘴角忍不住上揚：「妳同學要回北京了？」

許星洲認真地點了點頭，頭髮還濕漉漉的，看起來蔫巴巴的，像一隻被雨淋濕的小貓。

秦渡：「……」

秦渡伸手在許星洲軟軟的髮旋上揉了揉，心滿意足道：「他早該滾了。」

許星洲看著他，沒有說話。

雨劈里啪啦地砸著ATM的磨砂玻璃，長夜之中雨水不絕，女孩的口紅還殘留在唇上。那顏色極其勾人而濕潤，猶如夏夜祭典的橘紅燈火。

秦渡盯著那個女孩柔軟微張的嘴唇，那一剎那，他幾乎像是受了蠱惑一般，伸手磨揉許星洲唇上的口紅。

許星洲：「你……」

秦渡道貌岸然地又揉了一下，道：「妝暈了。」

許星洲臉頓時變得紅紅的，接著向後躲了一下，自己用手背把口紅擦掉了。

……她真的臉紅了。

秦渡只覺得許星洲擦口紅的小動作簡直可愛死了，又想起了肖然的電話。

瞬間，秦渡心裡簡直盛開了一個溫暖燦爛的春天。

許星洲想了很久，才想起來這裡是ATM，而且還是很偏的銀行——秦渡出現在這裡，實在是出現得很莫名。

「……師兄，」許星洲問：「你是來領錢的嗎？」

秦渡簡直抑不住笑意，伸手在許星洲頭上又摸了摸，問：「我領錢幹嘛？」

許星洲：「你不領錢……」

你不領錢來這裡幹嘛？許星洲還沒來得及問出這個問題，秦渡就揶揄地問：「我要是不來的話，妳打算怎麼回去？」

許星洲連想都不想：「跪著求我室友來送傘給我，我剛剛就準備傳訊息的。」

「所以，」秦渡打斷了她，道貌岸然道：「我是來讓妳不用跪著求人的，妳明白了？」

說話時，秦渡手裡還拎著許星洲那把小傘，傘上的水淋淋漓漓地滴了一地。

他褲管都能往下滴水，顯然是一路跑過來的，然後秦渡將自己的外套一脫，故意問：「想不想我送妳回去？」

二十四小時內發生的事情太多了，許星洲今天腦袋又不太好用，以至於她至今還有點愣怔，反應不過來，只隨波逐流地點了點頭。

而下一秒秦渡就開了口：「也不用多了，妳抱師兄一下，以後師兄天天送妳回宿舍。」

許星洲：「啊？」

秦渡笑咪咪的，哄小朋友一般俯身道：「嗯？不願意嗎？」

「過了這個村沒這個店，」秦渡得意地道：「師兄這種男朋友這個世上都不好找，小師妹。」

——秦渡剛剛是不是說了男朋友？

他也是在表白嗎？許星洲怔怔地抬起頭，與秦渡對視。她只覺得她與秦渡，與世界之間隔著一層難言的隔膜。

晚春雨聲不絕，法國梧桐嘩嘩作響，提款機裡的燈光映著高傲的青年人，和靠在角落一身紅裙的女孩。

「許星洲——」秦渡難得正經地道，「妳試試和我談戀愛吧。我會對妳好的。」

許星洲聞言悚然一驚，遂仔仔細細、冷冷靜靜地打量了秦渡一遍。

秦渡頭髮還濕著，這個一生一帆風順、占盡世間好風水的青年人，此時充滿意氣風發與志在必得，連在提出交往時都有種盛氣凌人之感。

他看著許星洲，微微瞇著眼睛，喉結微微一動。

他第一次看他買來的那輛車時，看他國中時交往過的那些校花時，看那些他幾乎不費吹灰之力就得來的獎牌和榮譽時，是不是也是這樣的眼神呢？

許星洲簡直控制不住自己的思緒。

——可能還不如那輛車吧，許星洲想。

畢竟那輛車不算稅都值兩百多萬歐元，而那些校花外貌不必說，但可以確定的是，她們絕對人格健全、家世清白。

可是許星洲呢？

那個現在站在崩潰邊緣的，一旦崩潰就拖累身邊所有人的，連一個完整的家庭都沒有的許星洲，簡直是他的收藏品、他的集郵冊的最底端收藏。

而許星洲，沒有任何成為他即將喜新厭舊的藏品的打算。

畢竟喜歡不代表要和這樣的人在一起，更不代表必須將自己最柔軟的地方交付出去。

許星洲看著秦渡，冷淡地、近乎一字一句地道：「我不要。」

秦渡渾身一僵。

「我對你沒興趣。」許星洲冷冷地對秦渡說：「也不會和你談戀愛，連試試都不要。我從來沒看重過你身上任何一樣東西，我以為你知道的。」

秦渡：「我——」

「說句實話，」許星洲瞇起眼睛。「我考慮誰都不會考慮你，和你做朋友倒是還可以，但是別的更進一步的事情，我希望你能對我有點最基本的尊重。」

秦渡背著光，許星洲看向他時，莫名地覺得秦渡眼眶紅了。

錯覺吧，許星洲想，這種人眼眶還會紅？

拒絕林邵凡時，許星洲想方設法顧著他的感情，可是到了秦師兄這裡——到了許星洲真的動了心的秦渡這裡，許星洲卻只想以最尖銳的話語刺痛他。

他根本不會覺得疼的，許星洲幼稚又難過地想，他哪有可能愛我。

「戀愛？」許星洲強撐著道：「這個別想了吧，我就算和老林談也不會和你談的，師兄。」

秦渡看著許星洲，嘴唇動了動，半天卻一句話都沒說出來。

他這副絕望的樣子是做給誰看呢？誰還會買單嗎？

許星洲拔腿要跑，她怕自己再不走就要當著秦渡的面哭出來，那樣也太沒有說服力，也太過丟臉了。

可是，她剛握住門把，就被叫住了。

秦渡突然發著抖開口：「……許星洲。」

許星洲握著門把的手一頓，回頭望向秦渡。

「妳當……」秦渡啞著嗓子道：「當我沒說行嗎？」

許星洲：「什麼意思？」

秦渡嗓音發顫，那聲音裡甚至帶了點哀求的意味：「妳覺、覺得和我做朋友還可以，那我們就繼續做朋友。」

「我不是非和妳談戀愛不可……就算陪在……」就算陪在妳身邊看著，也行。

秦渡那語氣幾乎稱得上是哀求。

許星洲連想都不想就問：「你真的是這麼想的？」

秦渡背對著她，一點頭，聲音幾乎都在發抖：「……嗯。」

——這種人怎麼會愛上我？許星洲捏著門把，這個念頭一閃而過。

他喜歡我，大概就像喜歡他從路邊撿來的受傷鳥兒一樣，也可能是喜歡路邊夾道的野花。他的世界應有盡有，什麼都不缺。

而那個男人想把那隻鳥據為己有，成為自己的無數收藏之一。

許星洲發著抖說：「——秦渡。」

秦渡抬起頭，一開始的戲謔與遊刃有餘消失得無影無蹤，也不和她皮「叫師兄」了。這個身高一百八十六的青年此時眼眶通紅猶如困獸，哀求般地看著握著門把的、比他纖細柔軟得多的女孩。

ATM外下著雨，漆黑的雨水鋪天蓋地，許星洲將那扇玻璃門推開少許，女孩細白的手腕立時被淋得濕透。

「秦渡，」許星洲嘲諷地問：「我把昨天你請我吃飯的錢轉還給你吧？」

秦渡一怔，不知道她想幹什麼，接著許星洲就四兩撥千斤地、嗓音發抖地拿話扎他：「——不就是心疼請我吃飯的錢嗎，我回去轉給你啊。」

她那句話極具嘲諷羞辱的意味，偏又帶著種清亮的柔軟，秦渡看見她白皙修長的脖頸，和如江上燈火般的、清淡俊秀的眉眼。

許星洲說完，推開ATM的門，用手捂住頭，跌跌撞撞地跑進了如晦風雨之中。

許星洲說什麼？她說了什麼？

秦渡那一瞬間，腦子都被逼得嗡嗡作響。

秦渡這輩子最不缺的就是錢，何況那還是許星洲——秦渡被她兩句話氣得血管突突作響，捏著許星洲那把雨傘就衝了出去！

許星洲跑得並不快，秦渡在後面暴怒道：「許星洲！」

「我操他媽的——！」

秦渡咳嗽了兩聲，直接將那把雨傘朝著許星洲擲了出去，那雨傘並不重，砸人也不會太疼，卻還是砸到了許星洲的肩膀。

「許星洲——」秦渡眼眶赤紅得幾乎滴血，隔著老遠大吼：「算我倒楣，喜歡上妳這種神經病！」

許星洲跑都跑不動，蹲在地上咳嗽，哭得一把眼淚一把鼻涕，倔強喊道：「你知道就行！」

然後許星洲抖著手捉住掉進水窪裡的那把綴著小星星的、秦渡送她回宿舍時用的小傘，把秦渡留在後面，跑了。

她沒撐傘，但是這次旁邊沒有拔地而起的城堡，只有像荊棘一般聳立扭曲的法國梧桐，和從樹縫裡落下的冰冷路燈。雨水彙聚，路面濕滑，許星洲還沒跑到南區門口，小高跟鞋就啪嘰一下一歪，將她的腳扭成了個饅頭。

許星洲崴了腳，跑跑不動，爬也不可能爬，徹底喪失了移動能力，終於像個孩子一樣，抱著自己的膝蓋縮成一團，蜷縮在了樹影裡。

許星洲抱著腿縮在青桃樹下的陰影裡，那教學大樓門口下課時人來人往，許星洲躲在黑得化不開的陰影中，被淋得發抖，淚水啪嗒啪嗒地往外掉。

如果我有個健全的人格就好了，許星洲淚眼模糊地想，有一個能承受得起拋棄的、能承受得起過分對待的人格，不會因為被拋棄而絕望到想要去死——這樣，就可以正常地接受一個男孩的愛情。

如果我有一個完整的家庭就好了，許星洲把臉埋進臂彎裡。這樣她就會知道如何去愛一個人，她就會在人生的每個岔路口都擁有後盾——這樣，就可以開心地在那個小玻璃隔間裡抱住秦師兄了。

做一個脆弱的、人格不健全的人，實在是一件非常、非常困難的事情。

許星洲抱著自己的膝蓋，那把小傘掉在不遠處，許星洲連去拿的力氣都沒有。可是沒人注意到許星洲躲著的角落，也沒人注意到那把掉在地上的傘。

許星洲赤著腳踩在濕漉漉的泥上，泥裡還陷著青翠的小毛桃，是從樹上掉下來的。她週末新洗的裙子上滿是泥點，狼狽不堪。

上課鈴聲響起，中間半個小時的下課時間終於過了，路上來來往往的學生都進了教室，狹窄馬路上空無一人。

許星洲眼淚仍如斷了線的珍珠一般，一顆顆地滾下面頰。

許星洲明白，她與秦渡之間，隔著萬道大河，千重群山。

這件事應該是結束了吧，她想，這樣就徹底結束了，以後如果再見到，應該就算仇人了。

這種超級富二代會記仇到在實習的報社刁難我嗎？許星洲有點皮地想笑，可是她笑著笑著，又模糊了視線。

然後，狹窄馬路的盡頭，走來了一個男人。

路燈燈光落在秦渡的身上，月季花枝垂了一路，被燈耀得金黃。

秦渡沒撐傘，渾身淋得透濕，捲髮黏在額上。

他走路的樣子猶如被淋透的豹子。

明明華言樓在反方向——許星洲不知道秦渡為什麼會往這走，也不明白為什麼都這樣了還會見到他，尤其還是在他說了「算我倒楣喜歡上妳這種神經病」之後——秦渡應該不是來找她的。

許星洲明知道這一點，卻還是哭著往樹影裡縮了縮。

……不要發現我。

光影和花湧在這個世界裡，許星洲透過青黃的枝葉看到秦渡從黑暗裡走過來。許星洲看不見秦渡的表情，只能拚命地祈禱，希望他不要發現這個角落。

秦渡一步步地經過，許星洲連喘氣都憋著，抱著自己滿是泥點的裙子和小腿，將自己的存在感降到最低。

許星洲承受不起再丟一次這種臉，她想。

然後，秦渡走了過去。

許星洲顫抖著吐了口氣，將腦袋埋在了膝蓋之間。

可是，下一秒。

秦渡折了回來，從地上撿起了那把許星洲摔倒時掉在草叢裡的小星星傘。

第十章　第二個許星洲

雨落進化不開的黑夜之中，枝頭的雨珠嗒地墜入泥土。

許星洲躲在陰影裡，雨水順著她的鼻粱滴了下去，在樹的影子裡，她看到那把小傘被秦渡撿了起來。

那把傘上沾著泥，秦渡五指捏著傘柄，將傘抖了抖。

泥點被抖得像雨一樣墜入大地，許星洲蜷縮著屏住呼吸，不敢往秦渡的方向看。

人這種生物，對另一個活物的眼神接觸是極為敏感的，許星洲絲毫不懷疑以秦渡這種神經敏銳的程度，許星洲如果試圖去看他的表情，絕對會被秦渡發現她的藏身之處。

秦渡只站在一公尺外的地方，許星洲只覺得心口疼得厲害，幾乎無法喘氣。

「……許星洲？」秦渡沙啞道。

許星洲躲在黑暗裡，嚇得不住地哭。她的肩膀都在抖，拚命地捂著腫成饅頭的、崴傷的右腿，只當自己被發現了。

——這個狼狽的、摔得滿身是泥的許星洲，是不能出現在秦渡的眼裡的。

那畢竟是她最後的驕傲。

如果被發現的話會淪為笑柄吧？許星洲一邊哭一邊想。

在秦渡不喜歡我了之後，一定會把找到這樣的我這件事當成笑話告訴全天下的。

想想看，「那個拒絕了我還羞辱了我的女孩，和我分開之後崴了腳躲在樹後哭，渾身是泥」——多好的飯後談資啊。

秦渡出聲喚道：「……星洲。」

他的呼喚裡，甚至帶著難言的酸軟意味。

他到底想做什麼呢？用這種語氣說話給誰聽呢？他分明是在說給空氣聽的，誰會為他感動嗎？

許星洲拚命忍著即將落下的淚水，使勁捏住了自己的鼻子，連半點氣都不漏出來，以免被發現。

然後樹葉簌簌聲響，秦渡捏住了青毛桃枝，慢慢地往一旁撥去。

那一瞬間許星洲死死閉上了眼睛，路燈的光透到她的腳邊，映亮長長一道。

冷清燈光在雨中有如繁星，第六教學大樓門口的青桃被雨洗得明麗又乾淨。

枝頭雨水啪嗒啪嗒地砸在許星洲的腦袋上，敲得她暈暈乎乎的。

別讓他發現我，求求您，不要讓他看見我在這裡。許星洲苦苦地哀求上蒼。

她已經足夠狼狽了，這朵能焚燒她的柴火已經足夠高，不需要最後這一桶油了。

可能是她祈禱的太情真意切，那簌簌的聲音一停——在連綿大雨中，秦渡鬆開了桃枝，那枝椏猛地彈了回去。

——秦渡撥開了許星洲藏身的樹枝，卻沒有撥到盡頭，終究沒看見她，差之毫釐。

許星洲終於喘出了那口憋了許久的氣。

接著許星洲聽見秦渡淋著雨遠去，她看了一眼，茫茫大雨之中，他拿著那把髒兮兮的傘，也不撐開，一路朝著南苑的方向去了。

許星洲覺得胸口酸疼至極，簡直無法呼吸無法走動，連流淚的力氣都被抽空了。

整個世界都蒙上了一層髒兮兮的布，那些許星洲平時會停下腳步去聞的黃月季散發著難聞的氣味，許星洲理智回籠，瞬間意識到了問題。

——這個狀態有些極端了。

從四月份以來，從許星洲得知她媽媽即將再婚的消息以來，許星洲就開始覺得情緒有一點不受控，但是今晚簡直像是洩洪一般。

像是站在潰堤融化的冰川旁，要把身體投進去，任由冰塊擠壓。

許星洲意識到這一點，摸出手機的時候，連手都在發抖。

她淋了一晚上的雨，手機螢幕濕答答的，許星洲把手機在自己濕透的裙子上擦了又擦，將手機擦到能識別自己手指的程度，又拚命地滑了半天，終於解開了自己的指紋鎖。

她腦子裡模模糊糊的，求救般地翻開自己的聯絡人。

許星洲連想都不想就掠過了她每個現在在上海的同學和老師甚至輔導員，哆嗦著撥出了那通電話給回家過假期的程雁。

電話那邊過了至少半分鐘，許星洲至少數了七八聲嘟嘟的聲音，程雁才將電話接了起來。

『喂？』程雁的聲音帶著點沒睡好的煩悶，夾著火車上毀天滅地的小孩尖叫，她悶悶地問：『許星洲，怎麼了？』

許星洲哽咽著說：「雁寶，我、我在第六教學大樓這，摔倒了……爬不起來。」

程雁：『……』

程雁顯然沒睡好，沒好氣地道：『許星洲妳清醒點行嗎，妳知道我在哪嗎！妳在教學大樓摔倒了我也救不了妳啊。我還有三分鐘到漢口，沒吃晚飯，對面還有混蛋啃周黑鴨——要我說這些在密閉空間吃鴨脖的都應該被亂棍打死……』

接著電話那頭傳來「列車前方到站漢口站，請在本站下車的乘客朋友們……」的火車播報聲。

——程雁的確不在上海，她中午就出發去火車站了。

許星洲想起這件事的瞬間，整個人都癱在了地上。

她握著手機，不住地無聲掉著眼淚，一手捂著自己發紫的腳踝，意識到自己又給程雁添麻煩了，更無從解釋這通電話到底是為了什麼。

好像現在就是會這樣，無法思考，思緒遲緩，拖累身邊每個人。

程雁沉默了一下，終於意識到了什麼。

『許星洲，在通訊軟體上分享定位給我，告訴我妳在哪。我馬上打電話給李青青。』

程雁那頭接著又求證地道：『妳是不是情緒不對？是不是？』

許星洲哭著說：「嗯、嗯……」

『妳待著別亂跑。』程雁理智地說：『第六教學大樓門口是吧，門口哪個位置？妳是怎麼摔的，現在能不能走路？』

許星洲說起話來簡直像個語無倫次的孩子，沙啞道：「我在門、門口，就是他們種小桃子的地方，我往下丟過……丟過桃子。從桃子能找到我，應該。」

程雁怒道：『靠，妳他媽白天不是還好好的嗎！』

許星洲哭著道：「我不知道啊……我就是，要崩了。嗚、嗚嗚說不好是為什麼，就是……」

程雁說：『媽的。許星洲妳給我三分鐘，我去找李青青，三分鐘之後我回電給妳。』

許星洲哭著點頭，小小地嗯了一聲，程雁才把電話掛了。

許星洲想起秦渡離開的背影，將臉靠在了樹幹上，面頰抵著粗糲樹皮。樹幹漆黑，可她的面孔雪白而細嫩。

美國隊長在內戰之前咄咄逼人地問鋼鐵人：你脫去了這層盔甲，還是什麼？

鋼鐵人——東尼．史塔克說：天才、億萬富翁、花花公子、大慈善家。有什麼問題嗎？

沒有問題，許星洲模糊地想，只不過這種人和她不是同個世界罷了。

火車窗外掠過漆黑的星夜，沿途荷葉接天，黑湖湖面映著村裡路燈。

程雁效率相當高，她飛速打完了給李青青的電話，報了座標，又打回去給許星洲。

她經歷這種事的次數絕不算少，原來國高中時程雁就極其有經驗。許星洲情緒很少崩潰，但每次崩潰，程雁都能設法把她拉回來。

她會持續不斷地和許星洲講話，塞點東西給許星洲吃，笑咪咪地摸她的頭，甚至會抱抱她。

火車上，程雁像最沒有素養的那群人一樣，拿著手機大聲講電話。

「嗯，」程雁誇張又大聲地道：「我回家就幫妳看看，妳媽生的那個弟弟好像上了我們原先的國中……妳如果看他不順眼，我們可是本地地頭蛇，還缺人脈嗎？找妳當年那群小弟堵他小巷子啊。」

她說話聲音極其誇張，說沒幾句就被周圍的人白了好幾眼。

程雁強悍得很，立即眼睛一立瞪了回去，把白眼她的人逼得乖乖戴上了耳機。

許星洲在那頭斷斷續續地又哭又笑，問：『打他幹嘛？』

「不打他？」程雁問：「刁難他嗎？」

許星洲也不回答，斷斷續續地道：『妳去打我同母異父……不對同父異母生的那個……

不對……』

程雁說：「打哪個都行，妳想看我錄影嗎？」

『我不，』許星洲在電話那頭帶著鼻音，說：『妳別打他，兩個都不准打，小孩子是無辜的……媽媽不允許。』

程雁：「……」

程雁知道許星洲現在腦筋不太對勁，但是還是很想罵一句神經病。

但是當程雁聽到那句近乎犯病的話時，就知道許星洲情緒稍微穩定了一些——她一開始的崩潰感已經過去了，接下來只要好好陪著就行。

許星洲那頭好久都沒說話，程雁自覺把她哄了差不多，正打算換個話題呢——

許星洲就哆哆嗦嗦地開了口。

『我，那天看我爸的貼文，』許星洲又胡亂地一邊哭一邊說：『他和我後媽生的那個誰……我不記得名字了，反正是我們許家的種。他們的女兒要國小升國中了，他們前幾天剛剛帶女兒去報名，說等她升國中的考試結束之後，要帶去歡樂谷[1]玩……』

程雁：「……」

許星洲一邊哭一邊說：『……我也想去歡樂谷。』

1　歡樂谷，位於中國大陸的一間知名大型遊樂園。

程雁說：「我帶妳去迪士尼，哭個屁啊，多大點事，我們還比他高貴呢，我們門票五百塊，玩完我們發二十篇貼文，張張九宮格，氣死他們。」

許星洲又哭又笑，對她說：『發二十篇貼文，妳怎麼能比我還傻啊？』

然後過了一下，許星洲又難過地問道：『……今天他罵我神經病，我是不是真的挺神經病的？』

程雁不知道她說的「他」是誰，茫然地問道：「妳爸罵你神經病？」

許星洲卻沒回答，哭得哽哽咽咽，自言自語道：『我挺、挺神經病的……』

『不是他罵我的錯，』電話那頭許星洲語無倫次地說：『可我也不想當神經病。』

程雁還是頗為疑惑：「是誰罵妳？」

程雁在等許星洲回答的空隙，抬頭望向天際的星辰。

天上的繁星從來緘默不語，歸家的人滿懷思緒。列車短暫停靠於潛江站，小月臺上清冷的白燈一晃一晃。

然後程雁在聽筒裡聽到了李青青的尖叫聲。

『我靠啊我的姐姐！！』李青青尖叫道：『妳怎麼能把自己搞成這德行！趕緊的吧我送妳回宿舍妳還來得及去洗個澡！不然澡堂都關了！』

程雁終於放鬆地癱在了座椅上。

——一千多公里外，她的朋友終於有了照應。

與一千多公里外正在下雨的上海不同，程雁拉著小行李箱和兩盒粽子從火車裡走出來時，她所在的城市月朗星稀，微風拂過月臺，有種難言的愜意。

程雁的父母正在到達口處等著，程雁對他們揮了揮手，加快了步伐跑了過去。

程爸爸笑道：「我家閨女一路上辛苦了。」

「也還好啦，」程雁說：「坐車又不累，就是稍微擠了一點……腳有點伸不直，就想回家睡覺。」

程爸爸笑咪咪地問：「下週幾回學校？」

「週二吧，票已經買好了。」程雁說。

「難得回來一次就多待兩天……我拜託了星洲幫我點一下統計課和新聞學課的名，可以在家多住一天。」

程媽媽瞇起眼睛道：「妳小心被當。」

程雁大大咧咧地一揮手：「我會有這種可能嗎？」

程媽媽看了一下程雁，問：「哎，閨女妳怎麼買個粽子都買禮品裝？教妳的妳都忘啦？怎麼回事？」

程雁看了看自己手裡提著的赤紅色五芳齋大禮品盒，拎起來晃了晃。

「洲洲買的。」程雁晃著禮品盒道：「她買了一盒給我們家，還買了一盒給她奶奶。」

程爸爸嘆了口氣道：「……這個孩子啊。」

他又說：「雁雁，回頭讓洲洲不要總浪費錢。她爸每個月給的也不多，那邊生活又貴，一個人無依無靠的，讓她自己留著買點好吃的。」

「對，」程媽媽也說：「下次不要收了，讓她留著錢，妳們自己去吃好吃的，我們又沒有關係。」

程雁笑道：「放心啦，許星洲理智尚存，不會餓死自己的。」

「還是老規矩？」程爸爸莞爾地問：「讓妳媽今晚幫她煮一煮，妳明天順路送過去給她奶奶嗎？」

程雁點了點頭，程爸爸伸手摸了摸程雁的頭，不再說話。

月光映亮廣闊平原和荒涼的施工地，程爸爸拉著程雁的行李箱，火車站到達口外全是黃牛和開黑車的，還有發小傳單的。

程雁鑽進小轎車，她父母坐在前排，他們一起回家。

「星洲應該挺羨慕我的吧，」程雁茫然道：「我還能回家，可她暑假都不打算回來了。」

「其實我知道為什麼，她覺得自己在這裡也沒有家。」

程媽媽不平地說：「覺得自己有家才怪了。她那爸媽都是什麼人啊？我每次想起來都生氣，哪有那樣為人父母的？」

「星洲她媽還要再婚呢。」程爸爸漫不經心地道：「第三次了吧？是不是這幾天就要辦婚禮了？」

程雁想起許星洲的媽媽，嗯了一聲。

程爸爸說：「她爸也是厲害。星洲國中的時候，嗯，一說不想去他家住，就真的不勸了——說白了還是覺得星洲是個拖油瓶，她一提他就藉機下臺唄。」

程雁看了看自己的手機，螢幕上是許星洲傳的訊息，說自己到宿舍了。

程爸爸一談那對父母，仍不平個沒完，在前面滔滔不絕地罵那兩個人不配為人父母。

那對前夫妻確實是夠倒人胃口，程雁想。

在孩子五六歲的時候鬧離婚，誰都不要那個懵懂而幼稚的許星洲，為了不要撫養權甚至差點鬧上法庭。

——那就是許星洲第一次發病的契機。

五六歲的小女孩，第一次意識到自己不被任何人所愛，連父母都不愛她。小小的許星洲連世界都坍塌了。

程雁至今不理解那對夫妻，更不明白他們為什麼都不想要那個小女兒。

程雁理智上明白那是因為自私。畢竟每個人都怕耽誤了自己的人生——可是在生下孩子時，為什麼沒有考慮到，孩子就是自己的責任呢？

那時候的程雁也只是小小一隻，不懂他們之間的彎彎繞繞，只後來聽父母聊天時提過，星洲的父親有些重男輕女，不想要女兒，想要兒子，而那時候計生政策還沒放寬，他拖著星洲這個拖油瓶的話連對象都不好找。

而星洲的母親，她離婚後就立刻閃婚——應該是婚內出軌，因此無論如何都不願意要女兒。

那對夫妻離婚時天天吵天天鬧。程爸爸說過，那對夫妻當著孩子的面就罵得極其難聽，什麼野種什麼不知是誰生的，什麼驢XX的，什麼你不要我就把她從樓上推下去……

那段鬧劇持續得曠日持久，最後還是病癒出院的許星洲的奶奶出面，對那兩個人說這個孩子我來養，然後直接把許星洲領回了自己家。

——那時候許星洲的病已經頗為嚴重，甚至都有些自閉，成日成日地不說話。

而她奶奶是個風風火火的老太太，聲音洪亮，乃是街坊鄰居之間吵架的頂尖好手，神擋殺神佛擋殺佛。她其實也沒受過什麼教育，也不曉得憂鬱是什麼，但至少知道得了病就得去治，而她的小孫女非常難過。

許星洲的奶奶悉心照顧那時候不過六歲的許星洲——她足足照顧了大半年，好不容易才將小許星洲從懸崖邊緣拉了回來。

許星洲跟著她奶奶生活這麼多年，其實沾了不少這位老人的壞毛病，譬如牙尖嘴利，譬如吃喝嫖賭……程雁搓麻將打牌從來不是許星洲的對手，這個辣雞甚至還會出千，連出千的手藝都是跟她奶奶學的。

但是，不可否認的是，那個老人真的非常愛她。

程雁望著外面連片的田野和細柳，想到許星洲她奶奶，忍不住就開始笑。

夜風習習，程雁和她父母坐在一輛車裡，程媽媽打開手機看了幾眼，突然「哎喲」一聲。

程爸爸一愣：「老婆妳怎麼了？」

「這……」程媽媽語無倫次道：「星洲她媽這人到底什麼毛病啊？她不是打算後天趕著勞動節假期的場子結婚嗎？我記得婚宴都訂了吧……」

程爸爸開著車，一頭霧水：「哈？我其實不太清楚……」

「婚宴訂了，她今晚跑了？」程媽媽難以置信地說：「——跑去上海了！今晚的票，她能去做什麼啊？」

✧

千里之外，魔都的天猶如被捅漏了。

三一二寢室，燈管懸在許星洲頭頂，寢室裡一股風油精和藥酒的味道。

李青青道：「……姐姐，妳今晚能睡著嗎？」

許星洲點了點頭，撫著胸口道：「……還行，我撐得住。」

「妳摔成這樣，」李青青客觀地道：「應該也沒辦法洗澡了，怎麼辦？我幫妳拿濕紙巾擦擦？」

許星洲：「我不要，妳大概會嫌我胸小。」

李青青：「……」

李青青說：「妳真的憂鬱？」

「今晚有什麼情緒不對的地方，」李青青道：「就跟我說，程雁說妳發作起來比較可怕，有可能想不開。」

許星洲莞爾道：「我現在好一點了。」

李青青嘆了口氣，將藥酒放在許星洲桌上，道：「……妳也太神奇了吧？」

許星洲溫溫地笑彎了眼睛，問：「怎麼啦？」

「這個世界上，」李青青說：「誰能想到妳會有憂鬱症？」

許星洲笑了起來，可是那笑容猶如是硬扯出來的一般，道：「我怕妳們知道了之後會用奇怪的眼神看我。」

李青青：「……」

「畢竟，」許星洲自嘲道：「這社會上誰都有點憂鬱的傾向，我不想讓自己顯得太特殊，也不想因這件事得到什麼特殊的優待。而且憂鬱的人大多有點神經質，就像我本人一樣。」

「我怕別人知道，」許星洲低聲道：「我怕他們覺得我是神經病，我怕他們用異樣的眼神看我，我怕在我發病之前他們就不能正常地對待我了。」

李青青說：「這個……」

「……青青。」

許星洲眼眶裡帶著淚水，抬起頭，詢問道：「……我應該，沒有影響過，妳們的生活吧。」

那句話有種與許星洲不相配的自卑和難過，像是在她心中悶了很久。

李青青過了很久，嘆了口氣道：「……沒有。」

「我們都覺得，」李青青心酸地道：「星洲妳活得那麼認真，那麼……漂亮，我們都非常羨慕妳。」

許星洲茫然地望著李青青，像是不明白她在說什麼，李青青酸澀地說：「我們，每個和妳接觸的人……」

「都很喜歡妳。」

皇江校區裡，雨打劍蘭，路燈的餘光昏昏暗暗。

秦渡淋得透濕，與陳博濤一起坐在紫藤蘿盛開的迴廊裡。

暮春的雨落在他的身上，他手裡捏著把髒兮兮的雨傘，沙啞地在黑暗裡喘著氣。遠處月季盛開，雨水滴里搭拉地匯入水溝。

打破沉默的是陳博濤：「……我開車送你回去？」

「……嗯，」秦渡沙啞道：「謝了，我淋了一整晚的雨。」

陳博濤說：「你淋一整晚幹嘛？這都他媽十一點多了，你在校園裡轉了一晚上？」

秦渡啞著嗓子說：「我找人。」

陳博濤怒道：「我知道你找人！」

「她跑了之後……」秦渡咳嗽了兩聲道：「我覺得真他媽生氣啊，明明都對著我臉紅了。我到底哪裡差，她看不上我是不是眼瞎，不要我拉倒，我想要什麼樣的沒有……」

「……」陳博濤看著他。

秦渡平直地道：「可是，我只覺得我快死了。」

「……所以我告訴我自己，」秦渡說道：「我步行走到她們宿舍，在路上如果能看到她，就是命運讓我別放過這個人。」

風呼地吹過，濕淋淋的葉子啪啦作響。

「咳……然後……」秦渡嗓子啞得可怕，將那把傘舉起來晃了晃：「我撿到了這把傘，我從星洲手裡搶的這把。」

陳博濤不知該說什麼，只點了點頭，示意他繼續說。

「人影卻沒見到半個。」

秦渡說話時，聲音裡幾乎帶上了破碎的味道。

遠處喧鬧的學生早就靜了，阜江校區萬籟俱寂，雨聲穿透長夜，紫藤蘿墜於水中。

秦渡拿著那把傘，泣血般地說：「只找到了這把傘。」

「所以我沒辦法，又告訴我自己……」

「我說許星洲今天晚上是有課的，所以肯定會出來上課。我在校園裡走走，應該會遇見。」

他頓了很久，又狼狽地說：「然後我退而求其次，告訴自己，這樣偶遇也算命運。」

陳博濤：「……」

陳博濤篤定地道：「所以你在學校裡面走了三個小時。」

秦渡無聲地點了點頭。

「沒找到……」秦渡將臉埋進手心，沙啞道：「連人影都沒有。所以，我又覺得明天再說吧……明天再說。」

陳博濤嘲道：「我盼你這種天選之子翻車，盼了二十年，沒想到你跪在一個小女生身前了。」

秦渡粗魯地揉了又揉自己的眼眶，抬起了臉。

「……我雖然活不明白，」秦渡背著光道：「但是我他媽……」

然後陳博濤指了一下秦渡的手機，示意他有新訊息來了。

許星洲躺在床上，就覺得這個世界朝自己壓了下來。

李青青與她睡在同一個房間裡，她終究不是程雁——可程雁其實也不理解這是什麼感覺，她只是能捉住在崖邊墜落的許星洲而已。

那種感覺極其窒息。

從來沒有健全的人能夠理解憂鬱症發作狀態是怎麼樣的，無論那個人與她有著多麼親密的關係。

那是從心底湧起的絕望，明明毫無器質性病變，卻硬是能以情緒逼出肢體症狀。整夜整夜的想去死，覺得活著毫無意義，生活毫無轉機，那些曾經喜歡的、無論如何都想要去一次的、新奇的地方瞬間變成了痛苦的源泉。

那個想活到八十歲去月球的許星洲，想嘗試一切，走到天涯海角的許星洲，就這樣被死死地扼住了喉嚨。

許星洲連哭都只能悶在被子裡，她怕睡著的李青青被她吵醒，也怕自己這個樣子被別人看見。

明明沒有什麼刺激，卻還是垮了，不是矯情是什麼呢？

林邵凡不明白，程雁只是從來都不問。

連許星洲自己都討厭這個自己，覺得這樣的許星洲應該被留在黑夜裡，連自己都不理解自己的時候，誰還會理解她呢？

許星洲想到這點幾乎喘不過氣，程雁傳給她的訊息她一則都看不進去，只按著以前的習慣跟她報了一句平安。

——每次許星洲情緒崩潰的時候，程雁都會要求許星洲隔一段時間報一聲自己沒事，以確認她沒有做傻事。

許星洲點開與秦渡的聊天框，被清空了聊天紀錄後，秦渡一句話都沒再和她說過。

她想起秦渡師兄高高在上的表白，想起他被拒絕之後那句稱得上卑微的「我們還可以做朋友」，又想起秦渡在月季花中淋著雨，在她身邊撿起那把掉進泥汙的小傘。

——師兄可能是真的喜歡我吧，許星洲一邊哭一邊想。

真好啊，居然不是單戀，許星洲悶在被子裡哭得淚眼模糊。

可是我這一輩子，許星洲哭著想，已經被拋棄過太多次了。

那些拋棄來自每個我所重視的人——生我養我的血親，育我愛我的祖母，曾經與我相伴的同學。那些遺棄來自歲月，來自人生。

而秦渡的身分，比父母、比她的奶奶還要危險。

他與許星洲並無血緣，故鄉不在同一處，這些姑且不提，光是一點喜新厭舊和遊戲人生都令許星洲害怕得不行。

許星洲甚至都沒有把握，他會不會在知道許星洲有病的瞬間就拍拍屁股滾蛋。

許星洲捫心自問自己無力承受這樣的拋棄，只能將危險掐滅在搖籃裡。

那頓飯能有多貴呢？

許星洲連思考價格的力氣都不剩，把自己通訊軟體錢包裡剩下的錢連毛帶分地，全都轉過去給他，補了一句「飯錢」。

接著許星洲按下了轉帳的確定鍵，識別了指紋。

那轉帳的行為已經是明晃晃的羞辱了。

許星洲知道這個行為滿是對秦渡的羞辱，盡是「你不就是圖我的錢嗎」的意味，甚至懷著對他最惡意的曲解。她這輩子都沒有對人做過這麼過分的事，而第一次就是對秦渡。

過了很久，秦渡回了一個字：『行。』

然後那個對話方塊便安靜了下來。

黑暗裡手機螢幕亮得猶如長明燈，許星洲覺得有種自虐的、扭曲的爽感，求證般地傳了一句：『師兄？你不收嗎？』

——訊息跟著一個傳送失敗的紅圈圈，和一句「對方已經開啟了好友驗證」。

那天晚上許星洲在自己寢室的小床上睡了一覺，做了一個長長的惡夢。

她在那個夢裡被惡龍踩在胸口。許星洲在夢裡嚇到大哭，那惡龍猶如她的病的象徵，在每次她變得脆弱時都會捲土重來，只不過過去幾年許星洲一直將惡龍打敗了，這次卻被惡龍碾在地上。

她在夢裡害怕地抱住自己的熊布偶，將鼻尖埋進小熊裡，那小熊裡面滿是她自己的氣息，卻無論如何都無法抵禦可怕惡夢的侵襲。

然後許星洲睜開眼睛。

映在眼裡的是現實：她睡在牆皮剝落的老宿舍裡，頭上是鐵鍊固定的燈管，購物軟體買來的床簾，和許星洲大一軍訓時興高采烈貼在牆上的牆紙。

許星洲恍惚了一下，覺得有種前所未有的安心，彷彿從未遇見過秦渡一般。

畢竟秦渡只是掀起了她的心結。

許星洲對秦渡的喜歡是真的，可那種喜歡和失戀的苦痛卻不會搞垮許星洲——因為秦渡從來沒有傷害過她，真正的心結，還在別人身上。

許星洲掀起床簾，和床下的李青青大眼瞪小眼。

李青青試探地問：「妳、妳還好吧……？」

許星洲誠實地答道：「好一點了，就是腳不太好。」

「好點了就行，」李青青說：「這幾天就別折騰了，妳那個小腿沒骨裂吧？」

許星洲看了看自己的腳踝，小聲道：「不知道，要不然我拍給臨床的同學看看吧？」

「不行的話就去校醫院哦。」李青青看了看錶，笑咪咪道：「我今天滿堂，先走了，中午想吃什麼的話傳訊息給我，順路的話我就幫妳買了。」

許星洲淺淡地笑了起來，和李青青揮了揮手，然後自己艱難地挪下了床。

她在床下坐了一下，覺得有些餓，就想下樓去外面隨便買點什麼墊墊肚子，於是套了一件外套，跛著一隻腳跌跌撞撞地下了樓。

許星洲穿著睡衣跛著腳，挪動得猶如個身心障礙人士，下三層樓的工夫就引來了無數同情的目光，最終一個小學妹看不下去，老佛爺式地扶著她下了樓。

許星洲瘦瘦的，下樓後自己行動也不算特別受限，扶著並不吃力。

於是許星洲微微彎了彎眉眼，對那個扶她的小學妹笑道：「謝謝妳呀，妳真好。」

許星洲這麼一勾人，小學妹的臉頓時紅得猶如蘋果一般。

接著，小學妹就害羞地說了聲再見，逃了。

許星洲此時散著一頭烏黑的頭髮，半點都沒打理，別說裙子了，身上還穿著粉紅小熊睡褲，臉上半點脂粉都沒有，自我感覺應該是屬於一天中比較醜的時候，可是從小學妹身上可見自己就算不打理也不會太難看。

她刷了門禁卡，一跛一跛地出了門，外面空氣尚算新鮮，月季花怒放，許星洲聞到空氣裡的水氣時，只覺得自己很快就會活過來了。

畢竟生活的靈魂不是愛情，生活的靈魂是其本身，她想。

失戀再令人心痛，也不過是個客人。

然而，下一秒，許星洲聽到了一聲熟悉的、甚至讓她膽戰心驚的聲音。

「星洲——」

那個女聲高聲喊道。

許星洲僵在了原地，連頭都不敢回，只當自己幻聽了。

——她怎麼可能來這？她來這裡做什麼？不是要結婚了嗎？

許星洲回過頭，看到了自己的母親。

王雅蘭年近五十，保養仍得當，看起來說今年三十幾都有人信。

她顯然是趕了一整晚的路，還帶著一種風塵僕僕的疲憊——許星洲上一次見到她還是在兩年前，王雅蘭試圖來送她考試。

「妳來這裡做什麼？」許星洲冷冷地問：「妳不是要結婚了嗎，婚宴不是都訂好了？好不容易訂的假期婚宴說蹺就蹺？」

王雅蘭支支吾吾地說：「我……我就是想來看看妳……」

許星洲嘲諷地道：「我國中的時候——妳二婚的時候我就告訴過妳，妳走出那扇門，我這輩子都不會再正眼看妳一眼。」

王雅蘭：「洲洲，媽媽……」

「洲洲？媽媽？叫出那個妳十幾年沒叫過的稱呼，」許星洲難以置信地道：「妳就覺得能和我拉近距離是嗎？」

王雅蘭臉上無光，低聲求饒般道：「這裡人太多了，我們到別處去……」

許星洲：「……」

許星洲說：「就在這裡，十分鐘，我最多給妳十分鐘。多於十分鐘我就報警。」

「目的，」許星洲說：「妳說清楚。」

王雅蘭低聲道：「……媽媽要結婚了。」

許星洲點了點頭：「哦。」

「……媽媽這麼多年，」王雅蘭說：「都對不起妳。說來也是厚顏無恥，但我還是希望妳能原諒我。」

許星洲：「……」

「雖然妳沒在我身邊長大，但妳其實很像媽媽，」王雅蘭沙啞道：「我之前聽你們高中班導師提起過，洲洲。妳像我，是個心動人動的人，想一件事做一件事……其實媽媽也沒想過別的什麼，就想……」

許星洲出聲道：「就想我祝福妳？祝福妳和第四個丈夫相親相愛？因為我像妳？」

那一瞬間許星洲簡直要笑出聲，心裡最深處的惡意都被釋放了出來。

——她居然說這種話？她怎麼好意思說這種話？

「我和妳哪裡像？」許星洲冷冷道：「妳再說一遍，看著我的眼睛。」

王雅蘭下意識地躲了一下。

許星洲直視著王雅蘭的眼睛道：「妳出軌，在我五歲的時候鬧離婚，把我甩給奶奶。導致我從小就害怕被拋棄，到現在，連我喜歡的男生對我有好感都不敢接受。」

「到現在，快五十了，」許星洲站在人來人往的人潮中道：「妳覺得拋棄了我良心不安了，就坐個車來這找我，讓我祝福妳？」

王雅蘭一句話都說不出。

「祝福妳媽呢，祝福妳媽呢！」許星洲說著說著就要哭出來，心裡那種崩潰的情緒猶如坍塌的堤壩，喊道：「妳現在能滾多遠就滾多遠——」

如果不是妳，許星洲酸澀地想。

王雅蘭猶如被戳中痛點，強自道：「洲洲……」

「妳不滾我滾。」

許星洲啞著嗓子，看著王雅蘭，近乎崩潰地重複道：「——妳不滾我滾，我滾。」

程雁一回家就神經放鬆，一覺睡到了中午，醒來一邊看著手機一邊煮粽子當午飯——她爸媽都去上班了，只剩她一個人在家，窗外與烏雲密布的上海截然不同，是個陽光明媚的好天氣。

許星洲一整天都沒什麼消息，程雁無聊地問了她幾句「上課點名了嗎」，許星洲可能還在睡覺，一直沒回。

她昨天太能折騰了，應該鬧到很晚，程雁想，她今天睡到兩三點也正常。

程雁又傳了則訊息給李青青問許星洲的現況，李青青說「洲洲今天早上狀態挺好的，早上還和我笑咪咪呢，大概還在宿舍睡覺」，程雁就沒再放在心上。

畢竟她媽要去找她的預防針也打過了，許星洲狀態也還行，肯定躲著她媽走，應該不會有大問題。

程雁真的發現問題，是在那天晚上八點鐘。

她平時很少翻自己的個人頁面，只有無聊時會刷一下，程雁翻了一下，突然發現有學姐發了篇文：『今早南四棟門口居然有母女吵架，驚了，簡直倫理大劇。』

程雁幾乎是立刻意識到了不對勁。

南苑四號宿舍就是她們住的那一棟，在門口吵架的母女還能有誰？難道世界上還會有第二對母女到大學宿舍門口吵倫理大劇一樣的架嗎？

她趕緊打電話給李青青，這一打不要緊，暴露了李青青極度缺乏照顧人的經驗，更沒有半點照顧許星洲的意識——顯然她覺得只要把許星洲餵飽了就不會出事，此時在外面上自習，模糊不清地說：『我中午回宿舍的時候星洲不在，應該是去吃飯了，下午我有課，怎麼了嗎……』

程雁：「……」

程雁那一瞬間，意識到，事情大條了。

上千里之外。

夜裡八點十幾分，程雁的媽媽在外面燉排骨蓮藕湯，肉香四溢，藕香甜軟。

程雁打電話給許星洲，連打了三通都是無人接聽。

傳給她的訊息仍沒回，程雁只得向那個發文的學姐求證白天發生了什麼——那個學姐算得上是秒回。

學姐說：『不太曉得。我感覺像周立波[2]在節目上逼被棄養的孩子認爸媽一樣。那個女生從小就被她媽拋棄，是她媽出軌導致的離婚，現在她媽殷勤地回來找她。』

程雁看著螢幕上學姐傳來的那行字，簡直如遭雷劈。

2 周立波，中國演員、主持人，在節目《中國夢想秀》要求被養父母養大的孩子認其親生父母，引來網友譴責。

這種劇本不可能有別人，絕對是許星洲。程雁千算萬算也沒算到她媽居然能做出堵宿舍這種過分的事情。

學姐又補充道：『我作為旁觀者分析了一下，覺得那個媽心機太深了，在人來人往的宿舍大樓前堵人，應該是打算用輿論壓力讓那女生就範。但是那個女生也不傻，沒和她媽對嗆幾句，人剛剛圍上來，就自己走了。』

程雁：「……」

程雁對學姐道了謝，心裡存著一絲僥倖許星洲興許是在睡覺，才沒接電話。許星洲的情緒一旦上來，其實會變得相當嗜睡——她的最高紀錄是一覺二十六個小時，程雁捏著手機晃了又晃，只覺得手心有些出汗。

如果許星洲真的不在宿舍怎麼辦？

勞動節假期，她們班上的同學該出去玩的都出去玩了，班裡都沒剩幾個人，如果讓他們通宵找許星洲，也未免太不現實了。

畢竟，所謂大學同學不過萍水相逢。

而且沒人猜得到她會去哪裡。

程雁那一瞬間，簡直想去買回程的票。

然而勞動節假期的票源極其緊俏，她回程的票還是提前兩週搶到的，程雁緊張得手心冒汗，片刻後李青青直接打來了電話。

程雁抖著手接了。

李青青一接電話就焦急地告訴她：『星洲不在宿舍，中間應該也沒回來過！』

程雁以為自己沒聽清，無意識地啊了一聲。

李青青手足無措地道：『她的手機就在桌上！怪不得妳打不通——寢室裡和我中午走的時候一模一樣，她中間沒回來過，雁雁，怎麼辦？』

程雁覺得，這世上其實是有兩個許星洲的。

程雁認識真正的許星洲。那個許星洲曾在國三秋天的一節體育課上，偷偷拉開自己的校服袖口，對程雁說：「妳看。」

那時候初秋的陽光透過桑樹灑了下來，落在女孩的手臂上，那手臂又白又細，上面盤踞著一條毛毛蟲一般醜陋的疤痕。

程雁湊過去看，被那條傷口駭了一跳——那傷口太猙獰了，就算癒合了許久，也能看出來，那地方至少被割過兩次以上。

程雁差點尖叫出聲。

那條疤上至少重重疊疊地縫過二十多針，像是傷口癒合後又被割開了一般，毛蟲般扭曲的疤痕外全是縫合的針眼。

但是許星洲是這樣介紹那道疤痕的：「……妳看，這樣我都沒死。」

許星洲說那句話時陽光溫暖，銀喉長尾山雀在樹梢啁啾鳴叫。

程雁所認識的、真正的許星洲——她眼睛亮亮的，對程雁笑咪咪地說：「所以，雁雁，妳不要總覺得我很脆弱。」

可是——畢竟還有第二個。

程雁難堪又無措地拿著手機。

那個失控的許星洲曾經徹夜地睜著眼睛，或是茫然地望著窗外，她在夜裡尋死，在一萬個夜晚凋零。她睜著滿是血絲的眼睛割過三次腕，偷偷存過護士配給的安定，險些被送去醫院洗胃，用盡一切方法想要告別這個世界。

然後那個失控的她在國中那年夏天，被真正的、戰士一般的許星洲硬是裝進了麻袋裡，用力拖到了一邊。

多麼諷刺啊，程雁想。

像許星洲這麼拚命又認真地活著的戰士，心裡居然捆著　頭這樣的怪獸。

誰能想到那個偷偷對程雁說「我八十歲要去月球」，說「我以後要擁有一顆屬於我的星星」，並且把這些神經病一樣的計畫認真寫進人生計畫書的許星洲，一旦發病，是那麼的想去死呢。

李青青在那頭顫抖地道：『怎、怎麼辦？雁雁，我們要去哪裡找？』

那個失控的她如果捲土重來，要去哪裡找才好？

——答案是，要找江邊，要找大海之畔，要找天臺的角落和沾血的黑暗，那些她會去尋死或是坐著思考死的地方。

程雁過了很久，手指頭都發著抖，拿著手機說出了第一句話：「……妳別急。」

「我去找、找找人。」

第十一章 她是寒夜裡的火

江浙晚春又潮又濕，夜晚時又帶著一股罩子裡般的悶。

滿城風絮，梅子黃時雨。落地窗外，城市萬家燈火連綿。

三十多層的Loft窗映著整個城市，陳博濤坐在沙發上晃著自己的馬克杯，半天醉眼惺忪道：「……老秦，你還在呢？」

秦渡赤腳坐在地毯上，頭髮蓬亂，半天也沒說話。

「……不就是個兩條腿的小女生嗎。」陳博濤漫不經心道：「長得比她漂亮的又不是沒有，別消沉了。哥們兒下週帶你去什麼酒吧裡看看？你就算想找三條腿的我都能幫你找出來。」

秦渡仍不說話。

陳博濤又出餿主意道：「找個比她漂亮的你帶去她面前轉轉也行。」

空氣中沉默了很久，秦渡終於啞著嗓子開了口。

「——你再給我提一句她的事情試試。」

陳博濤：「……」

窗外的雨沙沙地落下，長夜被路燈映亮。

「我他媽的……」秦渡的面孔籠罩在黑暗裡，那黑暗裡難以分辨他的表情，他道：「這輩子都沒遇上過這種……」

陳博濤應道：「我知道。」

「我哪裡對不起她？我對上她連碰都不敢碰，我怕她在我車上餓，」秦渡沙啞道：「在車上備零食；我看到她離我不遠，拎著包跑了兩公里去外灘找她。」

秦渡的聲音帶著難言的憤怒。

「我週一起一大早去蹭他們的課，」秦渡暴躁地說：「我——」

陳博濤說：「好了老秦，別說了。」

秦渡崩潰地道：「媽的，媽的——許星洲——」

他幾乎說不下去，陳博濤坐在他的身邊，在他的肩上拍了拍。

秦渡眼眶通紅，猶如困獸，氣得發抖。陳博濤無從安慰起，只得拍拍他的肩膀，猶如秦渡在他青春期時安慰看到肖然交往第一個男朋友的他一般。

秦渡喝了不少酒，眼睛因酒精浮出點血絲，盯著手機螢幕，半天暴怒又絕望道：「最後，她就這樣羞辱我。」

陳博濤問：「……怎麼羞辱？」

秦渡暴怒反問：「操你媽你說呢？」

陳博濤誠實地道：「是、是挺過分的……」

窗外雨水漸大，秦渡看了一下手機，又記仇地把與許星洲相關的貼文和動態一篇篇刪了，刪完還覺得不過癮，又把許星洲的電話號碼拉進了黑名單。

陳博濤：「也行吧。」

「三條腿的蛤蟆難找，」陳博濤說：「兩條腿的女人還不好找嗎，封鎖了這個不識好歹的，下一春還在前面等你。」

秦渡不再說話，一雙眼睛冷冷地看著螢幕。

陳博濤直覺他是在等訊息……大概還在等那個女生服軟，或者跟他道歉。

然而他的螢幕由亮轉暗，過了很久，連最後那點暗淡的光都消失了，可是那手機卻毫無反應。

過了一下，秦渡的杯子滾落在地的瞬間，他彎下腰，手指痛苦地插入頭髮。

那姿態，在陳博濤的眼裡，猶如被逼入絕境的野獸一般。

窗外的雨仍在下，陳博濤剛剛開口：「要不然讓肖然介紹給你……」

陳博濤話音尚未落下，下一秒鐘，秦渡的手機螢幕就猛地亮起。

秦渡抬起頭望向自己的手機。

上面亮著的名字也簡單，就「程雁」二字，秦渡做事一向可靠，在要到許星洲班上的聯絡表時，就把她最好的朋友也存了。

秦渡看著那來電顯示，終於嗤地一笑，把電話直接掛了。

外面電閃雷鳴，夏雷在他們頭頂轟隆一聲炸響。

陳博濤問：「她閨密打來的？」

秦渡一點頭，惡意地道：「嗯。」

他嘲道：「這麼想和我斷關係，怎麼還讓閨密打給我？她閨密只見過我一面。」

然而下一秒，程雁的電話又打來了。

秦渡看著「程雁」那兩個字，忍不住心裡洶湧的惡意，又掛了。

陳博濤猜測：「該不會有什麼急事吧？你直接掛了不好。」

「我和她閨密只有過一面之緣，」秦渡漫不經心道：「我唯一一次打給她時還是許星洲接的，你猜打電話的到底是閨密本人還是許星洲？」

陳博濤猶豫了一下：「這倒也是……」

秦渡哼了一聲，顯然看到來電之後心情好了不少。

陳博濤：「……」

然後陳博濤看了手錶一眼道：「行了，很晚了——我再在外面留宿我媽就有意見了。我得回家，老秦晚上別熬了。」

秦渡一揮手，盯著手機道：「不送你了老陳，晚上開車小心點。」

陳博濤忍不住腹誹，老秦這人社交功能恢復的也太快了吧。

但是腦子裡想是這麼想，話卻絕對不能這麼說，據陳博濤所知，秦渡小肚雞腸得很，目前為止他不記仇的人只有一個，還帶著限定條件：沒有罵他的許星洲。

陳博濤走後，「程雁」便沒有再打電話來。

他摸著手機，外面是潑天澆地的，白茫茫的大雨。

秦渡昨天幾乎是跪在了許星洲面前，將自己一顆心捧了出來，但是許星洲將那顆心踩了又踩，將秦渡的驕傲都碾成了碎片。

他至今還想得起他昨天晚上看到手機螢幕亮起，發現訊息來自許星洲時的放鬆，和發現那是許星洲的羞辱後的崩潰。

他刪了許星洲的好友和所有的聯絡方式。

他從小眾星捧月般地活著，想要的一切都在他腳下。他不再聯絡許星洲，許星洲也無法聯絡他——那幾乎是秦渡面對許星洲時，最後的驕傲。

秦渡卻只覺得那個電話之後，只是一個猜測而已，都將他的內心填滿了。

秦渡等了一下電話，「程雁」沒再打過來。

時鐘已經指向九點，秦渡又靠在窗臺上等了片刻，最終還是把那個電話撥了回去。

對方接得飛快。

秦渡率先出聲道：「喂？」

『秦學長，』那頭一個陌生的女生哭得聲斷氣絕：『秦學長，你怎麼不接電話？我找不到星洲了，她、她和你在一起嗎？』

秦渡：「……」

『星洲……』程雁在電話裡痛哭道：『是不是和你在一起？學長我求求你了……』

——不是許星洲。

秦渡支起身子，冰冷道：「沒有。」

「她又不是小孩子，」秦渡冷笑道：「妳找我做什麼？我會知道她在哪？」

——他向來對別人的哭泣缺乏同情。

秦渡不曉得程雁為什麼哭，同樣也並不關心，畢竟那些苦痛都與他無關。

——現在才九點，連圖書館的一般自習室都沒關，何況明天還沒課，按許星洲那種性格不在外面留宿就不錯了，許星洲的閨密居然瘋魔到哭著打電話來找人？

電話還打到秦渡這裡來了，秦渡只覺得胃裡噁心得難受。

程雁話都說不完整，顯然已經哭了一晚上，哀求道：『學長，求求、求求你找一下她……我是說，不在你那裡的話……』

秦渡：「……」

「憑什麼？」秦渡一邊去摸自己的外套一邊問：「憑我和許星洲曾經走得很近？」

程雁哭著道：『對。』

秦渡把外套拎著，踩上鞋子，說：「這他媽連九點都不到妳就打電話找我要人，妳怎麼不打電話問問她另一個高中同學，兩個人是不是一起在外面玩？」

然後秦渡把門廳的鑰匙拎在手裡，沙啞地對程雁道：「九點太早了，別現在開始找。十點她還沒回去再打電話給我。」

『你不明白，』程雁在那頭崩潰地道：『秦學長你不明白——』

秦渡擰起眉頭：「我不明白什麼？妳告訴我可能的地點，我去找。」

程雁誠實地說：『我不知道……』

秦渡：「……」

秦渡覺得這兩天簡直要被許星洲折磨死，許星洲折磨就算了，連她閨密都有樣學樣來盧他一下，他氣得發笑，正準備把程雁痛罵一頓——

程雁就哽咽著開了口：『我不知道具體方位，我連她什麼時候走的都不知道，我猜在江、江邊，天臺上，軌道旁邊，她現在肯定還沒到那個程度，但是不怕一萬就怕萬一……』

秦渡聞言，一愣。

『一切有可能自殺的地方。』

程雁哽咽著將那句話說完。

聽筒裡，程雁道：『我懷疑星洲的憂鬱症復發了。』

秦渡難以置信地道：「妳說什——」

秦渡還沒說完，程雁便斷斷續續地說：『她自殺傾向特別嚴重。』

『——特別、特別嚴重。』

程雁在電話裡大哭著，對秦渡講述，她最好的朋友，最不願讓人知道的一面。

那一瞬間，秦渡愣了一下。

按電影裡、電視劇裡的狗血，他此時應該是大腦嗡地一聲當機，接著無論程雁說什麼他都聽不見的。但是恰恰與此相反，秦渡連那一瞬間的空白都沒有，他的大腦格外清晰。

——這不是質疑的時候，秦渡想。

電話那頭程雁說完，哭得近乎崩潰，連一句完整的話都說不出來。

「妳先別哭。」秦渡冷靜道：「哭解決不了任何問題，失聯時間、地點，最後一次是在哪裡見的，問題我來解決。」

程雁哽咽道：『監視器調了整個南苑的，她往學校的方向去了，但是學校的監視器拍到的範圍不夠廣，目前能確定的是天黑之前她還沒有離開學校過。』

秦渡：「最後一次已知現身地點？」

『政嚴路，上午九點二十八。』

秦渡將地點記在心裡，看了錶一眼。

「沒有別的了？」

程雁在那頭哭著道：『學長我對不起你，這點消息和大海撈針也沒兩樣，更多的我就不知道了……』

秦渡一句話都沒說。

外面大雨傾盆，閃電將天穹如裂帛般劈開。這與水鄉斷然不符的大雨連續下了數日，幾乎帶著種世界末日的意味。

牆上鐘錶指向十一點零三分，雨潑潑灑灑地沖洗整個大地。

秦渡一手拿著手機，另一手用鑰匙要鎖門，才發現自己手抖到連門都鎖不上。

秦渡那一輩子都沒有開過這樣的車。

他飆過很多次車，這一次卻是市裡的大雨天，雨煙蔓延了滿路，前方只有雨和昏黃昏紅的紅綠燈。秦渡意識到他碰上許星洲時簡直就像腦子不能轉了一般，一路上闖了無數紅燈。

程雁在電話裡斷斷續續地、重複地告訴他「星洲的自殺傾向非常嚴重」。

『她第一次發作是六歲那年。』

『……我是因為她休學留級才和她認識的。』

秦渡聲音啞得可怕：「……妳別說了。」

但是程雁彷彿剎不住車一般，一邊哭一邊道：『我認識她的那天，班導師給了我一盒糖，讓我好好照顧她，』她的朋友這樣哭著說：『她告訴我那個小女孩發作的時候割過三次腕，割得鮮血淋漓，皮肉外翻，讓我和她做朋友，因為那個小女孩發作前是一個很好的孩子。』

『許星洲好到，沒人理解她父母為什麼會不要她。』

『好到——』

秦渡的車裡安靜了許久，只有秦渡瀕臨潰爛的喘息聲。

『好到，沒人能理解，上天為什麼對她這麼壞。』

程雁說。

『可是我認識她七年。』

『她是真的很喜歡自己短暫的十九年人生，很喜歡她正在做的、正在接觸的、正在學習的或是每一樣痛苦。』

秦渡那一瞬間，簡直像被人摁進了水裡。

周圍分明都是空氣，那個高高在上的天之驕子卻疼得像是肺裡進了水。

那句話傳來的剎那，這個世界像水一樣，朝他擠壓了過來，像是他小時候舉著紙船掉進他媽媽在讀的劍橋三一學院前的康河的那一瞬間。

帶著痛苦和絕望味道的人間淹沒了秦渡，將他擠壓得連呼吸都抵著酸楚苦辣。

可是那一切痛苦，是他如果想碰到許星洲的話，所必須翻過的山嶽。

秦渡沙啞地說：「……我到了。」

他掛了電話，將車在正門隨便一停。

狂風吹得人睜不開眼，秦渡連傘都沒撐，門衛似乎睡了，秦渡在攔行人的小柵欄上一翻。

校門法國梧桐上一層濕漉漉的光，冷清春雨落在了夏初的、含苞欲放的花朵之上。

程雁找了他們的輔導員和班導師，設法找了一群能叫得動的學生，然而一是假期，二是這是深夜突發找人，能叫來的人實在是有限。秦渡得到消息又通知了學生會和他熟識的同學，但是偌大的校園——偌大的世界，連關於許星洲最基本的線索都沒有，找她簡直無異於大海撈針。

——她就像是落在海裡的月亮一般，秦渡發瘋地想。

許星洲勾著秦渡心頭的血，纏著他心尖的肉，可她只是水中的倒影，要捉住就跑了，伸手撈就碎了，秦渡捉不住她。

秦渡不明白許星洲的日思夜想，不知道她所愛為何；秦渡不了解她的過去，更不曉得她的將來。

秦渡對她一無所知。

可是在他潦倒的、頹唐的、擁有一切卻又一無所有的人生中，在他一邊自我垂憐一邊自我虐待的、自戀又自厭的、連年輕之感都沒有過的人生中，許星洲是唯一的、能夠焚燒一切的火焰。

——許星洲，是秦渡所能奢想的一切美好。

她是秦渡所處寒冷長夜裡的篝火，是垂入湖底的睡蓮，是劃過天空的蒼鷹。

秦渡淋得渾身濕透，發瘋般地在雨中喘息。

雨和頭髮糊了他的眼睛，他看不清前路，滿腦子都是程雁那一句「她自殺傾向非常嚴重」。

秦渡光是想到那個場景，都瀕臨崩潰。

他眼眶通紅，發瘋般地跑過校園裡空無一人的、落雨的馬路，教學大樓盡數暗著燈，秦渡拍著每扇門讓門衛放他進去，他要找人——然後他發著抖開了一扇一扇的教室門，顫抖著問「許星洲妳在不在」，並被滿室靜謐的黑暗所回應。

在那天晚上，在這世界上，秦渡連半點的安全區都沒有。

✧

憂鬱來臨，是一件很神奇的事情。

人會害怕每個關心自己的人，害怕與人相處。許星洲極度害怕來自程雁的、同學的所有安慰和「沒事我陪妳」。

因為他們如果這樣問的話，許星洲就必須要告訴他們「我很好，沒事」。

可是，真的沒事嗎？

明明許星洲都覺得世界在坍塌了，她連呼吸都覺得痛苦了，覺得活著不會有轉機了，這世上不會有人需要她了——可還是要微笑著對他們撒謊「我很好」。

畢竟，就算告訴他們也無濟於事。

他們只會說「星洲妳要堅強一點」、「出去多運動一下就好了」、「出去多玩一下就會變得高興起來的」……這些安慰輕飄飄的無濟於事，許星洲從小就不知聽過多少遍，卻每次都要為這幾句話撒「我很好」的謊。

我不好，許星洲想，可是根本不會有人放在心上呀。

她六歲時父母離婚，為了不要她的撫養權而打官司，小小的許星洲躲在角落裡大哭，哭著求媽媽不要走，哭著求爸爸不要丟下自己，大哭著問你們是不是不要洲洲了——她曾經試圖用這樣的方法挽回。

然後他們走了個精光，只剩小小一隻的許星洲站在空空的、滿地破爛的房子裡。

鄰居阿姨同情地說，星洲好可憐呀，妳要堅強一點。

堅強一點，他們說。

他們只讓她堅強，卻沒有人看到許星洲心裡撕裂的、久久不能癒合的傷口：她是一個不被需要的人。

真正的傷口從來都與她形影不離，那傷口不住地潰爛，反覆發作。

那是許星洲看著東方明珠感受到「還有誰還需要它呢」的共情，是許星洲看著育幼院的孩子所感同身受「這些身心障礙的孩子一天比一天清醒，一天比一天感受到自己沒人要」的心理換位，是她七色花小盒子裡缺失了十多年的綠色糖丸。

那些不被需要的、被拋棄的，那些被世界遺忘的，無家可歸的萬物。

那才是許星洲的巴別塔。

程雁是朋友，朋友不可能讓她耽誤一生。

——她走了，然後呢？

這個世界的天大概都被捅漏了，雨水涼得徹骨，一滴滴地從烏黑的天穹落下來，這個雨水可能永遠都不會停，天可能也永遠都不會亮了。

許星洲木然地抱著膝蓋，一邊理性小人咄咄逼人地問然後什麼自己還想怎麼辦，另一邊感性小人說妳應該去死，死了就不用面對這麼多問題了。

許星洲不敢再聽兩個小人打架，慢吞吞地抱住了發疼的腦袋。

她渾身是泥，連頭髮都糊了一片，此時一滴滴地往下掉泥水，畢竟她在地上抓了泥又去抓過頭髮。原本乾淨的睡褲上又是摔出的血，又是濺上的泥湯，腳踝的崴傷青紫一片，渾身上下沒有一個地方不痛。

許星洲覺得自己應該是從臺階上滾下去過，但是也不太想得起來了。

秦渡瘋得可怕。

他凌晨兩點多時在華言樓找人，在二樓樓梯間裡見了一把沾血的美工刀，那把美工刀都不知道是誰留在那裡的，看起來也頗有年歲，但是秦渡看到那把刀就雙目赤紅，幾乎落下淚來。

他把他能想到的，能藏身的地方都翻了個遍，但是許星洲連最基本的目標都沒有，沒人知道她是在校內還是在校外，只知道她最後一次在監視器下現身的時間是十二個小時以前，那時候還在校內。

別的，秦渡一無所知。

他幾乎把整個校區翻了個遍，到了後面幾乎一邊找一邊掉眼淚，心想許星洲妳贏了，妳要什麼我都給妳。

——不想讓我出現在妳的世界裡也好，想讓我滾蛋也罷，哪怕是想和林邵凡談戀愛，只要妳出來，只要妳沒事，我都給妳。

秦渡淋雨淋得近乎崩潰。

他意識到他真的敵不過他的小師妹，他的小師妹把他拒絕得徹徹底底，羞辱得半點情面都不留，可秦渡還是一退再退，他想著如果在這條路上找到許星洲——

秦渡那一瞬間，腦海中咚的一聲。

——第六教學大樓。

不知是什麼原因，秦渡突然生出一種許星洲絕對在那的直覺！

他的肺被冷空氣一激，又劇烈運動了一整晚，疼得難受至極，他一路衝到了第六教學大樓的門口，難受得直喘氣。

第六教學大樓門口路燈幽幽亮著。

秦渡剛往裡走，就一腳踩到了一個硬硬的東西。

他低頭一看，是許星洲的小藥盒，被來往的人踩得稀爛，糖片全散了。

許星洲縮在牆角，抱著膝蓋。

過了一下，許星洲又覺得額角被雨淋到時有些刺痛，伸手摸了摸，摸到了一手血。

……是了，想起來了，好像真的從哪個樓梯上滾了下來。

明天要怎麼辦呢……許星洲問自己，就以這個狼狽的樣子被來上課的人發現嗎？那還不如死了呢。

片刻後，許星洲又想，如果今晚死了的話，那天晚上應該就是最後一次見到秦渡了。

這樣也不壞，他昨晚最終也沒有發現躲在樹後的自己，沒看到自己狼狽不堪的樣子——如果今晚死在這裡的話，希望也不要有人拍照給他看，如果拍照傳上論壇的話，希望能幫自己打個馬賽克。

畢竟昨晚的自己還算落難女性，今晚完全就是滾了滿身泥的流浪漢。

許星洲遙遙地看見有人朝自己的方向走了過來，樹葉縫隙之間看不清那是什麼人，可能是保全，也可能是不良分子——如果是後者的話，可能死相會更猙獰一點……

許星洲拚命往牆角躲了躲，雨聲將那兩個人的交談打得支離破碎。

——如果現在被發現，應該會成為校園傳說吧。

會成為F大深夜遊蕩的女鬼，許星洲想到這一點，嗤嗤地笑了起來，笑著笑著卻又落下了淚。

——明明平時是個光鮮亮麗的女孩子。

許星洲熱衷於打扮自己，喜歡在購物軟體、在實體店面挑來挑去，也知道怎麼修飾最好看，她每天都穿著漂亮的裙子，像是身為女孩子的一種信念一般。她出現在人前時總是最漂亮的模樣，會在去見喜歡的人之前心機地化妝。

去第二教學大樓門口畫石墩子的那天，許星洲甚至心機爆棚地用絲巾紮了頭髮，知道秦渡喜歡日系女孩就化了個日系妝，秦渡那時候說什麼「口紅顏色不對，我不喜歡這種」？

還是「妳穿成這樣，哪有來幹活的樣子」呢？

他好像兩句都說了。

——分明她已經那麼認真地活著了。

許星洲明明已經像明天即將死去一般去體驗、去冒險、去嘗試一切，付出了比常人多幾十倍甚至上百倍的努力從泥淖中爬出來，以像常人一般生活，以去愛一個人。

然而不是說努力就能爬出泥淖的。

而且，她在泥潭中愛上的那個人，連許星洲精心打扮的模樣都看不上眼。

許星洲難受得不停掉眼淚，抽抽噎噎地咬住自己的手背，不讓自己抽泣出聲。

不能被發現，如果那個人要拍照的話就要咬他，她想。

然後，那個人拽住了許星洲面前的那個桃枝。

和昨晚那棵樹不一樣，今天許星洲面前的枝椏非常粗，許星洲狼狽地瑟縮成了一小團，那個人拽了兩下，似乎意識到拽不動。

許星洲連動都不敢動，眼眶裡滿是淚水，哆嗦著朝上天祈禱「讓他快走吧」。

上天大概又聽到了許星洲的懇求，那個人的確後退了。

許星洲見狀，終於放鬆了一點。

然而下一秒，那個人抬起一腳，啪一腳踹上那根枝椏！

這人力氣特別大，絕對是常年健身鍛鍊的力道——

那一剎那，遮掩著許星洲的枝椏被他踹得稀爛，呱嘰掉在了地上。

那一剎那，桃樹枝椏被踹斷，木質撕裂般裸露在外。

那個人又踩了一腳，將枝椏徹底踩了下來，接著他蹲下了身，是個淋得渾身透濕的男人。

許星洲眼眶裡還都是眼淚，看到秦渡，先是愣了一瞬。

她那一瞬間想了很多……譬如秦渡怎麼會在這裡，他怎麼會知道我在這，但是接著許星洲就呆呆地想：我一定很難看，我頭破掉了，到處都是泥巴，也沒有穿裙子，臉上也髒髒的。

而秦渡，連打扮過的她都不覺得好看。

緊接著許星洲的眼淚啪嗒啪嗒地往外滾落，和著雨水黏了滿臉。

秦渡蹲在她面前，淋得像一隻垂著毛的野狼，看不清表情，而許星洲破碎地嗚咽著亂躲，無意識地尋找能藏身的角落。

秦渡啞著嗓子道：「……小師妹。」

許星洲沒有理他，她的喉嚨裡發出難堪的嗚咽，無意識地用頭撞了好幾下牆，那牆上滿是灰和泥，秦渡眼疾手快地以手墊住了。

「沒事了，沒事了，」秦渡以手心護著許星洲的額頭，痛苦而沙啞道：「師兄帶妳回去。」

許星洲發著抖閃躲，秦渡脫了外套，不顧她的躲避，把許星洲牢牢包在了自己的外套之中，以免她繼續淋濕——儘管那外套也濕透了。

許星洲啞著嗓子，喉嚨裡發出破碎不堪的抽噎，她似乎說了些什麼，也似乎沒有。

秦渡心裡如同被鈍刀子割了一般。

黑夜之中，那個女孩渾身都是泥水，身上髒到分辨不清本來的顏色，狼狽不堪，像一枝被碾碎的睡蓮——而秦渡跪於落葉上，將那個女孩抱了起來。

雨水穿過長夜，燈火漫漫，十九歲的許星洲蜷縮在他懷裡，像小動物般發著抖。

秦渡知道她在細弱地哭，在推搡他，在掙扎著要逃開，她在用自己所剩的所有力氣表達自己的憤怒和厭惡，可是秦渡牢牢抱著她，撕裂般地將臉埋在了她的頸窩裡。

——這是他的劫難。

世間巫妖本不老不死，卻在愛上睡蓮後，向那朵花交出了自己的命匣。

「沒、沒事了——」他泣血般告訴許星洲：「別怕。」

許星洲似乎發燒了。

也正是因為發燒，所以她無力反抗秦渡的支配，她推了兩下之後發現推不動，也掙脫不了，任由秦渡抱著。

五月初的天亮得很早，四點多時，天濛濛亮起。

秦渡發著抖，把許星洲一路抱出了校門。

他把女孩塞進後座，他的車門一拉就開，接著他才意識到自己當時一下車就跑了，一整晚都沒鎖。

秦渡把裹著許星洲的、濕透的外套隨手一扔，又從後車箱扯了浴巾出來，他以那塊浴巾擦女孩的頭髮，一擦，全是灰棕的血痕。

「妳怎麼了？」秦渡啞著嗓子問：「怎麼回事？」

許星洲不回答。

她燒的迷迷糊糊，額頭上發白的皮肉居然是被雨水泡的傷，渾身傷痕累累，指節上都是泡白了的刮痕，冰涼的皮膚下彷彿蘊著一簇燃燒的火。秦渡一摸就知道不對勁，意識到許星洲多半要大病一場。

許星洲縮在他的車後座上，眼淚仍在一滴滴地往外滲，不知道在哭什麼，也可能只是絕望。

秦渡卻只覺得心都要碎了，低聲道：「……睡吧。」

睡吧，他想，剩下的我來幫妳解決。

天光乍破，細長雨絲映著明亮的光，秦渡微微一揉布滿血絲的眼睛，回頭看了許星洲一眼。

許星洲髒兮兮的縮在他的車後座上，包著他的雪白浴巾，摻泥的血水染得到處都是。她無意識地抱著自己的肩膀，露出磕破皮的纖細指節，難受得瑟瑟發抖——那是一個極其缺乏安全感的姿勢，秦渡看得眼眶發酸。

安全感——是這個世界上秦渡最不明白也不了解的東西。

可是，至少她還好好地躺在後面。

他難受地想。

✧

徹夜的雨停了，雨後梧桐新綠，一派生機勃勃的模樣。

秦長洲從床上被叫起來，開著車跑到秦渡在學校附近買的公寓時，大概是凌晨五點半的樣子。

秦渡所住的社區路旁的月季花花瓣落了一地，社區門口報刊亭剛開門，大叔睡眼惺忪地將塑膠薄膜撕了，報紙一字排開，秦長洲買了份報紙，往副駕上一塞，打了個哈欠。

他拎著從家裡順來的醫藥箱，搭電梯上樓。秦渡公寓門連關都沒關，裡面雞飛狗跳，秦長洲在門上敲了敲才走了進去。

「大早上叫我起來幹嘛？」秦長洲樂呵道：「我不是二十一二青春靚麗的年紀了，這麼早叫一個老年人起來會猝死的。」

秦渡不和他貧嘴，道：「你來看看。」

秦渡的公寓裝修得極其特別，漆黑的大理石地面，黑皮亮面沙發，像一個吸血鬼老巢，秦長洲提著醫藥箱走了進去，心裡感慨這裡實在不像個人住的地方。

然後他走進主臥，看見秦渡的床上，縮著一個消瘦的女孩子。

那女孩不過十八九的年紀，頭髮濕著，穿著秦渡的T恤和籃球褲，脖頸小腿都白皙又勻稱，趴在他堂弟漆黑的床單上，是個柔軟漂亮的小模樣，難受得不住發抖。

「我猜她淋了一天的雨，」秦渡渾身看起來極為狼狽，咳嗽了兩聲，狼狽道：「……好像很不舒服，你幫她看看。」

秦長洲：「……」

秦長洲怒道：「大晚上淋雨幹嘛？吃點感冒藥不就行了，大早上把我叫過來就為了這個？」

秦渡喉嚨都有些發炎：「是星洲。」

秦長洲：「……」

他想起和秦渡去吃飯的那天晚上，那個眉眼裡都帶著笑意的女孩。

臥室從天花板到地板都暗得可怕，秦渡偏愛暗色性冷淡風裝修，可饒是如此——還是有熹微的晨光穿過玻璃，落在了在床上發抖的那個女孩身上。

秦渡髮梢還在往下滴水，一雙眼睛酸澀地望著許星洲。那一瞬間秦長洲生出一種莫名的直覺，好像他是在凝望某種被折斷了翅膀的飛鳥一般。

秦長洲問：「……量過體溫沒有？」

「三十八度四，」秦渡揉了揉通紅的眼睛說：「剛剛餵過退燒藥，身上還有外傷，哥你處理一下吧。」

秦長洲將醫藥箱放下，摸出聽診器，不解地望著許星洲問：「這個小女生怎麼回事？是病得說不出話了嗎？」

秦渡安靜著沒回答，秦長洲等不到答案，拿著聽診器去聽心率。

秦渡沉默了很久，才眼眶通紅地道：「……不理我，怎麼樣都不理我，難受成那樣了都不和我說一句話，不跟我要藥吃，就像……」

……就像，把自己和世界隔離開了一樣。

溫暖的陽光落在那個女孩子身上，她濕漉漉的頭髮帶著男士洗髮水的清香，像浸透春天的、死去的荷花。

但是心跳卻真實存在，咚、咚、咚地響著，猶如雷鳴一般，從那個正茫然落淚的女孩的胸腔中傳來。

——像是她不死的證明。

「——是憂鬱症？」

秦長洲嘴裡叼著支菸，又把菸盒朝秦渡一讓。

主臥的門在他背後關著，冷白陽光落在黑色大理石地面上。秦渡從表白被拒到現在差不多快四十八小時沒睡了，整個人都在成仙的邊緣，一放鬆下來就睏得要死，根本抗拒不了秦長洲發出的菸的誘惑。

他疲倦地點了點頭，誠實道：「……我連想都沒想過。」

秦長洲漫不經心地道：「我專攻外科，沒搞過心理精神這方面的研究，渡哥兒你還是得去找專家。但是聽我一句勸，憂鬱症的話，等她病情穩定一些了，就甩了吧。」

秦渡：「……」

「見得多了，」秦長洲嘲道：「根本長久不了，你不知道憂鬱症患者有多可怕，簡直是個泥潭。」

秦渡眼眶赤紅，連點菸都忘了，一言不發地坐在秦長洲旁邊。

秦長洲說：「一是他們大多數會反覆發作，二是一旦發作就會把周圍的人往深淵裡拽，但是你又很難說他們有什麼器質性的毛病。三是那些有強烈自殺傾向的，是需要一個大活人在旁邊盯著的。」

「連不少孩子家長都受不了，」秦長洲散漫道：「大多都是直接丟進去住院的。聽我一句勸，你連自己的人生都過得亂七八糟，就別沾這種小女生了，這不是你負得起的責任。」

秦渡冷冷道：「給不了建議就滾。」

秦長洲眉峰一挑：「喲？」

「我現在是問你——」秦渡發著抖說：「我應該做什麼。」

秦長洲想了想，道：「我選修精神病學已經是很多年以前了，我們那時候對憂鬱症患者的治療方案就那幾種，但是最關鍵的一點就是遏制自殺——這個應該還是沒變。」

秦渡艱難地嗯了一聲。

「真的，我還是那句話，」他哥哥說：「我不覺得你有能力碰這種女孩子。我不否認有男人能陪伴另一半到天荒地老，但是我不覺得你有。」

秦渡：「……我知道。」

「你連自己的人生都過不好，連自己的生活都不會珍惜。」秦長洲嘲道：「渡哥兒，你這種喜歡在生死邊緣麻痺自己的人，怎麼樣都不覺得生活有趣的人，無論如何都無法和自己和解的人——」

「真的沒有本錢去碰那種女孩子。」

秦長洲說。

「我理解那種小女生為什麼對你有這麼強的吸引力。」秦長洲在煙霧中瞇起了眼睛。

「那個叫許星洲的小女生的性格，就是你的完美互補，你所想要的一切她都有。」

「嚮往『生』的熱情、對每個人的善意，自由和熱烈，溫暖又絕望，堅強又嬌怯，」秦長洲吐出一口煙霧，道：「她又是火又是煙。」

她是在水面燃燒的睡蓮，又是在雨裡飄搖的炊煙。

「可是那不是你的。」秦長洲說：「這樣的女孩子不是你所能支撐得起的，渡哥兒，早放手早好。」

秦渡沉默了很長時間。

然後秦渡道：「我讓你放手你女朋友，你願意嗎？」

秦長洲：「……」

「哥，我現在勸你，讓你放手花曉，」秦渡眯著眼睛望向秦長洲：「因為她和你的家境差著天地，她家窮，你媽討厭她討厭得要死。還因為你年輕時比我還懦弱，連她在面對的東西都無法幫她解決，所以我讓你放手，你幹不幹？」

秦長洲：「……」

溫暖的陽光落在秦渡的後背上，他終於換下了淋雨的衣服，換上了家居服——他晚上穿的那堆髒兮兮的、染了血又沾了泥的衣服堆在廁所裡，像是過去世界的證明。

秦渡嘲諷地道：「你只說許星洲不適合我，你以為花曉就適合你了嗎？」

秦長洲：「……」

秦長洲終於自嘲一笑，道：「……既然你都這麼說了，那我就不說什麼了。」

「我本來就不需要你說什麼。回頭介紹個好點的醫生給我，」秦渡道：「最好盡快吧。我是不是還需要把她關係比較好的親友叫過來？」

秦長洲問：「父母？」

秦渡搖了搖頭：「那種爹媽不叫也罷，過分得很。星洲還有個奶奶。」

秦長洲感慨道：「真是個小白菜[3]啊。」

秦渡嗯了一聲：「所以我格外難受，她居然可以長成現在這般模樣。」

不知道那是付出了多少努力，才有那樣的一個許星洲，他想。

過了一下秦渡又嚴謹地道：「哥，你說，星洲奶奶很愛她，也有過陪她康復的經歷……把老人接來之後，露出點希望她定居的意思可行嗎？」

秦長洲笑了起來：「可行。渡哥兒居然開始盤算以後了？」

秦渡也沒有回答，只是笑笑地望向天際。

東天一輪朝陽初升，未散的雨雲被映作黃金般的色澤。

秦長洲和秦渡並肩坐在一起，他抽完了那根菸，慢吞吞地道：「……渡哥兒，你能盤算以後，就是好事。」

「走了，」秦長洲散漫地道：「傷口處理好了，今早醫院也沒有班，哥哥回家抱老婆去了，你進去陪著，她的藥先按哥留的吃。」

秦渡說：「好。」

接著秦渡將菸摁滅了，送秦長洲去電梯口。

3 小白菜，原型是指中國河北地區民歌小調〈小白菜〉裡的人物。比喻一個女生非常命苦，無依無靠。

電梯旁窗臺上擺了一盆明黃的君子蘭，被陽光曬得亮堂堂暖洋洋的，秦長洲拎著醫藥箱等電梯，卻突然意識到了一件事，複雜地開口道：「渡哥兒。」

秦渡手還插在家居褲的口袋裡，示意他快說。

「……關於那個小女生，」秦長洲瞇起眼睛問：「我就問你一個問題。」

秦渡眉峰一挑：「？」

秦長洲問：「誰幫她換衣服的？」

秦渡：「……」

秦長洲像是發現了什麼有趣的故事一般，瞇起眼睛看著二十一歲的秦渡：以昨晚大雨的飄潑程度，那個小女生沒淋到雨的可能性實在是太小了，而且今早還穿著秦渡的衣服，這機率別說 $P \leq 0.05$，都小到 $P \leq 0.0001$ 了。

空氣中流淌著尷尬的沉默，秦長洲饒有趣味地審視著自己的堂弟。

秦渡立刻連送都不送了，直接冷漠地轉身滾蛋。

秦渡連著淋了兩夜的雨，饒是身強體壯都有點頂不住，說話聲音都有點變了，他泡了杯感冒熱飲顆粒，端著馬克杯，望向樓梯上他的臥室。

他整棟公寓都裝修得極為冷淡，黑色大理石、黑鏡面、深灰色的布料和長絨毯，一如他本人對世界的看法，他對這所公寓生不出感情，而這本來就不是個給他容納感情的空間。

可是如今，十九歲的許星洲睡在他的床上。

秦渡將感冒顆粒一口喝完，上樓去，許星洲仍蜷縮在他的床上。

她連姿勢都沒怎麼變——細軟的黑髮，白如霜雪的皮膚，指節上、額頭上的碘酒，手指尖微微痙攣著拽緊秦渡的被子。深灰的被子下露出一截不知什麼時候崴了的、已經有些發青的腳踝。

秦渡那一剎那，感受到一種近乎酸楚的柔情。

那個女孩眼睫緊閉，眉毛細長地皺起，像是順著尼羅河漂來的、傷痕累累的嬰兒。

而嬰兒，應當被愛。

秦渡把臥室裡的銳器收起，從剪刀到迴紋針，指甲刀到玻璃杯，將這些東西裝進了盒子，然後坐在床邊，端詳許星洲的睡顏。

她額角磕破的皮，梳不開的頭髮，眼角的淚痕，被淚水泡得紅腫的眼尾，毫無血絲的嘴唇。

秦渡握住了那個女孩的手指。

許星洲大約還是討厭他的，秦渡想。

她那麼過分的拒絕甚至羞辱，數小時前見到他時慘烈的躲避，無意識的撞牆——無一不昭示著這一點。

秦渡自嘲一笑，靠在床上，陽光鍍在他的身上，窗外掠過雪白飛鳥。

他不再去碰熟睡的許星洲。

秦渡大約是太累了，本來只是想休息一下，沒想到他還真的睡著了。

他畢竟已經近四十八個小時沒睡了，饒是精力充沛都有些受不了，再加上徹夜發瘋找人，情緒高度亢奮——秦渡先是靠在床上睡，後來又滑了下去，半個人支在床下。

勞動節假期的第一天，秦渡一覺睡到了黃昏，才被餓醒了。

窗外夕陽金黃，秦渡餓得肚子咕咕叫，懷裡似乎抱著什麼熱乎乎毛茸茸的小東西，他睜開眼睛一看——

許星洲退燒藥藥效過了，燒得迷迷糊糊，整個人乖乖軟軟地貼在秦渡懷裡。

下午溫暖的陽光中，許星洲熱熱的、毛茸茸的腦袋抵在秦渡的頸窩裡，像一片融化的小宇宙。

秦渡那一瞬間，心都化了。

他動情地與許星洲額頭相抵，將她整個人抱在懷裡，任由金黃的夕陽落在他的後背之上。然後他與許星洲磨蹭了一下鼻尖——那個姿勢帶著一種極度曖昧親昵的味道，他甚至能感受到那個女孩細軟滾燙的呼吸。

秦渡幾乎想親她。

如果親的話，會是她的初吻嗎？秦渡意亂情迷地想。

在她昏睡時偷偷親走一個初吻是不是趁人之危？可他那麼愛許星洲，得到這一點偷偷摸摸的柔情，也應該是無可厚非的。

許星洲的嘴唇微微張開了些許，面頰潮紅，是個很好親吻的模樣。然而秦渡最終還是沒敢親，他只抱著許星洲偷偷溫存了一下，然後起身倒了點熱水，把許星洲扶起來，先餵她不傷胃的退燒藥。

許星洲半夢半醒，吃藥卻十分配合，她燒得兩腮發紅，眼眶裡都是眼淚。

秦渡低聲道：「……把水喝完。」

許星洲睜著燒得水汪汪的雙眼，順從地把水喝了，秦渡問：「餓不餓？」

許星洲沒聽見似的不理他。

秦渡清醒時已經和醫生諮詢過，許星洲這種缺乏回應的情況頗為正常，他問那個問題時本來就沒打算得到任何回應。

秦渡說：「廁所在外面，這是我家。」

許星洲仍一點反應都沒有，呆呆地捧著空玻璃杯，玻璃杯上折射出恢弘的夕陽與世界。

秦渡又說：「尿床絕對不允許——我下去買點清粥小菜，妳在這裡乖一點。」

許星洲這才微不可察地點了點頭。

她甚至沒有對自己身處秦渡家裡這件事表達任何驚訝之情，只是表情空白地坐在那，像一個把自己與世界隔離開的小雕像。

秦渡生怕許星洲在他不在時跳樓——儘管她沒有流露出半點自殺傾向，還是找了鑰匙把臥室門反鎖了，才下樓去買粥。

他臨走時看了許星洲一眼。

許星洲坐在夕陽的餘暉裡，身後明亮的飄窗映著整個城市，日薄西山。

這個女孩曾經在這樣的夕陽裡，抱著育幼院的孩子笑咪咪地陪他們玩遊戲，也曾經在這樣的光線中抱著吉他路演。她喜歡一切的好天氣，連雨天都能在雨裡把自己逗得高高興興的，像是一個孜孜不倦地對世界求愛的孩子。

可如今，她對這個世界無動於衷，表情木然地望著窗外，像是整個人都被剝離出去了一般。

秦渡被迫鎖上門的那一瞬間，只覺得眼眶一陣發燙。

秦渡去附近還算可心的粥鋪買了些百合南瓜小米粥和秋葵拌蝦仁，回來時天色並不早，而許星洲已經有些發汗了。

她額頭透濕，連後脖頸的頭髮都濕淋淋的，難受得縮在床上。

床頭燈暖黃地亮起，鴨絨被拖在地上，整個世界除了他們的角落，俱是一片亮著星點燈盞的黑暗。

許星洲見到飯，低聲勉強地說了聲謝謝，而那兩個字就像用盡了她所有的力氣一般，然後勉強吃了兩口粥，就打死不肯再碰了。

秦渡問：「妳昨天是不是也沒吃？」

許星洲沒說話。

秦渡坐在床邊，端起他跋涉三公里買來的粥，義不容辭地、威脅般地道：「妳給我張嘴。」

許星洲帶著眼淚看著秦渡，看了一下才把嘴張開。秦渡吹了吹粥，稱得上笨拙地動手，開始餵粥給她。

「不想吃也得吃，」秦渡漫不經心地道：「我買來的。」

他剛說完，許星洲就用力把湯匙咬在了嘴裡，雖然不說話，但是絕對的非暴力不合作。

秦渡：「……」

秦渡試圖抽出湯匙，但是許星洲牙口特別好，他又怕傷著許星洲，只得威脅道：「妳再咬？」

話外之意是，妳再咬定湯匙不放鬆，我就把粥倒在妳頭上。

許星洲：「……」

許星洲於是淚眼汪汪地鬆開湯匙——秦渡那一瞬間甚至覺得自己餵飯是在欺負她，但是他愣是硬著心腸，一勺一勺地把那碗粥餵完了。

不吃飯是斷然不行的，何況已經餓了兩天，看這個非暴力不合作的樣子，就算今天不強硬，明天也得動用強硬手段。

秦渡餵完粥，低聲下氣地問：「是不是我買的不合胃口？」

許星洲鑽進被子裡蜷成了一團。

秦渡：「……」

秦公子第一次當保姆以失敗告終，被看護對象連理都不理他，他只得憋屈地探身摸了摸許星洲的被周，以確定她沒有藏什麼會傷到自己的東西。

——沒有，許星洲只是要睡覺。

許星洲悶在被子裡，突然沙啞地開了口。

「我的小藥盒……」

秦渡想了想那個七色花小藥盒淒慘的下場，漫不經心地道：「……摔碎了，妳要的話我再去買一個。」

許星洲沒回答，悶在被子裡，長長地嘆了口氣。

秦渡在昏暗的燈光中，望向自己的床頭。

他的大床如今被一小團凸起占據——猶如春天即將破土而出、新生的花苞。

一切終究還有轉機。

許星洲所需要的——那些會愛她、會理解她的人的陪伴，還是存在的。

在上海安頓一個年邁的老人，可能在普通人看來可以說是困難無比，但是在他手裡卻不是。而許星洲以後應該沒有回湖北工作的打算，那地方對她而言——除了她奶奶還在那裡這件事——連半點歸屬感都沒有。

畢竟大多數外地考生考來申城，都抱著要留在上海的打算。湖北光是武漢就有八十二所大學，許星洲卻在填滿九個志願時，連一個湖北省的大學都沒有填——她的志願遍布大江南北，從北京到廣州，唯獨沒有一個是湖北省的。

秦渡咳嗽了一聲，撥通了程雁的電話。

他的衣帽間裡滿是熏香的味道，秦渡朝外瞥了一眼，深藍的簾子後，許星洲還睡在他的床上。

程雁應該是在玩手機，幾乎是秒接。

『喂？』程雁說：『學長，洲洲怎麼樣了？』

秦渡又看了一眼，壓低了聲音道：「她現在睡了，晚飯我餵了一點給她，她不太喜歡那家口味，明天我讓我家保姆做了送過來。」

程雁由衷道：『……學長，謝謝你，如果不是你……我都不知道該怎麼辦了。』

秦渡煩躁地揉了揉自己的頭髮，問：「謝就不用了，我不是什麼正人君子。程雁妳有沒有通知星洲的奶奶這件事？」

程雁那頭一愣，破天荒地沒有馬上回答這個問題。

「這樣，」秦渡又摸了摸自己的鼻子說：「妳如果沒買回程票的話，連著星洲奶奶的資料一起傳給我，我幫妳們買。時間隨妳們定，我這邊買票容易一些。」

程雁：『……』

秦渡散漫地拿著手機道：「是不是聯絡她奶奶比較困難？電話號碼傳給我就行，我和老人溝通。」

程雁沉默了許久，才低聲問：『學長，你說的，是她奶奶對吧？』

秦渡說：「是啊。」

「要設戶籍我幫忙解決，」他想了想又道：「要住處我這也有，把老人接上來，生活我供。」

畢竟許星洲談起她的奶奶時，是那麼眉飛色舞，他想。

秦渡想起許星洲笑著對他說起「小時候我奶奶會念圖畫書給我聽，還會煎小糖糕給我吃，我摔跤哭了會哄我說話，我奶奶天下第一」，提著買給奶奶的粽子時神采飛揚，眉眼彎彎地對秦渡說「我奶奶最喜歡我了」。

那個在小星洲發病時耐心陪她說話的慈祥長輩。

那個傳聞中，傳染給小星洲一身吃喝嫖賭的壞毛病的、脾氣潑辣的老人。

他的衣物間裡整整齊齊地放著秦渡泡夜店的潮牌、筆挺的高級訂製西裝和他前些日子買回來還沒拆的 Gucci 紙袋，秦渡用腳踢了踢那個袋子，心裡忖索那袋子裡是什麼——他花了半分鐘，才想起來那是一雙條紋皮拖鞋。

而電話裡的沉默還在持續。

『學長，』程雁打破了沉默，沙啞地道：『你為什麼會這麼說？』

秦渡又將那個紙袋踢到沙發下，說：「星洲和她奶奶關係不是很好嗎，我覺得讓老人來玩玩或是怎麼樣都行，來陪陪她，她需要……」

『——我今天，』程雁打斷了他：『下午的時候把星洲託我送給她奶奶的粽子送了過去，順便看了她奶奶。』

秦渡：「嗯？」

程雁啞著嗓子道：『……順便，除了除草。』

秦渡一愣，不理解「除草」是什麼意思。

『她奶奶的墳塋……』

程雁忍著眼淚道。

『都快平了。』

空調的風在秦渡的頭頂呼呼作響，許星洲安靜地睡在秦渡的床上，她大約退了燒，連呼吸都變得均勻而柔軟。

秦渡那一瞬間，甚至以為自己聽錯了程雁的意思，程雁說話時其實稍微帶著一點ㄋㄌ不分的口音，但是「墳塋」哪個字都沒有能造成發音干擾的可能。

墳塋？那不是埋死人的地方嗎？

秦渡還沒開口，程雁就說：『她奶奶走了很多年了。』

『——我以為你知道，』程雁難過地道：『不過星洲確實從來都不提這件事，不會告訴別人，她奶奶已經離開她很久很久了。』

秦渡無意識地抱住了自己的頭。

『……應該是國中的事情吧，國二，』程雁說：『早在我認識她以前那個老人就去世了。我是因為她休學復學才認識她，而認識她的時候她就已經自己住在奶奶的老房子裡了。』

『學長……』

『許星洲就是因為奶奶去世才第二次憂鬱症復發，甚至休學的。』

秦渡張了張嘴，卻一句話都說不出來。

『她從來都只提那些好的、那些金光閃閃的記憶，那些她奶奶寵她的，那些溫暖燦爛的。』程雁道。

秦渡那一剎那，猶如被丟進了水裡，肺裡疼得像是連最後的空氣都被擠了出去一般。

那些許星洲眉眼彎彎的笑容，那些說「都怪我是個山大王」時，她有點委屈又有點甜的模樣，那些秦渡發自內心地覺得「她一定是個被世界所愛的人」的時間——

在那些他所讚嘆的瞬間背後，是一個女孩從深淵中滿身是血地朝上爬的身軀，是不屈燃燒的火焰，是她在夏夜暴風雨中的大哭，是無數絕望和挫折都不曾澆滅的生命的火焰。

他只聽見了許星洲如流銀般的笑聲，卻從未看見她背後的萬丈深淵，皚皚陽光，懸在頭頂的長劍，她的巴別塔和方舟。

『學長……』

程雁啞著聲音道：『你不知道吧，她在這個世界上，真的，是一個孤家寡人。』

許星洲，真的沒有家。

第十二章　他的星河之洲

晚上十點，秦渡洗完澡，看著鏡子中的自己。

他生了個銳利又極具侵略性的相貌，鼻梁高挺筆直，剛洗完臉，鼻尖往下滴著水，眼周還有一絲生硬的紅色。

然後他將臉擦了，回了臥室，開門時穿堂的夜風吹過床上的那個小女孩。

許星洲仍縮在他的被子裡，纖細手指拽著他的枕頭一角。秦渡一百八十六的個子穿的衣服對她來說實在是太大了，衣領下露出一片白皙有致的胸乳，換個角度簡直就能看光……

秦渡尷尬至極，立刻把那衣服的衣領往上拽了拽。

……胸是挺小的，可是真的挺可愛，他想。

溫暖檯燈映著她的眉眼，她細細的眉毛仍不安地皺著，像是在尋找一個安全的角落似的。

秦渡在床旁坐下，扯開一點被子，靠在床頭，突然想起許星洲問他「那個藥盒怎麼樣了」。

——「七色花小藥盒」。

現在想來，那實在是一個極度冷靜又令人心酸的自救方式。

許星洲清楚地知道那藥盒裡是安慰劑，只是普通的糖片而已，可是她仍在用那種方式自我挽救，像是在童話裡扯下花瓣的珍妮。

在《七色花》童話中，老婆婆給小珍妮的七色花有紅橙黃綠青藍紫七種顏色的花瓣，她用紅色花瓣修補了打碎的花瓶，用黃色花瓣帶回了麵包圈，用橙色花瓣帶來了無數玩具，又用紫色花瓣送走了它們。其中，小珍妮用藍色花瓣去了北極，然後用綠色花瓣回了家。

——所以許星洲的小藥盒裡，什麼顏色都有，唯獨沒有綠色的糖片。

秦渡將這件事串起來的那一瞬間，眼裡都是血絲，疼得幾乎發起抖來。

那女孩眼睫纖長，在微弱的燈光裡幾不可察地發著抖，是個極度缺乏安全感的模樣，秦渡小心翼翼地與她十指交握。

許星洲的手指破了皮，秦長洲作為一個見慣了院外感染的醫生，處理傷口時尤其龜毛——幫她塗滿了碘酒，碘酒將傷口染得斑斑點點，襯著皮下的瘀血相當可怕，卻是一隻又小又薄的手。

秦渡的手則指甲修剪整齊，骨節分明的手指上還有一圈梵文刺青，真真正正的從小養尊處優，然而那雙手繭子硬皮一樣不少，屬於男人，有力而硬朗。

許星洲小小的、滿是傷痕的手被秦渡握著，像是捏住了一朵傷痕累累的花。

秦渡酸楚道：「……小師妹。」

他輕輕揉捏許星洲的指節，如同在碰觸什麼易碎的春天。許星洲舒服地喟嘆出聲，不再難受得發抖，而是朝他的方向蹭了蹭。

秦渡將燈關了，令黑暗籠罩了他們兩個人，接著他想起什麼似的，一手與許星洲十指交握，另一手從床頭櫃裡摸出了許星洲那個貼滿星星月亮貼紙的Kindle。

他還沒按開開關，就看到了黑暗中，許星洲睜開的眼睛。

許星洲那雙眼睛裡水濛濛的，眉眼柔軟得像初夏野百合，顯然不是個睡醒的模樣。

濃得化不開的夜裡，秦渡沙啞地問：「……怎麼了？」

許星洲手心潮潮的，大概是發汗的緣故，他想——是不是應該鬆開？她會不會反感與自己牽手？

許星洲細弱地道：「……師兄。」

秦渡心裡一涼。

——她認出來了，秦渡想。

然後秦渡難堪地嗯了一聲，不動聲色地將交握著的十指鬆了。

「……師兄。」

許星洲的聲音又沙啞又模糊，帶著一股半夢半醒和難言的發抖意味。

秦渡又嗯了一聲。

下一秒，那女生迷迷糊糊地、安心地鑽進了秦渡懷裡。

秦渡愣住了。

許星洲像個小孩子一樣，柔軟地在秦渡的頸窩蹭了蹭。

她的動作帶著一種本能的依賴和癱軟，像是天性裡就知道，在這世界上，這角落是安全的一般。

秦渡幾乎能感受到這個女孩身上異常的、燃燒的體溫，她仍發著燒，可是那是她活著的證明。

「……師兄在，」秦渡低啞道：「我在。」

「師兄，我難受……」

黑夜中，許星洲帶著綿軟的哭腔說。

她說這句話時還縮在秦渡的被子裡，眼眶裡都是眼淚，在黑暗中亮亮的。秦渡被她蹭得心裡柔軟一片，手臂環著許星洲的腰，不經意地蹭她兩口豆腐吃。

許星洲沙啞地重複：「……師兄，我難受，好疼。」

秦渡模糊地道：「哪裡疼？」

他怕許星洲哪裡不舒服，將檯燈開了，才發現許星洲面色潮紅，難受得不住地哭，手指還扯著秦渡的衣角。

秦渡：「……」

秦渡立刻緊張起來，許星洲還處於一個不願意說話的情緒低谷，連告訴他難受都像是用盡了全身力氣似的。

是不是哪裡出了問題？是有沒發現的傷口嗎？還是感染了什麼細菌病毒？秦渡簡直嚇出一身冷汗，把許星洲半抱在懷裡，摘了眼鏡，以眼皮試她額頭的溫度。

女孩渾身軟軟的，任他擺弄，體溫卻正常。

秦公子作為一個衣來伸手飯來張口、從小身體健康的二世祖，從來沒遇到過這種情況，低聲又問了兩句「到底是哪裡不舒服」——而他的星洲只是抽噎，一個字都不願說，耳朵都通紅著。

她一旦發病，似乎會有點逃避傾向，而且極度沉默，平時嘰嘰喳喳的女孩突然寂靜下來，像石頭上生長的青灰青苔。連主動說話都不會，更不用說回應秦渡的提問了。

……雖然不願說話，但難受應該是真的，秦渡想。

然而他怎麼樣都問不出來，簡直急得不行——許星洲縮在床上像一隻蝦米，眼淚都在被子上洇了一個窩。秦渡心疼得要死，卻又不能用任何強迫的手段。

他只能打電話給秦長洲，問這位資深外科醫生可能是怎麼回事。

電話嘟嘟了兩聲，立刻被接了起來。秦長洲顯然還沒睡，大約正在社區裡散步，聽筒裡甚至傳來了初夏的吱吱蟲鳴。

秦長洲：『怎麼了？渡哥兒？』

「……星洲在哭，」秦渡難堪地道：「也不說怎麼了，只告訴我難受，然後什麼都不願意告訴我了。」

秦長洲立刻問道：『什麼姿勢？有沒有抱住肚子？發燒了沒？』

秦渡看了許星洲小蝦米的姿態一眼，斟酌著回答：「應該是抱住了……吧。沒有在燒。」

『那就可以先排除感染，應該是腹部的問題。渡哥兒你摸摸她的肚子，』秦長洲指揮道：『先看看有沒有外形變化，再按一按，看看軟不軟硬不硬有沒有壓痛反跳痛什麼的——就輕輕按一下，問問疼不疼就行。』

秦渡掀開被子，許星洲縮在床上，怯怯地道：「……別、別碰我。」

秦渡道：「我就……就碰一下，妳不是難受嗎？」

「別碰我，」許星洲帶著鼻音重複：「你不許碰我，絕對不許。」

她說話的樣子帶著種與正常時截然不同的稚嫩，像個毫無安全感的小孩子。

然後許星洲看到秦渡在看她，抗拒地別開了紅紅的眼睛。

秦渡：「……」

秦渡想，這女生實在是太難搞了。

明明剛在黑暗中還喊著師兄，迷迷糊糊地投懷送抱，鑽在他懷裡對他說「自己不舒服」的小師妹——轉眼就變成了「你絕對不許碰我」的混蛋樣子，連眼睛都別開了。

秦渡這輩子沒吃過這種閉門羹，又怕許星洲哪裡出了問題。醫生會因為患者精神狀態不配合就放棄用藥嗎？顯然不會——於是他夾著電話，半跪在床上，強迫性地、隔著衣服按了按許星洲的小腹。

許星洲反抗不了秦渡屬於男人的壓迫，面頰和眼睛都哭得緋紅，簡直是個絕望到想死的模樣。

秦長洲在電話裡問：『肚子軟嗎？沒有壓痛反跳痛？』

秦渡一看她哭，都不敢再摁了，安撫地摸著她的頭髮，道：「……沒有，挺軟的。」

許星洲還趴在床上，背對著秦渡，連看都不看他。

秦長洲：『……』

『那就奇怪了，』秦長洲疑道：『我早上檢查的時候也覺得沒什麼問題，總不能是吃壞了肚子吧？』

秦渡簡直以為許星洲得了什麼怪病，想抱著許星洲跑去醫院檢查一通的時候，秦長洲終於忍著笑意道：『——其實，還有一個可能。』

秦渡急死了：「那你說啊！別賣關子！」

二十分鐘後。

秦渡：「……」

秦渡站在貨架前，拿著電話，滿臉通紅地問秦長洲：「要買……哪種？」

二十八歲的秦長洲用他最惡毒的、最言情男主的聲音，輕蔑地輕笑了一聲。

大三在讀生秦渡：「……」

『……渡哥兒，沒想到啊，當了二十一年『媽媽同事家孩子』的你——』秦長洲毫不留情地嘲諷他：『連這個都不會買。真是風水輪流轉哦。』

秦渡：「我……」

秦長洲又火上澆油地問：『你國中的時候談的那兩個女朋友沒讓你買過嗎？你不是買了一堆包給她們還幫她們換手機，我當時還以為你大包大攬大概連她家裝修都……』

秦渡憤怒地對著手機吼道：「能不能別提了！我那時候他媽的才談了幾天——」

秦長洲漫不經心道：『行了行了，吼我幹嘛——是男人都有第一次的。』

秦渡：「……」

秦渡忍辱負重地點頭表示受教：「……是的，是的，哥，受教了。」

大約是秦渡憋屈的語氣終於取悅了他，秦長洲終於給出了重要的線索：『訣竅就是——』

『旁邊阿姨怎麼買你就怎麼買。』

超市裡燈火通明，恰逢假期第一天夜裡的超市人潮處於尖峰時段，簡直是人擠人，秦渡提著籃子茫然無措地站在女人堆裡，過了一下，學著旁邊的阿姨拿了一包十六點三公分的ＡＢＣ絲薄棉柔護墊，並且往購物籃裡連著丟了五包。

電話裡，秦長洲突然問：『渡哥兒，你應該知道衛生棉是什麼吧？』

秦渡：「……」

他審視了一下手裡拿的小塑膠包，讀到了天大的「護墊」二字，立即轉而去拿旁邊的KMS衛生棉——並對著電話冷靜嘲諷：「你把我當傻子？」

秦長洲驚愕道：『你比我想像的聰明一點。』

秦渡：「呵呵。」

然後秦渡立刻掛了電話。

接著秦渡看了籃裡的五包護墊一眼，又往裡面丟了十包衛生棉，心想這總該夠用了吧，也不知道女孩子都是怎麼消耗這種東西的，用得快不快……不夠用的話就再來買好了。

他正想著呢，有個來買東西的老阿姨就笑咪咪地問：「小夥子，是幫女朋友買衛生棉嗎？」

秦渡耳朵發紅，面上強撐著道：「……算、算是吧。」

女朋友，他想。

「真害羞喔，」老阿姨吳儂軟語，眼睛都笑彎了，問：「是不是第一次啊？」

秦渡手足無措地點了點頭：「……嗯，怎麼看出來的？」

他生得英俊，個子也高，哪個年紀的女人不喜歡好看的後生，於是阿姨友好地告訴他：「小夥子，我們女孩用的衛生棉是分日用夜用的。」

她想了想，又補充道：「不過一般男孩第一次來買的時候，都分不清哦。」

了。

「……」

秦渡羞恥至極，趕緊對阿姨道了謝，又往購物籃裡面丟了七八包超長夜用，拎著就跑

秦渡推開家門時，許星洲看起來頗為厭世。

秦渡想起最後問她「妳生理期是不是來了」的瞬間，許星洲稱得上生無可戀的表情，只覺得她哪怕生了病都是可愛的。

許星洲仍穿著他寬鬆的、印著公牛的籃球褲，整個人又羞恥又絕望，只是堪堪忍著眼淚。

秦渡揚了揚手裡的超市塑膠袋，道：「買回來了。」

許星洲死死咬住嘴唇，不讓自己哭出來。

也不知道秦渡對女孩子來生理期有什麼誤解，他提來的那個塑膠袋裡的衛生棉怕是夠許星洲用一年——接著他把那一袋衛生棉耀武揚威地朝許星洲面前一放。

「去換吧。」秦渡忍著笑，朝廁所示意了一下道：「來個生理期而已，怎麼哭成這樣？」

那一瞬間，許星洲的淚水又忍不住地掉了下來。

他大概根本不懂吧，許星洲絕望地想，這件事有多可怕。

許星洲已經以最難看、最傷痕累累的樣子被秦渡抱回了他的房間，醒來的時候衣服都被換光了，許星洲本來已經想不出還能有更丟臉的樣子，沒想到屋漏偏逢連夜雨，連月經都來湊了這個可怕的熱鬧。

有多噁心呢，經血連她自己都覺得不堪入目……許星洲難受地縮成一團。

秦渡大概已經快被噁心壞了……許星洲又難堪地想。

「你的床上也弄到了。」許星洲沙啞地說：「被、被子上也有，褲子上也……不過沒事，我明天幫你洗掉……」

秦渡不耐煩道：「我讓妳洗了嗎，去墊衛生棉。」

許星洲不敢再和他說話，哆嗦著拆了一包，鑽進了廁所裡，把門鎖了，躲在裡面大哭不已。

她根本控制不住自己的情緒，想到秦渡可能會覺得自己噁心，心裡就湧起一股發自內心的絕望——那種絕望簡直侵蝕著她所剩不多的神智。許星洲無聲地大哭，看著秦渡留在鏡子前的刮鬍刀，都有種想一了百了的衝動。

這種刀片應該是要卸下來用的，許星洲看著自己手腕上毛毛蟲一般的疤痕，這樣想。

可是，在許星洲無意識地伸手去摸刀片時，秦渡的聲音卻突然傳了過來。

「小師妹，妳該不會還沒接受過月經來的教育吧？」

他甚至有點沒話找話的意思。

許星洲：「……」

秦渡靠在外面牆上，漫不經心地說：「畢竟妳媽那麼糟糕，妳連媽都不想認，肯定也不會跟妳講月經來要怎麼做，為什麼月經來不是一件羞恥的事情，我猜你們學校也沒有性教育課吧？師兄剛剛翻了翻入學時發的女生小課堂，大致了解了一下，要不要幫妳上一遍課啊？」

許星洲：「……」

「月經來這件事呢，說來也簡單，」秦渡沒話找話地說：「就是女孩子身體做好準備的象徵，標誌著成熟和準備好當媽媽……」

許星洲簡直聽不下去，刀片也忘了摸，挫敗地捂住了臉，長長地嘆了口氣。

這還要他講，上完國中生物課也該知道了好嗎，而且誰要當媽媽啊。

秦渡卻似乎在等待許星洲的這一聲嘆息似的，許星洲聽到門口傳來一聲放鬆的嘆息。

——那一瞬間，許星洲意識到，秦渡是不放心自己獨處，怕自己尋短見，才出現的。

「妳等等開下門，」那個師兄低聲道：「我在門口留了點東西給妳。」

然後秦渡的腳步聲遠去，把私人的空間留給了許星洲。

許星洲開門，發現門口放著一個象牙白的紙製手提袋。

她擦了擦眼淚，把那個紙袋拿了進來，裡面裝著兩套貼身內衣，和一條舒適的、純棉家居短褲。

應該是他剛剛細心買的，許星洲淚眼朦朧地想。

秦渡將床重新鋪了一遍，整張床換成了藏青白條紋的床單，許星洲才從廁所出來。她大概哭累了，迎著暖黃的燈光走來，小腿上還都是碘酒的斑點，膝蓋上塗了好大一片棕紅的痕跡，襯著白皙的皮膚，秦渡只覺得扎眼。

那時候已經快十二點了，秦渡又被許星洲奴役了一晚上，有點想睡覺。

許星洲啞著嗓子道：「等……等明天，我幫你洗，你別生氣。」

秦渡瞇起眼睛：「洗什麼？」

「床單、被單……」許星洲紅著眼眶說：「衣服什麼的，對不起……」

她痙攣地拽住了自己的衣角，又對秦渡喃喃地說：「……對不起，我弄髒了，我會洗乾淨的。」

秦渡：「……」

秦渡眼睛狹長地瞇起：「許星洲。」

許星洲微微一愣，秦渡問：「妳知道我昨天晚上怎麼找妳的嗎？」

許星洲艱難地搖了搖頭。

她發作的程度其實相當嚴重，連大腦都混沌不堪，甚至直接影響到現在的思考模式，在昨晚那種情況下，許星洲只能模模糊糊記得秦渡把自己從泥裡抱起來的一幕。

那一抱之後，天穹才破開一道光，令光明降臨於世。

「我九點接到妳閨密程雁的電話，她對我求救。」秦渡看著許星洲說：「晚上十一點零三分，我花了五分鐘，闖了不下八個紅燈到了學校正門。」

許星洲眼眶紅紅的。

秦渡：「我找了無數個教學大樓，無數個樹叢，無數個犄角旮旯和樓梯間。昨天雨下得這麼大，我怕妳聽不見，喊得嗓子都裂了，喊得好幾個門衛連門都不看了，幫我一起找人。」

許星洲不知所措地嗯了一聲。

「我鬧得人盡皆知，我怕我認識的人沒有不知道我在找許星洲的。」

「然後，在凌晨四點零二分，」秦渡盯著許星洲說：「我終於在第六教學大樓外面找到了妳，那時候妳哭得氣都喘不勻了，見到我都用頭撞牆。」

橙黃的床頭燈流瀉一地，猶如被孤山巨龍踩在腳下的萬壽燈花。

那一剎那，溫暖的夜風吹過許星洲的小腿，溫暖地掠過她身上的斑斑傷痕。

在那些能滲透人的絕望中，在把自己與世界之間建起的高牆之中，許星洲突然感受到了一絲稱得上柔情的意味。

「我這樣把妳找回來，」秦渡盯著許星洲的眼睛，極度不爽地道：「不是為了讓妳洗這些東西的。」

然後秦渡讓了讓身子，示意許星洲可以上床睡覺了。

溫柔燈光落在地上，又在柔暖的被子上映出一個小小的鼓包。

秦渡戴著眼鏡靠在床頭，端著筆記型電腦跑程式。他其實有點輕微的近視，只是平時不戴眼鏡而已，而許星洲就待在他的旁邊。許小混蛋畢竟人在他家裡，又慵慵地不是個能說話的狀態，老早就睡著了。

秦渡處理完資料，把電腦闔了，正打算去看看許星洲的小 Kindle，就突然覺得有什麼軟軟的東西拽住了他的衣角。

秦渡：「……」

秦渡低頭一看，是許星洲的爪子，她極其沒有安全感地拽住了他腹部的T恤，又發著抖把人帶著衣服往自己的方向拉了拉。

秦渡感到一絲疑惑。

……連著三次睡覺都被抱被拽，難道還不是偶然？

秦渡把筆電往地上一放，又往遠處推了一下，推完將身子往許星洲的方向靠了靠，方便女孩拽著自己。

然後他關了床頭檯燈，拿起許星洲貼滿貼紙的小 Kindle，把許星洲的小 Kindle 按開了。

那個小 Kindle 有好幾個分類，為首第一個名字就很勁爆。

『熱愛生活，熱愛色情文學。』

秦渡：「……」

秦渡早就見過一次這裡面的書名，此時又與這個分類重逢，還是認為許星洲的性癖頗為糟糕。

然後他點開了排在第一的那本《高興死了》。

臥室裡安靜至極，黑暗之中僅剩許星洲握住秦渡衣角之後均勻柔軟的呼吸聲。整間主臥寬廣的空間裡，只有秦渡面前的 Kindle 幽幽地亮著光。

秦渡第一次認真地帶著對許星洲的探究，去讀那本她在統計課上讀的書。

「我看見自己的人生。」

『我看見生活中的悲傷和不幸讓幸福和狂喜更加甜蜜。』

那本書的作者這樣寫道。

秦渡看得心裡發緊，伸手去撫摸許星洲溫暖而毛茸茸的腦袋。她的身體彷彿帶著一種頑強的、火焰一般的生命力，秦渡想。

她的燒從此沒有再升上來，身體卻溫溫的，依賴地朝秦渡的身側蹭了蹭，頑強地非得貼著他睡。

黑暗中，秦渡嗤嗤地笑了起來，問：「小師妹，妳明明不喜歡師兄，還是在吃師兄的豆腐嗎？」

許星洲精神狀況仍不好，睡得並不太安穩，他一說話就露出了要被吵醒的樣子，難受地嗚咽起來。

——秦師兄於是摘了眼鏡，躺下去，並在靜謐的、五月的深夜，把小師妹摟在了懷中。

清晨，許星洲睜開眼睛的那一剎那，立刻被陽光照進了眼底。

陽光就像爆炸的光球般映著許星洲，她又在經痛，肚子痠痛得厲害，下意識地往被子裡躲——而她一扯被子，就意識到這裡不是她的寢室。

這個被子有點太柔軟了，好像很貴，而且被子裡還有一點不屬於她的溫度。

昨天晚上和誰同床共枕了嗎？

許星洲縮在床上，感受著自己的四肢被柔軟的被子包裹，腦袋還迷迷糊糊的，低燒和精神忽輕忽重地干預著她的思考——然後她終於想起，自己被秦渡撿回了家。

下一秒，彷彿為了佐證這件事一般，許星洲聽見浴室門「吱呀」地打開的聲音。

秦渡趿拉著拖鞋，以毛巾揉著一頭濕漉漉的捲髮，從白霧瀰漫的浴室裡走了出來，陽光透過窗臺上的擺件落在他的身上。

秦渡的體型堪稱模特，肩寬腿長，穿著件鬆垮的滑板短袖，懶洋洋地打了個哈欠，伸手撩起衣服下擺，露出一小部分刺青，他的腰型如同公狗，一看就是個常年健身的騷雞。

許星洲：「……」

秦渡昨晚是不是睡在她旁邊了？許星洲難堪地想。

這個場景，實在是不能更糟了。

理智的那個許星洲第一個念頭就是鑽進煤氣灶，和那些天然氣一起炸成天邊的煙火，而那個被病情拖住的許星洲卻連動一動的力氣都沒有，只是動一下手指，都有種絕望的、焦慮又窒息之感。

秦渡注意到許星洲的目光，漫不經心地擦著頭髮問：「醒了？」

許星洲無力回答。

她睜著眼睛，茫然地看著秦渡，秦渡也不覺得這問題值得回答，又問：「餓不餓？」

許星洲搖了搖頭。

秦渡連看都沒看就道：「餓了就行，樓下飯廳有稀粥。」

許星洲厭世地把自己埋進被子裡，擺明了讓他離自己遠點，本來許星洲生理期第一天就不愛吃飯，經痛得厲害的話吃多少吐多少，加上還是秦渡在張羅，許星洲連半點吃的意思都不剩。

都已經這樣了，連這種模樣都被秦渡看到了——這個世上的所有人連許星洲健全溫暖的模樣都不愛，許星洲只覺得自己像垃圾桶裡被團成一團的垃圾，上面淋滿了黏黏的柳丁味芬達，誰都不想碰。

能不能把自己餓死呢，許星洲悶悶地想，小時候看《十萬個為什麼》，裡面似乎提到過人如果五天不吃飯，就可以把自己餓死。

活著真是太累了，許星洲想，躲在被子裡，死死地咬著唇落淚。

許星洲在被子籠罩的黑暗中，淚眼朦朧地想起小時候看《十萬個為什麼》——那套書是許星洲的奶奶從二手書店抱回來的。她的奶奶小時候只上過兩年學，粗略地識得幾個字，卻莫名地有種「孩子一定要好好讀書」的執著。

她奶奶應該是看了他們小學裡貼的廣告，於是去舊書店搬了八本《十萬個為什麼》回來。那一套書每一本都小小的，書皮磨得有些破舊，第一本是豔紫的顏色，第二本卻是綠的，本應該銜接在紅色後面的黃色和橙色卻分別是第三本和第四本，簡直能逼死強迫症。所以小許星洲從來都是把這一套書按顏色排成彩虹，整整齊齊地放在小小的書架上。

那些，如同流金的歲月。

那些夕陽西下的老胡同，隔著院牆飄來的菜盒子香，春天廣袤原野中的螢火蟲，青青的橘子樹，用水果刀刮開的涼薯，金光斑駁的奶奶和她醜醜的家長簽名，由奶奶簽名的家長信和學雜費，和仲夏夜裡，和奶奶坐在街頭小店鋪裡剝出的小龍蝦。

許星洲哭得鼻尖發酸，卻拚命壓抑著自己，讓自己不要發抖。

發抖的話會被看出來的，她想，雖然秦渡不可能在意自己哭不哭，但是許星洲不能承受任何被他人發現自己如此討人厭的一面的風險。

儘管，那個人可能早就知道了。

房間裡久久沒有聲音，秦渡可能已經離開了臥室。許星洲縮在被子裡哭得眼淚鼻涕雙管齊下，明明拚命地告訴自己「不可以哭了」，可是她的身體卻沒有聽半分指令。

為什麼許星洲要活著礙別人的眼，給別人添麻煩呢？

許星洲艱難地抽了抽鼻涕——她哭得太厲害了，連鼻子都塞得徹徹底底，喘息都困難，她心口都在發疼，像是心絞痛。

下一秒，蓋住她的被子，嘩啦一聲被掀開了。

那一剎那簡直避無可避，許星洲被迫暴露在陽光下，任由陽光如煙火般炸了她一身。

在刺眼的陽光之中，秦渡扯著被子，高高在上地端著粥碗問：「妳吃還是我餵？」

許星洲哭得連氣都喘不勻了，她渾身沐浴著陽光，身上穿著秦渡的T恤，整個人在如白金般流淌的陽光之中，瑟瑟發抖。

秦渡嘆了口氣：「……許星洲。」

許星洲滿眼的淚水，嘴唇鼻尖都是紅的，

然後，秦渡把粥碗放在了地上，在床頭抽了紙巾，耐心地幫那個正在崩潰落淚的女孩擦眼淚。

五月二日，三十層的公寓外晴空如洗，白鳥穿越雲層。

秦渡擦透了好幾張衛生紙，又抽了一張，示意她擤鼻涕。

許星洲：「……」

秦渡嘲笑她：「擤鼻涕還要師兄教？」

然後他隔著紙巾，捏住了許星洲的鼻尖。

許星洲一開始還試圖堅持一下，維持自己作為一個「曾經相當有姿色」的女生的尊嚴，但是秦師兄一用力，許星洲霎時連鼻涕泡都被擠出來了。

「哇。」秦渡使壞地又捏了捏許星洲的鼻尖：「許星洲，我以前可不知道，妳一哭起來，居然這麼像幼稚園小小班的同學？」

許星洲終於沙啞地、帶著鼻音開口：「我才不——」

「——妳才不什麼？妳才不是幼稚園小小班？可是我小小班的時候，就已經不需要大班的哥哥姐姐擤鼻涕了啊。」

許星洲：「你……」

秦渡坐在床邊，端起粥碗，得意地擰了擰她的鼻子。

「你什麼你。許星洲，跟師兄學著點。」

許星洲被餵了一肚子的熱粥——粥裡還被秦渡很細心地加了紫糯米和紅棗。可是這種土法偏方終究拿經痛沒辦法，最多能做個心理安慰罷了。她渾身都沒什麼力氣，又肚子痛，還是蜷縮在秦渡的床上，像一朵經痛菇。

秦渡吃過早餐後就靠在許星洲旁邊，Mac放在膝頭，螢幕上是個許星洲從未見過的軟體，她之前聽公衛學院的同學提起過，應該是SAS[4]。

許星洲從來沒有離他的生活這麼近過。

秦渡的鼻梁上架著眼鏡，他的面容有種刀削斧鑿的銳利，漫不經心地摘下眼鏡，揉了揉眉心。

然後他直接把自己的手機一撈，丟給了許星洲。

「密碼是六個七。」他說。

然後秦渡想了想，又道：「iCloud密碼是六個七，一個大寫的Q一個小寫的d，想玩什麼遊戲自己下載，儲值不用跟我報備。」

許星洲一怔。

秦渡翹著二郎腿，又瞇起眼睛，威脅般地道：「什麼遊戲都行，就是不准玩那個什麼，養野男人的戀與X作人……」

許星洲抱著他的手機，躺在床上，茫然地看著他。

秦渡：「……」

---

4 SAS，統計分析系統（Statistics Analysis System），一個著名的商用統計學軟體。

秦渡忍辱負重地說：「……妳玩吧。隨便儲值。」

許星洲拿著秦渡的手機，他的手機光光滑滑，許星洲看了一下，懨懨地把手機塞在了枕頭下面，連解鎖都沒解。

秦渡莞爾地問：「Steam呢？該買的遊戲我都買了。」

然後他把正在跑資料的軟體一退，將筆電遞給了許星洲。

許星洲又搖了搖頭。

秦渡又笑了笑，耐心地問：「PS4？Switch？最近出的遊戲我都有，是不是無聊了？我陪妳玩。」

許星洲差不多兩天的情緒低谷，眼眶都哭腫了，低聲道：「……不是。」

「我在想……」許星洲難受地道：「我、我要怎麼辦。」

秦渡用遊戲機逗她的想法一停。

秦渡：「妳是說學校那邊還是家裡？」

許星洲躺在他身側，背過了身。

秦渡說：「學校那邊需要的話我幫妳請假，先開了一週的假單，妳好好恢復就行。課的話程雁會幫妳記筆記，期末考試看狀態參加，參加不了就緩考，妳走不了程序的話我來。」

許星洲：「……然後呢？」

秦渡：「……」

「我就是這種狀態，」許星洲強撐著道：「我無論對於誰來說，都是拖累。我現在無法合群，走在人群裡都覺得痛苦，無法上課，無法高興起來。現在假期，矛盾還不突出——可是我如果遲遲好轉不了，就會拖累試圖照顧我的所有人。」

秦渡說：「妳——」

「——連你也是。」

許星洲抬起頭，望向秦渡。

她對著秦渡慘澹地笑了一笑，可她笑得比哭還絕望，猶如晚秋時節凋亡的虞美人。

「你看，」許星洲自嘲地道：「我現在已經很不好看了，我還會拖累別人的情緒，浪費別人的時間，我甚至不知道我這種狀態還要持續多久。」

秦渡擰起眉頭：「這和妳好不好看有……」

他還沒說完，就被許星洲打斷了。

「對不起，」許星洲沙啞地道：「你不是我，我不該問你答案的，對不起。」

許星洲說完，不等秦渡回答，就躲進了厚重的被子裡面。

許星洲面前擺的問題極為現實，而且沒有一個能得到解決：許星洲無家可歸，因而發病也沒有家人能照顧她，在病情過於嚴重時，有極大機率需要選擇孤身一人住院療養——可如果不能住院的話，她也無法住在宿舍裡，更不可能回到家鄉獨居。

她可能不能去那個她拚命爭取來的實習崗位了，如果情況過於惡劣，甚至可能需要休學——就像她國中時那樣。

許星洲躲在被子裡，小口小口地喘氣。

為什麼活著會這麼難呢，她想。她在這個世界上孑然一身，經過重重試煉捶打才活到如今，卻還要面對無解的難題。

秦渡伸手在他身旁那團小凸起上，安撫地拍了拍。

——在那天夜裡，秦渡拚盡全力，才把許星洲傷痕累累的軀殼從深淵裡抱了出來。

可是，她的靈魂還在瓢潑的雨夜中，在她六歲時墜入的深淵之中。

像個孩子一樣，絕望地放聲大哭。

她等待勇者的降臨，等待她的英雄的陪伴，等待那個英雄跪在地上，解開那個哭泣的女孩最疼的心結。

許星洲拋出那世紀一問之後，秦渡還沒來得及交答卷，她就睡著了。

秦渡其實覺得有點憋屈。

許星洲問的「怎麼辦」是指什麼，秦渡心裡其實清楚得很。確切來說，這些問題他在那天晚上找許星洲時都已經分析得差不多了，連方案都準備了五套，然而他還沒來得及和女孩講，許星洲就呼吸均勻地睡著了。

秦渡：「……」

程雁似乎提過許星洲發病後相當嗜睡——尤其是她還經常掉小金豆子，掉眼淚這件事耗費體力，秦渡把被子掀開看了看，發現許星洲還真是哭到睡著的，眼眶裡還噙著小淚花。

她小時候是不是個討人厭的小哭包？

秦渡覺得萌又覺得不爽，把許星洲的臉揉了揉，還故意拍了拍。

——拍不醒。

然後他從枕下摸出手機，看到了幾則未讀訊息。

三十三分鐘前，秦媽媽在通訊軟體上問：『兒子，這週也不回江灣？』

秦渡當時把手機給了許星洲，沒看到，因而沒回。

十分鐘後，秦媽媽又問：『你昨天接回家的小女生怎麼樣了？受傷沒啦？你不回我我就去問你長洲哥。』

秦渡：「……」

秦渡立即解鎖螢幕，打算回覆自己的親媽，就發現秦媽媽又傳來了一則訊息。

『秦渡，我光知道你翅膀硬，沒想到你居然敢忽視你媽三十分鐘。』

過了一下，她又說：『你媽我今天就要查你崗。』

秦渡：「……靠。」

下一秒，像是生怕世界不夠糟糕似的，樓下的門鈴叮咚一聲響了起來。

秦渡家在江灣，但他平時嫌家裡人員進進出出還有門禁，一旦晚於十一點半回家耳朵就無法消停，因而平日不到萬不得已的話，絕不住在那裡。

而秦渡又是個不可能住F大破宿舍的人——那樣的話他寧可住在家裡——所以他平時就住在自己這套公寓裡，做一個年輕又自由的「New Money」。

秦渡把陽臺上的菸頭兩腳踢進角落，又檢查了一遍陳博濤待的地方，確保一個菸頭都沒有，他親媽十分規律地、極其有秦渡風範地掐著碼錶五秒鐘按一下門鈴，在按到第十二下時，秦渡終於把門開了。

秦渡開門就說：「不是我不回，我手機不在自己手裡。」

秦媽媽年齡近五十，看起來卻只有三十幾歲，保養得當，背著一個書包，溫和地對秦渡說：「我們好幾週沒見了吧？兒子？」

秦渡：「三個星期……？」

「說實話，我也不想來你窩裡啊，兒子你都這麼大了，」秦媽媽不太好意思地道：「但是我不是來看你的。」

秦渡一愣：「啊？」

「啊呀，媽媽是想……」

接著，秦媽媽踮起腳，小聲地，對她兒子用氣音說話。

「媽媽是想，偷偷瞄那個小女生一眼啦。」

午後暖陽燦爛，在下午兩點的、秦渡的公寓之中，他和他媽媽大眼瞪著小眼。

秦渡媽媽笑起來時有點像個小孩子，帶著一種讀了一輩子書的人特有的靦腆，提出要求後還覺得不太好意思，從自己的書包裡摸出了兩個餐盒。

秦渡：「這是……」

秦媽媽笑咪咪：「兒子你昨天不是讓張阿姨幫你準備一點可口的小菜嗎？本來是張阿姨要送來給你的，結果媽媽想看一眼那個小女生，還需要理由，所以自告奮勇來了。」

秦媽媽從秦渡背後繞開，進了客廳，把兩個小餐盒放在了他的吧檯上，道：「張阿姨拌了一點小涼菜，熬了點防風茯苓粥，還準備了一點你愛吃的三絲和醬菜，你晚上自己熱著吃哦。」

秦渡只得道：「好……好吧。」

「你見不到她，」秦渡又頗為羞恥地道：「她還在睡覺呢。」

秦媽媽狐疑地瞇起了眼睛。

秦渡尷尬地道：「不過我沒——」

「據我所知，」秦媽媽打斷了他，銳利地看著他說：「你應該還沒和這個女孩子交往吧，我希望你沒做什麼對不起你媽多年教育的事。」

秦渡聽了那句話，其實挺想死的。

事實是他連偷親都不敢，做的最出格的事情還是和許星洲蹭了蹭鼻梁，秦渡極度尷尬地說：「媽我真沒有……」

秦媽媽帶著笑意道：「媽媽就偷偷瞄一眼，兒子你別緊張。」

然後秦媽媽把自己肩上背著的包往地上一放，偷偷地、躡手躡腳地跑了上去。

秦渡：「……」

秦渡倒也沒想過隱瞞自己的媽，他找人找的人盡皆知，那人盡皆知裡還包括他的父母。

他跟著上了樓，在臥室門口靠著，秦媽媽還穿著球鞋，輕手輕腳地進兒子臥室轉了一圈。

許星洲仍睡在床上。她睡覺時如果秦渡在旁邊，她過一下就會黏上去。而秦渡不在身旁時，她就毫無安全感地蜷縮成了一團。女孩纖細的十指拽著秦渡的床單，發著低燒，是個蒼白而羸弱的模樣。

秦渡就站在門口，只覺得這兩個人說見就見，尷尬得耳根發燙。

秦媽媽站在臥室裡，生怕把她吵醒了，連氣都屏著，在裡面端詳了一下許星洲。

然而許星洲睡覺卻很淺。她聽到了那一點響動後就睜開眼睛，朦朧地看著房間裡模糊的人影。

「……誰、誰呀？」

那個女孩嗓音沙啞模糊，額頭上擦破了一大塊皮，用碘酒擦過，長髮被秦渡撥到了腦後，以免碰到傷口，額角髮絲汗濕一片。

她的手指緊緊拽著被角，像是一個在等待母親擁抱的病孩子。

秦媽媽靜了片刻。

「沒事，」秦媽媽溫柔地道：「是我。秦渡的媽媽。」

許星洲眼眶裡盈著淚水，微微點了點頭，艱難地閉上了眼睛。

秦媽媽溫柔地伸手摸了摸許星洲的額頭，道：「別哭呀，放心，額頭不會留疤的。」

許星洲含著淚水點了點頭，秦媽媽又伸手擦了擦她的淚水，溫暖地說：「乖，不要哭了，一切都會好的。」

一切都會好起來的，秦媽媽對她這樣說。

猶如陽光終將穿透黎明，海鷗傷痕累累地衝出暴風雨，冬天將在春天綻出第一朵迎春時結束。

秦媽媽身上的氣息溫柔到不可思議的程度，許星洲幾不可察地、依賴地在秦媽媽手心蹭了蹭，秦媽媽細心地幫那個女孩拉上被角，在肩上拍了拍——許星洲於是乖乖地又睡著了。

然後她從兒子的床上直起身，輕手輕腳地出了門，把門小心地關了。

秦渡耳根發紅地道：「媽，那個……」

秦媽媽認真地說：「兒子，媽媽看完了那個小女生。」

「現在，過來一下。我想和你聊聊。」

吧檯旁，漆黑大理石地板上映著母子二人的倒影，陽光傾瀉，秦渡去冰箱倒了兩杯橙汁，遞了一杯給自己的媽媽。

「怎麼了？」秦渡漫不經心地坐在自己媽媽旁邊道：「我沒想過瞞你們。」

秦媽媽：「你裝修品味真的很差。」

秦渡：「……」

「我看完啦，」秦媽媽笑了起來，道：「說實話，是個很漂亮的小女生。」

秦渡耳根發紅，不好意思地摸了摸耳朵。

秦媽媽笑咪咪地說：「你不和媽媽說說這個小女生怎麼回事嗎？還是打算和你國中的時候一樣，媽媽一問你為什麼要談戀愛你就告訴我『因為這幾個女孩子非常仰慕我』？」

秦渡：「……」

秦渡絕望道：「妳和我哥串通好了是吧，能不能別提了——」

「啊呀，怎麼了？」秦媽媽玩味地道：「兒子你就是這樣跟媽媽說的呀，你長洲哥後來還跟我透過風，說你國三的時候願意讓那兩個校花表白是因為人家覺得你騎機車很帥，還覺得你出手闊綽，不念書成績都很好……」

秦渡：「……」

秦渡耳根都紅透了。

秦媽媽笑得開開心心的，顯然接下來還要用語言霸凌秦渡，秦渡立刻道：「媽妳不是想知道她的情況嗎？」

他媽媽點了點頭，示意他說。

「是……比我小一屆的小師妹，」秦渡為了不聽他媽的下一句話，只得對他媽道：「是學新聞的，人挺可愛，脾氣很好。」

接著，秦媽媽點了點頭，又認真地問：「嗯，你現在對這個小女生另眼相看，這個小女生也仰慕你嗎？」

秦渡：「……」

最終還是沒能成功阻止。

「算了，」秦媽媽嚴肅地道：「兒子，你是不打算告訴我，那天晚上到底發生什麼了嗎？」

秦渡：「……」

秦渡那一瞬間，意識到了問題在哪裡。

——這件事上，他無法說謊。

秦渡不能隱瞞許星洲的病情，同樣不能隱瞞她的家庭，因為無論怎麼樣都會讓許星洲的印象分下降。

而顯然秦媽媽早就有了大概的、自己的猜測了。

「實話實說，」秦媽媽道：「媽媽不覺得，那是一個你能碰觸的女孩子。」

秦渡：「……」

「秦渡，你從小就是媽媽帶大的，」秦媽媽轉著橙汁的杯子，望著窗外說：「我去英國讀博的時候都帶著你一起，知子莫若母，你一向對一切都缺乏興趣，早些年的時候我就覺得你連『活著』這件事，都覺得索然無味。」

秦渡無聲地點了點頭。

「可是這個女孩子……」

「……心理上應該是極度缺乏安全感的。」

秦渡的媽媽看著秦渡，這樣說道。

她是個相當聰明的人，否則也不會生出秦渡這種兒子來，博士學位都拿了三個，甚至現在還是在讀的人類學博士生，她猶如一個傳奇一般。而這樣的秦渡的母親，不可能拼湊不出許星洲的人生。

「但是，和這種人相處相當累。」秦渡的媽媽說。

「她的家境如何尚且不提，」秦渡媽媽分析道：「光是她的心理和精神狀況，我都不覺得，這是個你能夠負擔的女孩。」

秦渡的媽媽是個很好說話、很溫柔，對各種新事物接受程度也很高的人，可是她終究是一個母親。

而母親都帶著一點自私。

秦渡茫然地問：「……那妳會干涉我嗎？」

秦渡媽媽一愣道：「我干涉你幹嘛？」

「秦渡，這麼多年，我都沒在你人生的大方向上管過你，」秦渡媽媽說：「我向來讓你自己走自己的人生。連你十八歲那年出了那種車禍之後，媽媽都沒有干預你買第二輛車的決定。」

「這女孩的事情，這才到哪？我不過就是看著罷了。」

秦渡難堪地道：「可是妳剛剛……」

可是妳剛剛對她流露出了柔情，秦渡想要這樣說。

「那是因為她看起來很可憐。」秦渡媽媽看著秦渡，低聲說。

「可是你才是我的孩子。我不覺得我的孩子需要去背負這樣的人。」

「It's more than a burden to bear.」

她低聲道。

——那不只是個負擔而已。

在昏昏斜沉的落日之中，殘雲如火，落地窗外城市綿延鋪展。

陳博濤和肖然坐在吧檯旁，肖然晃著杯子裡的馬丁尼，茫然地看著旁邊空空的橙汁杯子。

陳博濤：「……」

秦渡問：「妳怎麼看？」

肖然沒回答，只是喝了口酒，夕陽將她映得橙紅。

「你是傻吧。」陳博濤直言不諱：「你糊弄你媽還不簡單？你告訴她『她根本沒病只是發燒』也行，『她只是情緒低落』也行——為什麼不否認你媽的推測？」

秦渡沙啞道：「……我不能這樣做。」

陳博濤：「不能騙你媽？你騙她的次數還少嗎，多這一次會怎麼樣？十三四歲就會在晚上十一點翻院牆了。」

秦渡：「我不能隱瞞她的事情。」

「我如果隱瞞的話……」秦渡痛苦道：「我和她以後怎麼辦？」

秦渡說著一晃手裡的玻璃杯，裡面琥珀般的酒澄澄澈澈地映著如血殘陽，碎冰碰壁噹啷響。

「我父母不會喜歡一個我連實話都不告訴他們的對象。還不如從一開始就告訴他們實情。他們接受得了最好，接受不了就由我來頂著……尤其是星洲現在還一無所覺。」

秦渡說著，將那杯酒一飲而盡。

「她什麼都不知道，可我現在知道了我父母的態度，就由我來頂著。」

陳博濤嘲笑道：「老秦你這完全就是要和她結婚的架勢——你以前不是還和我們說『結婚是不可能』的嗎。」

肖然以眼角瞥向秦渡。

秦渡痛苦地說：「……我沒騙你們。」

「實話說，我現在對結婚還是沒什麼概念。」

「可是我知道——」秦渡沙啞地道，「我還想和她在一起，度過很長很長的時間。」

秦渡對未來仍然迷惘。

但是，他卻清楚地知道——他的未來裡，必須有許星洲的影子。

那個熱烈如火燃燒的，那個靜寂如灰凋零的，那個在陽光下燦爛大笑的，那個如今在夢裡都會落淚的，那個沉重而甜蜜的，在灰燼中不屈掙扎的，在死亡中嚮往生命的——

他的劫難與責任，他的星河之洲。

第十三章　惡龍、勇者與英雄

陳博濤由衷地道：「……你厲害。」

肖然嗤嗤地笑出了聲，說：「前幾天失戀到心態崩的也是你，這幾天說要和人家度過很長很長時間的也是你，你是她男朋友嗎？」

秦渡皮笑肉不笑：「呵呵。」

肖然火上澆油：「偉大的秦家大公子連未來都規劃好了，對著我們都能真情表白『我想和她在一起很久很久』了——多麼感天動地！我都要被感動了！絕對是真愛！然而真愛又怎麼樣，折騰了這麼久連人家男朋友都沒當上，太慘了吧。」

陳博濤囂張大笑：「哈哈哈哈哈——」

秦渡眼皮都不抬：「每人兩百九十五的酒錢，交了酒錢滾。」

肖然：「……」

肖然窒息地問：「你他媽這麼有錢，學了三年數學，學的是小氣的學問嗎？話說你怎麼心算出這個數的？」

秦渡難以理解地反問：「這才幾位數？」

肖然：「……」

那個玻璃杯在秦渡指尖轉了轉，接著他聽見樓梯上傳來簌簌的聲音。

許星洲光著腳，衣服睡得皺巴巴，白皙面頰不正常地紅了大片，應該是被床單壓的。

「我……」許星洲低聲道：「是不是打擾到你們了？」

秦渡幾乎是立刻意識到，許星洲大概終於趨於清醒了。

她這幾天的意識其實都有點混沌，秦渡一開始撿許星洲回來時，那時的她甚至像個孩子，連完整的話都說不好，幾乎只會用主謂賓的簡單陳述句，或者就是破碎的單詞來表達自己。

後來，她用的句子越來越長，也逐漸恢復了思考的能力，在這次入睡前，她甚至很理性地分析了一下如今的局勢。

秦渡：「沒有，是餓了？」

許星洲搖了搖頭，艱難地跛著一隻腳下了樓。

她右腳上貼了藥膏，不知道什麼時候崴的，崴得還頗為嚴重——秦渡甚至還想過帶她去拍個X光片看看。

她身上的樣子，實在是比秦渡想過的模樣糟糕多了。

肖然對許星洲友好道：「好久不見呀，星洲。」

許星洲勉強地一笑。

她的眼神仍是一片死水。

許星洲困難地下了樓，坐在秦渡對面，啞著感冒的嗓子，對他說：「……師兄。」

秦渡一點頭：「妳說。」

「我現在比較清醒，所以想和你聊聊，」許星洲平直地道：「關於我回學校住的事情，還有我想去找醫生的事。」

秦渡示意她說。

許星洲溫和又絕望地道：「我想明天後天去醫院做一個測評，程雁回來的時候會幫我帶著我的病歷，我想盡早開始人工干預。」

秦渡望著許星洲的眼睛，說：「醫生我找好了，明天帶妳去。」

許星洲坐在肖然旁邊，難受地點了點頭：「……謝謝師兄。」

「還、還有……」許星洲忍著眼淚說：「我……我覺得我麻煩你麻煩得太多了，真的……師兄，我回宿舍住……就好，我都不知道程雁怎麼會找你。」

「我那天晚上真的非常……非常過分，」許星洲哽咽著道：「以至於我現在看到你都覺得很難過……你本來可以不管我的。」

許星洲想到那天晚上，情緒仍充滿絕望——她都不敢看秦渡，小金豆子一顆顆地往外滾，抽抽搭搭地道：「我、我真的非常過分，我自己都看不起那天晚上的我。師兄……」

秦渡哼了一聲道：「我也就是那天晚上大人不記小人過罷了，要不然誰管妳。對我道歉。」

許星洲用手背揩著淚水，哭得鼻尖通紅：「對、對不起，師兄……」

陳博濤終於，惡趣味地笑了起來。

「小妹妹，妳怕他不管妳？」陳博濤惡意地，帶著揭穿秦渡的意圖，對許星洲道：「妳知道他做了什麼嗎？」

許星洲微微一愣，抬起了頭。

「小妹妹妳不知道吧？」陳博濤唯恐天下不亂地道：「妳師兄那天和我在健身房鍛鍊的時候，連有氧訓練都沒結束呢，就看到妳發了一篇在外灘的貼文——」

秦渡瞇起了眼睛：「老陳——」

「他立刻背著包就走人了哦，」陳博濤笑嘻嘻地說：「小妹妹，妳去外灘的那天妳師兄去找妳了，是不是？」

秦渡那一瞬間，臉紅到了耳根。

「許星洲，」秦渡強撐著頤指氣使地道：「妳和老陳這種傻子說什麼話，跟我來廚房，妳的飯妳自己熱——」

肖然嘲笑道：「星洲還不舒服呢，你可做個人吧。」

而許星洲聽到那句話，眼睛一彎，似乎終於帶上了一絲笑意。

那一剎那猶如朝日初升，春日的晨曦灑在冰川之上，迎春沿途綻開花苞。

許星洲眉眼微微彎起，她的眼神裡彷彿含著情，望向秦渡，秦渡本來還想發作，一看她的眼睛，霎時忘了詞。

陳博濤又揭短道：「還有哦，小妹妹，妳不知道，妳那次轉了錢給他後關機，他打了一整晚的電話給妳，通宵。」

「妳是不知道他那天晚上後悔到什麼地步，」陳博濤又惡意地說：「我認識妳師兄這麼多年，沒見過他那麼要命的樣子。」

秦渡：「……」

許星洲溫溫地望向秦渡。

秦渡張了張嘴。

「他怕妳不理他了，」陳博濤又說：「一整晚沒睡，妳看妳的手機也知道，傳了一堆特別羞恥的簡訊給妳……」

秦渡耳根都是紅的，求饒般道：「老陳。」

恢弘太陽沉入大廈之間，最後一絲光落在樓縫之中，許星洲在那一絲餘光和有些枯黃的香水百合中，抬頭看向秦渡。

許星洲終於開了口。

「可是他……」許星洲還帶著鼻音，斷斷續續地對陳博濤道：「他把我手機上的簡訊刪掉了，我從此就不知道。」

陳博濤思緒清晰：「老秦的手機上應該沒刪，妳跟他要手機看就行。而且這簡訊都是次要的，最精彩的部分，還是下雨的那天晚上……」

然後，陳博濤探究地望向秦渡，以眼神詢問這一部分能不能說出去。

秦渡：「……」

許星洲茸茸的腦袋上冒出了個問號。

她實在是很久都沒對任何東西流露出興致了，無論是對吃的，對玩的，還是對世界——此時她這點探究的眼神，簡直猶如新大陸一般。

其實秦渡打死都不願意讓許星洲知道他那天晚上漫無目的、一退再退的尋找。畢竟那實在是太丟臉了，如果被許星洲知道的話，秦渡從此毫無尊嚴可言。

那個絲毫不留情面地拒絕了他的女孩，如果知道了秦渡在被那樣拒絕後，甚至還幫自己找理由不願放棄的話，會有多看不起他呢。

秦渡本來是準備令這些祕密跟著他進墳墓的，他驕傲囂張了二十多年，更不曾面對這麼卑微的選擇題。

可是那個病孩子許星洲，正用微微發亮的眼睛看著他。

秦渡喉嚨發乾。

「……下雨的那天晚上，」秦渡低聲道：「就是我和妳表白的那天，我和妳撂完那句狠話之後，又覺得特別後悔，所以又折回去找妳。」

許星洲微微一愣。

許星洲嘴唇乾裂著，眼睛裡卻湧現一絲水光。

「老陳說我放棄不了妳，」秦渡舔了舔嘴唇，帶著些許自嘲道：「就是這個原因。」

「那天晚上我跟妳撂了狠話，狠話都說到那個分上了，」秦渡倒了杯橙汁給許星洲，自嘲地說：「但是我心裡還是覺得，我不能放手。」

那個來自上千公里之外的，因為一個一閃而過的念頭、一個虛無縹緲的志願才出現在秦渡附近的小師妹。

秦渡在一個頹唐又顛沛的夜晚偶然相遇，卻在眼神交匯的瞬間，就被刺穿了心臟的，在水上燃燒的紅蓮。

那個猶如不會回歸的候鳥，年僅十九的、傷痕累累的靈魂。

秦渡遇見她這件事本身，都已經足夠困難。

「所以我告訴我自己，如果我在路上找到妳的話，就是命運讓我別放手的意思。」

秦渡不太好意思地撓了撓頭，又補充道：「可是，我只找到了妳的傘。可見命運其實也不太看好我。」

玫瑰般的夜幕籠罩大地，落日燒灼了法國梧桐。

秦渡說出那句話時，他的朋友還在一旁，帶著笑意聽著。

那一瞬間，許星洲的眼眶湧出了淚水。

次日，應該算是個陽光明媚的好天。

北京和上海的天總是籠著層灰濛濛的霧，鮮少能看到廣州深圳那種湛湛青空，但是那一天至少能看出一線微弱的藍色。

玄關處，秦渡幫許星洲套上自己的外套，她裹在秦渡的風衣裡，小小一隻。

「今天見的醫生是託我哥找的關係，」秦渡摸了摸許星洲的頭道：「我哥妳見過的吧？在日料店裡的時候。我當時就是和他去吃飯的，和我一起去的，那個戴眼鏡的人。」

許星洲想了想，模糊地點了點頭。

她的記憶時好時壞，卻仍記得秦渡在報告廳外那一通溫柔的電話。

他那天的那一通電話，究竟是打給誰的呢？

還有那個學臨床的女孩子……

到底是怎麼回事呢？秦渡是不是喜歡過她？可是又不太像……許星洲又覺得有點悶悶的彆扭，從秦渡的接觸中稍微躲開了些。

「那就是我堂哥。說起來他還算我們校友呢。」秦渡又親昵地捏了捏許星洲的臉：「他是二〇〇四年入學的學長了，要聽學校的老八卦可以找他，別看他道貌岸然的，其實私下非常能聊。」

許星洲點了點頭，秦渡開了門。

外面是陽光鋪就的金光，有種難言的高檔，甚至有點五星級飯店的感覺。許星洲第一次打量這個自己住了三天的、秦渡居住的地方。

……許星洲看著自己還沒消腫的腳踝，又消極地評估了一下自己普通的家庭背景，覺得自己有點格格不入。

秦渡鎖了門，許星洲行動不便地跟在他身後走了兩步。

下一秒，秦渡自然而然地握住了許星洲的手。

「給妳借力。」秦渡與許星洲十指交握，對許星洲道：「扶著我就行。」

許星洲點了點頭，被秦渡牽著手下了樓。秦渡開了車，令許星洲坐在副駕上，並且悉心地幫她扣上了安全帶。

許星洲手心發涼。

「別怕。」秦渡看著許星洲，莞爾道：「醫生很好，在治療這方面是絕對的、說一不二的專家，我們又是關係戶，不用緊張。」

許星洲囁嚅道：「我……」

秦渡伸手在許星洲頭上揉了揉，低聲道：「放心，師兄給妳的，一定是最好的。」

本來勞動節假期的最後一天，于典海主任是不用出診的。

但是拜託他來診療的人實在無法拒絕，直接由院長出面打的電話，叫他來幫忙看看。況且這還是兩個富二代來拜託的關係。

這位叫「秦渡」的富二代——他曾經聽幾個年紀大的副院長聊起過，這個人不過二十一歲，年紀輕輕的，是個占盡了好風水的命。

這世上富二代大致上分為兩種：一種叫二世祖，可以概括為典型的、富不過三代的、揮霍家產的蠢貨；另一種則是天生的菁英，這種就不叫二世祖了，這種人的通俗稱呼是「太子爺」，預備役的New Money。

這些人從小接受的就是尖端的教育，占盡了先天的、後天的優勢，而在那些人嘴裡，這位叫秦渡的就是上海市裡為數不多的「太子爺」中的翹楚。

于主任披上白大褂，進入身心專科醫院時，正好看到一輛尾號八八八的奧迪穿過宛平南路，開進了院區。

他好奇地朝外看了看，那輛車在空位上停下了。接著駕駛座上下來了一個高個子的、一看就帶著股驕橫味道的青年。他下車後先是紳士地開了副駕的門，然後扶著一個稱得上羸弱的、一看就有些怕光的女孩下了車。

于主任：「……」

于主任覺得不忍心，別開眼不再看。

他在這裡工作了近二十年，因為吼病人吼得嗓音都高了八度，雖說工作地點名字叫「身心專科醫院」，但這地方確實是一所精神病院——而它在成為精神病院之前，首先是一所醫院。

這世上唯有兩個地方將人性的惡展現得淋漓盡致，一是法庭的辯護席，二是醫院的病房前。

精神病院作為醫院的一個分支，其實是個比醫院還殘忍的地方。在綜合醫院尚且能看到病人家屬在放棄治療時的掙扎，他們在做出選擇時大哭，而被放棄的病人也一無所知——可是精神病院不是。

許多病人，是在沉默中被放棄的。

漸漸地，他們的家人不再出現，只是偶爾來探視，來探視也走得匆匆忙忙。

這些神智時而清醒時而模糊的病人，他們病得不夠重——因為這些疾病不會直接要了他們的命，但他們又實實在在地病著，這種病折磨著他們，也磨滅著親情。

那個女孩讓男朋友帶來看病，代表著家人多半與她疏遠。可是那個青年……

于主任越想越不舒服，索性不再想，進了門診室等著傳說中的太子爺降臨。

上次和這階層的人打交道，好像還是搞司法精神病學鑑定的時候……于主任想了想，又把這個念頭甩了出去。

門診室裡陽光明媚，他今年帶的研究生在桌上養了一盆水仙，此時活像一個垂頭垂腦的蒜，正當于主任無聊到準備把那頭蒜拎起來拽幾根鬚鬚時，門診室的門砰一聲，被踹開了。

于主任：「……」

「抱歉啊于主任。」

一個頗為陽剛的聲音道。

「──路上有點塞車，來晚了。」

于典海：「……」

然後那個聲音又說：「加上病人腳疼，前幾天不知怎麼崴了。」

于主任抬起頭，看到了從尾號八八八的奧迪上下來的，剛剛踹開了他們診室的門的，一看就頗為驕橫的青年人──他把那個羸弱的、還有點搞不清狀況的女孩抱在懷裡，將門頂開。

「所以只能抱上來，諒解一下。」

那個傳說中的「太子爺」──秦渡，將那個看起來還有點亂糟糟的女孩，妥善地安置在了于典海的對面。

「別怕。」他對那個女孩說：「我在外面等妳。」

秦渡靠在二樓走廊之中，陽光灑在走廊的盡頭，窗外花鳥啁啾，可他所處的地方盡是陰影。

兩個小護士從他面前飛快地跑了過去。

秦渡難受地摸出根菸，又看到對面貼的禁菸標誌，只覺得心裡有種難言的發慌。

——這裡很正常，可是太正常了。

來來往往的人都是平凡的，看不出有什麼大病，也沒有任何不對勁的地方，他們看起來只是普通的上班族，或是學生，甚至還有一些看起來比較沉默的小孩。在這麼多人裡，秦渡只看見了一個不正常的人——目光呆滯而充滿仇恨、滿臉通紅的癟子，針眼扎了一手，應該是個癮君子。

這裡有毒癮戒斷中心，秦渡想。

許星洲正在門診室和那個主任醫師談話，秦渡只能隔著門板依稀聽到一點「是的」和「的確」。

「治療方案……」于主任說。

許星洲沉默了一下，又說「可是負擔……」

那些破碎的字句甚至都無法拼湊完整。

秦渡無法打擾，只能在外面站著，過了許久，至少得有一個多小時——那個于典海于主任才從裡面開了門，對秦渡說：「您請進吧，秦先生。」

秦渡忍不住直接去看坐在沙發上的許星洲。

她還是呆呆地看著窗外，面前的茶已經涼了，茶几上散著數張A4列印的測評結果表格。

于典海頓了頓，對秦渡說：「秦先生，我想和您溝通一下，許星洲患者的病情。」

許星洲並沒有避開這個場合。

她似乎有些累了，腦袋一點一點的，趴在沙發上就半夢半醒地睋了過去——許星洲一向討人喜歡，長得也漂亮，連犯病時都透著一股惹人疼的味道。

秦渡半點都不奇怪地注意到，于典海都和她頗為投緣，甚至還開了一盒丹麥曲奇給她來安撫她。

于典海笑了笑道：「許星洲患者非常堅持，我也了解了一下她的大概情況。」

「她家裡沒有別人能管她，所以認為自己得幫自己的治療方案做主，所以我也和她商討了一個方案——儘管我不算認可，但應該也算有效。」

秦渡嗯了一聲，示意他說。

「她的情況，其實稍微有點嚴重了。」于典海中肯道：「從量表來看，目前憂鬱程度是重度，單向性，伴隨嚴重的焦慮、強迫和肢體症狀——目前就能看到肉眼可見的嗜睡和頭痛。」

于典海又將那幾張表格拿給秦渡看，道：「從量表評估的結果來看，她還有嚴重的自殺傾向，加上之前發病時也是住院的，所以我的建議是，患者應該住院治療。」

秦渡舔了舔嘴唇。

他望向許星洲躺臥的沙發。那個女孩昏昏沉沉的，身上還穿著秦渡的外套——那外套裡簡直像是沒人似的，秦渡不禁想起他在晚上抱住許星洲時摸到女孩削薄的、凸起的肩胛骨。

他那一瞬間，酸澀地想——她實在是瘦得可憐。

秦渡啞著嗓子問：「……她想怎麼治療？」

于典海略一沉吟。

「患者考慮到自己的學業，」于主任道：「和自己的經濟承受能力，不打算住院。單純靠藥物去解決——其實我是不太認可的，畢竟她身邊沒有專業的陪護人員，容易出事，我們醫護人員畢竟經驗豐富。」

秦渡：「治療的錢不用她操心。」

于典海猶豫道：「……那也可以，藥單我也開好了。按照她以前吃過的抗憂鬱藥來治療。這都不是問題，問題就出在住不住院上——秦先生。」

「至少我認為患者是需要住院的，我也無法保證時間。秦先生您怎麼看？」

——住院，住精神病院。

秦渡直覺不能令許星洲和一群與她處境同樣糟糕的人在一起，甚至還有更糟糕的，讓這些人日日夜夜地同處一室，情緒這種東西本就有感染的能力，而許星洲又是如此的脆弱。

而且住院的話有可能會需要休學，星洲的意思也是不願意的。

他照顧得來，秦渡想。

「我不覺得需要。」秦渡拿出手機：「方便加個好友嗎，于主任？有什麼事我再問您。」

于典海失笑道：「好的。改變主意了隨時和我說就是，您的話床位還是隨時可以安排的。」

秦渡笑了笑，沒說話。

於是秦渡與于典海互相加了好友。

接著，秦渡上去輕輕搖醒了許星洲，低聲道：「──洲洲。」

這個名字實在是太可愛了，秦渡想，就像一隻養不熟的小柯基。

許星洲的睫毛微微動了動，睜開了眼睛。

「……回家睡。」

秦渡說話時，帶著一絲故意占她便宜的壞水。

那個「家」字，其實是秦渡故意使壞。

──他蓄謀已久，既不希望許星洲發現自己被占便宜，又希望許星洲意識到那個「家」字的存在，最好是默認。

可是當秦渡說出「家」那個字時，還是覺得心頭咚地一聲被擊中，霎時酸軟難當。

那天下午，秦渡開著車，載許星洲回去。

沿途金黃燦爛的陽光落在駕駛座上，擋風玻璃後裝著一塑膠袋的處方藥物，窗外藤蔓月季姹紫嫣紅，沉甸甸墜著花骨朵，許星洲稍微提起了一點興致，眼神追逐著外面的花兒。

秦渡開著車，漫不經心地開口：「喜歡？喜歡的話我去社區裡剪一點。」

許星洲點了點頭，嘀咕道：「……我想要白色的，大花。」

「那就剪白的，大花——」秦渡順口應了，過了一下又不爽地道：「許星洲，妳提的要求怎麼回事，我怎麼老摘花摘桃子給妳？」

許星洲聽到「桃子」兩個字，微微怔了一下。

她迷茫地在溫暖的陽光中瞇起了眼睛，道：「對哦……」

什麼對哦？秦渡開著車，腦袋上飄出個問號。

「師兄，你知不知道，你那天晚上——就是……你表白被我甩了，然後說『找到就算命運』的晚上……」

許星洲看著秦渡，迷迷糊糊地開口。

「其實，那天晚上，你找到了我。」

藤月玫瑰綻放於人間，那一時間，陽光之下新事終於發生。

猶如命運女神拉刻西斯的恩賜。

秦渡：「……」

「你是不是撿到了那把傘？」許星洲朦朧地問：「就是……帶小星星的，你從我手裡搶走的那一把。」

秦渡模模糊糊地嗯了一聲。

「我當時就在那裡，摔了一跤。」許星洲說。

秦渡怔住了。

許星洲瞇起眼睛，溫暖地道：「我當時走不動了，又覺得很難過，情緒非常非常的崩。所以一直縮在那棵桃樹後面，滾得渾身都是泥巴，非常狼狽。」

「說實話，」許星洲朦朦朧朧看著他，說：「那天雨下得這麼大，我都在樹下，看到你走過來了……」

那天晚上，秦渡穿過了四月末時滿城怒放的月季與劍蘭。

那個青年濕淋淋地走在雨裡，他一步一步地朝許星洲走來，每一個步伐，都落在她年輕的心臟上。

「我怕你……」許星洲蒼白地道，「我怕你會嘲笑我，因為我當時實在是太狼狽了，而且還在大哭……渾身都是泥，那條裙子髒得不行，應該連洗都洗不乾淨，而且妝都淋花了……」

秦渡：「……」

「所以你當時喊了我的名字，我連氣都不敢喘，生怕被你發現。」

許星洲想起自己當時在樹後祈求上天「不要發現我」——那一刻上天似乎聆聽了她的願

望。

可是……

「……誰能想到第二天我居然還能更狼狽呢。」許星洲自嘲地看著窗外道：「到了第二天，乾脆連形象都沒有了。」

秦渡那邊，沉默了許久。

許星洲撓了撓頭。她自己坦白了這一切，秦渡一點反應都沒有——許星洲想到這一點，又覺得十分不好意思，縮在副駕上發呆，不想和秦渡說話了。

秦渡過了許久，才沙啞地道：「……我開車的時候，別說這種話。」

許星洲點了點頭表示知道，覺得有點悶悶的難過。

他大概沒有往心裡去吧……或是認可了那句「連形象都沒有了」，許星洲想著想著又覺得心中酸澀，無意識地捏住了自己的衣服下襬。

還不如讓他維持不知道的狀態呢，她模糊地想。

秦渡開車回去，梧桐夾道而生，樹冠遮天蔽日，縫隙中的月季綻得穠秀又茂密。

秦渡沉默得可怕，將車停在車位上，從盒子裡拎了把瑞士刀下了車。許星洲沒有問他做什麼，她靠在副駕柔軟的皮椅上，莫名其妙地又有點想掉眼淚。

不能哭，許星洲告訴自己，只要自己清醒著，沒有被怪物捉住拖進深淵，就不能真情實感地哭出來。

零零星星的光斑落在她的腿上，許星洲只覺得眼前模糊起來，淚水一顆顆地往外滾。

可是許星洲還沒正式開始哭呢，秦渡就開了副駕的門。

秦渡手裡小心地捏著五六枝他剛剪下來的龍沙寶石和藤綠雲，看到許星洲，先是愣了一下。

「……怎麼哭了？」秦渡嗓音沉沉地問：「我下去摘花給妳。」

原來是摘花啊。

許星洲抽抽搭搭，搖了搖頭，擦了眼淚，不回答，剛要下車，秦渡就捏著那些花，往前一傾身，將許星洲打橫抱了起來。

被抱起來的許星洲：「……」

「妳不是腳疼嗎，」秦渡道貌岸然道：「我不抱妳妳怎麼上樓？」

許星洲眼眶還淚盈盈的，愣愣地問：「……可是我不是自己走下來的嗎？」

秦渡漠然道：「那是以前。」

什麼以前？以前和以後的分界線是什麼？許星洲腦袋上冒出問號，連哭都忘了。

接著秦渡以指頭粗粗一抹許星洲眼角的淚花，將車門一關，絲毫不顧慮周圍人的眼神將許星洲抱在懷裡，上了樓。

電梯裡，許星洲小聲問：「……什麼以前？是因為我病得重所以你才決定抱我上去嗎？」

秦渡嗤地一笑，道：「就是聽妳講了那件事，覺得妳崴腳這件事，是我的錯。」

許星洲心裡，霎時重新開出了花兒。

她鼓了一下勇氣，抬手抱住了秦渡的脖子，故意嗯了一聲，示意他繼續說。

可是她的心臟都要跳出來了。許星洲抱住秦渡的脖子後，秦渡剪來的那幾枝又白又大的月季在她臉邊蹭來蹭去，花瓣軟而鮮嫩。她的臉偷偷紅到了耳根。

「——我這種男人很有責任感的，」秦渡道貌岸然道：「妳這個傷我負責了，妳現在適應一下，以後還要抱。」

許星洲：「……哦。」

許星洲心想秦渡能不能多找兩個理由，我睡覺的時候也想抱著……

電梯到了三十樓，秦渡眉頭一皺，故意使壞問：「不過話說回來了，小師妹妳得有五十幾公斤了吧？」

許星洲：「……」

你才重，你全家都重！許星洲這輩子都沒受過這種羞辱，氣憤地拚命掙扎。

秦渡哈哈大笑，抱著許星洲大步跑了出去。

花瓣落了一地，在大理石地板上，被陽光映得金黃。

秦渡找了個他很久之前買的花瓶，將那些白月季插了進去，又很有情調地在上面噴了些許淡香水，許星洲抱著那一堆藥坐在茶几前，面前一杯快涼了的熱水，秦渡擦著濕濕的頭髮從浴室走了出來。

秦渡擦著頭髮，不解地問：「不吃藥嗎？」

許星洲又拿著那一小盒藥端詳了一下，說：「……我不太想吃。」

秦渡問：「為什麼？」

「……我不喜歡。」許星洲小聲道：「我不喜歡吃藥，雖然我不會反抗，但是我還是不喜歡。」

秦渡笑了笑：「誰喜歡吃藥啊——對了，安定拿來，這個藥物我管著。」

許星洲一愣，秦渡揉著濕漉漉的頭髮，將茶几上的藥袋子朝外一倒，把桌面上的複方地西泮片一盒盒地挑了出來——這種藥俗稱安定，處方藥，鎮靜催眠。

「這個藥每天兩顆的量，」秦渡一邊挑一邊道：「吃完了我按時去拿給妳。這個藥我是不會放在妳手裡的。」

許星洲嘀咕：「……小氣。」

秦渡抬起頭，睨了她一眼。

「小氣個屁，我對妳捨得得很。」秦渡把安定和一個白色藥瓶捏在手裡：「程雁都和我說過了，妳國中的時候連自己的藥都藏，這位有前科的小妹妹。」

許星洲：「……」

然後秦渡一掂藥盒，瞇起眼睛道：「許星洲。少了，拿來。」

許星洲爭辯：「我沒有拿！醫生開了三盒，你手裡就是三盒。你……」

秦渡眼睛狹長地眯起：「——三盒，妳就藏了一片。妳當我是傻子嗎，這一盒他媽的重量不對。」

許星洲：「……」

許星洲糊弄不過去，終於從屁股後面，摸出了那一片被藏下的安定。

「我就是……」許星洲難過地解釋道，「我沒想自殺……只是，我想以防萬一……如果睡不著什麼的……我睡覺經常做惡夢……」

秦渡將那一片藥收了起來，在許星洲頭上揉了揉，沙啞道：「……沒事，我沒怪妳。」

許星洲悶悶地點了點頭。

「他們所面對的痛苦，你無法想像。」

于典海于主任那時對他這樣說。

「……他們就是身處深淵中的人。有些人覺得自己與世界的連結是徹底斷絕的，他們身處無人救援的孤島，那種痛苦我們甚至無法想像。」

「他們發病時，一小部分人連呼吸都會覺得痛苦。那和他們的心境沒有關係，那時候再有活力的人滿腦子都是尋死，有創傷後壓力症候群的患者甚至更可怕，他們極度害怕打開的開關，一旦打開就會崩潰。」

「所以，秦先生——」

「我希望你不要評判她在這種狀態下做的任何決定。」

可是，終究是心如刀割。

秦渡難受地看著那些藥想。

秦渡又將藥拆開檢查了一遍，確保沒有遺漏之後，將那些處方藥物鎖進了書房的抽屜裡。

他人生之中，從來沒做過這種事——秦渡一直堅持鍛鍊並身體健康，從小到大的感冒都靠加蔗糖的中成藥解決。他這輩子都沒一口氣見過這麼多藥，更不用提照顧別人吃藥了。

「小師妹，」秦渡鎖完抽屜，把抽屜鑰匙丟進自己的包裡，嘲笑她：「還想回宿舍住呢，可別嚇唬妳室友了，人家大學生活總不能包括把妳送去洗胃吧。」

許星洲呆呆地說：「可是……」

她患病之後就不見之前的伶牙俐齒，秦渡想嘲她一句，可又實在是捨不得這樣對她。

這世上居然能有這樣的女孩，秦渡為她的熱烈和閃耀而傾倒，卻在靠近她時，無論如何都感受不到半點幻滅——無論是她灰敗的模樣，還是冰冷的靈魂。

秦渡坐在許星洲對面，笑著說：「宿舍就算了吧。」

許星洲好像還在發呆，表情十分茫然，問：「……為什麼？」

「我這裡有位置啊。」秦渡摸了摸許星洲的頭髮道：「吃喝住行都合適，小師妹妳說說，妳要是沒遇上我怎麼辦？」

許星洲糾結地道：「可是……」

——不合適，許星洲冷靜地想。

秦渡和許星洲畢竟孤男寡女的，莫名其妙搞個同居關係，而許星洲也實在是無法欠秦渡這麼大的人情——看他的樣子，是要照顧她的病。

這件事甚至無關喜歡不喜歡，別說許星洲喜歡秦渡了，就算許星洲不喜歡他，都無法讓秦渡處在那麼不平等的位置上。

秦渡看了許星洲一下，問：「妳是不是覺得對我不公平？」

許星洲無言地點了點頭。

「我猜就是，小師妹，妳這種和師兄絕交還要轉帳的性格——」秦渡漫不經心地道：「妳是不是還想和師兄算一筆帳？」

許星洲：「……」

許星洲只覺得又被看穿了，端正地在茶几前跪好，微微點了點頭。

「治療本身其實不貴，」許星洲認真地道：「我爸會幫我出錢——他會出的。如果有多的部分，我會從我自己的收入裡解決。暑假的時候我有個實習，如果情況有所好轉，我會去的。」

秦渡玩味地看著許星洲。

許星洲總結道：「……所以，我應該還算有收入能力。」

秦渡撐著下巴，揶揄地看著她。

落日鍍在許星洲的眉眼上，她想了一下，大概是腦子裡敲了敲鍵盤，又有些卑微地說：「……要不然還是算了吧，想了想房租，總覺得還是住院便宜一些。」

秦渡嗤嗤地笑了起來。

「什麼住不住院，」秦渡對許星洲說：「住什麼院，精神病院很舒服嗎？房租不會讓妳占一毛錢的便宜，等穩定點了我再送妳回宿舍住。」

許星洲這才稍微鬆了口氣。

是了，這才是許星洲，秦渡想。

這才是那個與他平等的、無法容忍自己占別人便宜的……簡直欠敲竹槓的小師妹。

許星洲一整天情緒都還不錯，感冒症狀也不太明顯了，晚上還自己去洗了個澡。

晚上十點多，她擦著頭髮出來時，秦渡換了家居褲和背心，正戴著眼鏡靠在躺椅上，腿上放著他的 Mac，拿著削尖了的鉛筆在紙上寫寫畫畫。

他腿非常長，個子也高，腿屈起時肌肉修長又結實，前臂上一片雜亂的刺青。

對，秦渡是有刺青的——許星洲想，手指、前臂上都有。他玩得那麼凶，身上有刺青，實在是太正常了。

「……那個，」許星洲小心地道：「師兄，我用了你的洗面乳。」

秦渡嗯了一聲，從計算紙裡抬起頭，問：「睏不睏？」

許星洲第一次如此清醒地面對另一個她完全不熟悉的秦渡，這個秦渡貌似還在做作業——她簡直又尷尬又臉紅，小聲道：「不、不算很睏吧，應該是吃了藥的原因。」

秦渡莞爾道：「不睏的話來這邊打遊戲或者看看書，找我聊天也行。」

許星洲猶豫了一下：「好、好的。」

她頭髮還沒乾透，在秦渡躺椅邊的地毯上坐了下來。

小飯廳旁幽黃燈光昏暗而曖昧，她頭頂還掛著一幅普普風格廣告畫。許星洲在旁邊的CD架上翻了翻，發現除了音樂，秦渡大概什麼都玩過。

然後秦渡突然湊了過來。

「妳說謊。」他說。

許星洲還在架子上找遊戲光碟，被他這句話嚇了一跳：「……嗯？什麼謊？」

秦渡在許星洲髮間嗅了嗅，漫不經心道：「妳還用了我的洗髮精。」

秦渡說那句話時，離她特別特別近。許星洲甚至都覺得他呼吸時，有少許氣流吁在了自己的耳尖上。

許星洲的臉，頓時羞恥地紅到了耳根。

「沒，沒有別的了啊！」許星洲羞恥掙扎道：「我只能用你的，雖然是男士的但是還是可以應付一下——」

秦渡愜意地瞇起眼睛，問：「嗯，妳是不是還擠了我的沐浴乳？」

許星洲：「……」

許星洲羞恥至極，立刻爬開了三公尺遠。

秦渡嗤嗤地笑了半天。許星洲不爽地找了三張 Xbox 的遊戲光碟出來，他居然很喜歡收集遊戲光碟，在如今這個數位版遊戲大行其道的世界，他還真有點偏執而復古的收集癖。

許星洲回頭望向秦渡。

秦渡仍在懶洋洋地做作業，燈光黃而筆直，在燈下他面容猶如刀刃一般，帶著種難言的銳利。

許星洲又說：「明天……」

明天怎麼辦……？她想，明天假期就結束了，而許星洲無法去上課。

秦渡彷彿知道許星洲要說什麼，出聲道：「明天我有作業要交，下課就回家，最多不超過兩個半小時，訊息、電話一直在。」

許星洲又抱著光碟，爬了回來。

秦渡：「……」

那一瞬間秦渡才意識到許星洲用了他的洗髮精和沐浴乳，身上的味道與秦渡一模一樣。

那個女孩身上還穿著秦渡的T恤，人瘦瘦的，有點撐不起來秦渡的衣服——寬鬆衣領裡露出一截削白的鎖骨，一雙細軟的眉眼認真地望著秦渡。

——她靠得太近了。

那股冽然的、秦渡聞慣了的香氣，此時居然近乎催情——秦渡幾乎是立即有了反應，他下意識地遮掩，不自然地屈起了腿。

許星洲抱著三張遊戲光碟，微微皺起眉毛，仰著頭，看著秦渡。

那幾乎是個索吻般的姿態，秦渡看得難耐至極，幾乎想低頭去吻她。

然而，接著，許星洲迷惑地開了口：「——可是，你把我封鎖了呀。」

秦渡：「……」

秦渡終於明白了，搬起石頭砸自己腳的感覺。

許星洲茫然地說：「我沒試哦，但是你是不是也封鎖了我的手機號碼？」

許星洲想了想，有點難過地說：「……所以我對你道歉，你把我從黑名單裡放出來好不好呀？我不該轉帳給你，我自己都知道我非常過分，對不起，師兄。」

秦渡：「……」

秦渡哪能讓許星洲道歉，他立刻把電腦一放，去撈自己的手機——許星洲抱著膝蓋坐在他旁邊，垂著腦袋，看起來是一直知道自己做錯了事的。

秦渡刪好友時其實氣得很，許星洲那時將他一顆心碾了又碾，絲毫不把他放在眼裡。

那時，秦渡甚至生出了一種「愛一個人實在是太累了」的想法，準備放棄了——可是如今許星洲就坐在他的身邊，這個女孩剛剛還洗過澡，燈盞把她將乾未乾的髮絲映得明亮又溫暖。

所以那時候那點難過又有什麼要緊呢，秦渡想。

許星洲小小地點了點頭，然後秦渡揉了揉許星洲的後腦勺，示意她看著螢幕，接著當著她的面，將許星洲從黑名單裡放了出來。

對話方塊裡還留著許星洲轉帳給他的紀錄，秦渡往上滑了滑，揶揄道：「妳可真有錢，兩千四百三十一塊兩毛五——嗯？」

許星洲盯著秦渡。

「連毛帶分的轉帳。」秦渡嘲笑她道：「妳錢包有多少就轉多少給我是吧？」

許星洲憋悶地問：「有問題嗎？」

秦渡以手指在她額頭上一戳，道：「生怕不把我氣死。」

「好歹也是一個月生活費了。」許星洲頗為心塞地道：「不要也不用嘲諷我嘛。」

秦渡嗤嗤地笑了半天，又問她：「我要是收了這轉帳的話，妳這個月吃什麼？」

許星洲想了一下，肯定地說：「西北風。」

「因為這個……」許星洲嚴謹地實話實說：「就是我五月的生活費。」

秦渡：「……」

秦渡覺得這個小混蛋真的是欠敲竹槓，以手指頭一推許星洲的額頭，把自己的手機給她了。

靜謐夜風拂過，許星洲坐在秦渡身邊，她頭髮沒乾時有點捲捲的，披在後背上。

秦渡漫不經心道：「明天我走了之後會有我家的阿姨送粥給妳，妳熱一熱再吃。」

許星洲一愣：「嗯？」

「你不是嫌我那天出去買給妳的不好吃嗎？」秦渡盯著腿上的計算本，道：「我家那個阿姨熬粥熬得還不錯，應該還有點小菜什麼的，我讓她多帶了點給妳。」

許星洲好奇地問：「阿姨……？你家有幾個廚師？」

秦渡看了許星洲一眼，莞爾道：「一個，八大菜系精通粵菜。有時候會從外面請。」

她家應該沒有廚師這種東西吧……秦渡又想，畢竟許星洲只是個普通人家的女孩子，會不會有距離感？要不要解釋一下家裡有廚師只是因為他媽媽愛吃粵菜，他爸聘的而已——

但是他側過頭看了一眼，發現許星洲眼睛笑得像兩輪小月牙，好像從來沒有病過一般，面色微微發紅。

「師兄……」許星洲撓了撓頭，又有點小靦腆地道：「那天你媽媽是不是來了呀？」

秦渡愣住了。

「我就覺得……」許星洲小聲說：「我當時本來覺得好難受啊，哭得鼻子都塞住了，整個人窩在床上就像快死了一樣。」

「生是痛苦，」許星洲喃喃道：「不被需要是痛苦，在世上毫無牽掛也是痛苦……」

秦渡手中的鉛筆在紙上畫出一道長長淺淺的痕跡。

「我當時如果有力氣的話，師兄你別生氣，」許星洲揉了揉鼻尖道：「我可能會拉開窗戶，變成一隻沒有翅膀的鳥。大概就是絕望到這個地步吧。」

朦朧的光影之中，初夏的風如海水般灌入。

秦渡望著許星洲。

那女孩在地毯上抱成一團，她瘦得肩胛凸出，只露出一截蒼白的脖頸，好似一隻雙翼斷折的鳳尾綠咬鵑。

一隻無法承受任何一次下墜，如果離開窗戶，就會粉身碎骨的鳥兒。

「然後，我覺得有人來了。」許星洲不好意思地對秦渡說，「我記得不太清楚，就記得好像是一個個子不太高的、很溫柔的阿姨。她幫我擦了眼淚，告訴我一切都會好起來的，我哭得都看不清那個阿姨長什麼樣子，只知道是一雙很溫柔很暖和的手。」

「就記得那個阿姨好像說了，她是你媽媽。」

秦渡點了點頭：「對。」

許星洲一笑，溫暖道：「真好呀。」

「我覺得那個阿姨真的很溫暖。」

秦渡：「……」

然後許星洲又有點憋屈地道：「但是我猜她不會喜歡我了，我見了她光哭了一場……這種見面也太糟糕了……」

秦渡低下頭，漫不經心道：「這個印象不印象的，不用妳管。」

許星洲一愣。

「……去玩遊戲吧，」秦渡疲憊地摘下眼鏡，揉了揉鼻梁道：「我不喜歡妳總想太多。」

他到底是什麼意思呢？

——什麼叫「不喜歡妳總想太多」？什麼又叫「不用妳管」？

秦渡大概根本不喜歡自己和他媽媽提前接觸吧，許星洲想。畢竟秦渡今年才二十一歲，而見媽媽這種事情，實在是太正式了。

秦渡是非常喜歡我的，許星洲告訴自己——但他不會考慮我的以後，就像他其實也不需要我一樣……他會怎麼和他媽媽介紹許星洲呢？那個我現在挺喜歡的女孩子？但是我們不可能走到最後……？

許星洲倒不覺得難受，只覺得心裡有點涼颼颼的，這個世界過於現實。

她抱著三張光碟，坐在了電視機前。

秦渡住的公寓非常寬闊，漆黑的一片，遠處窗邊亮著燈，秦渡在那燈下的靠椅上做作業。許星洲從抽屜裡翻出秦渡買的PS4 Pro，把遊戲機連上，開了電視。

4K電視加上PS4 Pro，再加上滿架子的遊戲，也就是跟秦渡蹭吃蹭喝才能有這種豪華體驗，一定得好好珍惜。

許星洲這麼想著，連握著遊戲手把的姿勢都帶上了一絲莊嚴！

畢竟以後回宿舍住了的話，哪還能碰到這麼好的條件！

她把《胡鬧廚房》的光碟推了進去——這遊戲的畫風相當可愛，圓圓的廚師小人，一看就是適合手殘低齡兒童的益智遊戲，許星洲對自己的水準認知十分明確，心裡清楚地知道自己也就玩個不考驗操作的低齡遊戲。

電視上洋蔥國王呼呼哈哈地講著劇情，許星洲揉了揉眼睛，下一秒，秦渡在她頭上不輕不重地拍了一下。

許星洲怒道：「你打我！」

他把拍了許星洲腦袋一下的計算紙扔了，道：「那叫拍妳。小師妹，連分手廚房都會玩了？」

許星洲愣愣地問：「……這個叫分手廚房？」

「二〇一七年年度闔家歡遊戲，」秦渡又去拿了個手把，在許星洲旁邊坐下，閒散地道：「適合情侶大吵一架翻臉分手、夫妻怒摔手把甩鍋離婚，兄弟割席反目，妳倒是挺會挑的。」

許星洲：「呵呵。」

秦渡眉峰一挑，問：「不信是吧？」

你就騙我吧，許星洲腹誹，連玩個益智遊戲都要恐嚇我。

我今天非要讓你看看，雖然我別的不行，但是玩益智遊戲還是可以的！

夜裡十一點零四分。

客廳漆黑一片，PS4 Pro主機發出熒熒藍光，電視螢幕上，兩個圓滾滾的小人坐在車裡，停在關卡門前。

秦渡漫不經心道：「我說這遊戲叫分手廚房妳還不信。讓妳切菜妳按加速，讓妳煎肉餅妳給我去洗盤子，知不知道分工合作是什麼意思？」

許星洲氣得要拿手把砸他：「我不懂，就你懂是吧！」

「師兄連五人模式都全星通關了，」秦渡嘲諷她：「到底是誰懂啊小師妹？」

許星洲：「……」

許星洲憤怒道：「那你動作也慢啊！」

「小師妹，妳說師兄慢，也沒問題嘛。」秦渡擺弄著手把，惡意道：「但是得用事實說話，這個遊戲有記錄功能，妳要不要看？」

許星洲嘴硬道：「如果你敢的話——」

秦渡散漫道：「就讓我們用科學求真務實的、唯物辯證的態度，打開遊戲紀錄，看看妳切了幾把菜，洗了幾個盤子，煮了幾鍋湯——如果我沒記錯的話妳做得最多的就是拿滅火器滅火，因為妳做的菜燒焦了。」

許星洲：「……」

許星洲氣得摔了手把。

「怎麼了？」秦渡繼續嘲笑手殘小朋友：「妳敢說剛剛那兩個三星通關的關卡不是我的功勞？妳還呵呵我？」

是可忍孰不可忍！許星洲氣得拿起秦渡的計算紙打他。

秦渡被揍了兩下，捏住許星洲的手腕，使壞道：「打人不對，妳統計老師不是和妳說過嗎——也就是師兄疼妳才不計較罷了。」

許星洲：「……」

秦師兄調戲完了，又覺得小師妹生氣的樣子也萌萌的，頗想抱抱小坑貨[5]。

「行了，」秦渡看了眼手錶，微笑起來，「不氣了哦，師兄抱妳——」

秦渡上樓兩個字還沒說完呢，許星洲就氣得耳根發紅地開了口：「——你不許碰我。」

秦渡：「……」

5 坑貨，網路用語，比喻幫倒忙、整人的意思。坑，有欺詐、欺騙的意思。

許星洲頭髮已經乾得差不多，她吃了今日份的安定，往客臥裡一鑽，秦渡連阻止都沒來得及阻止，那扇門就咕咚一聲闔在了他眼前。

秦渡後悔得腸子都青了。

本來多好的氣氛，本來說不定都能親一下占個便宜的，這一晚上秦渡繼「搬起石頭砸自己腳」之後又明白了「活該」的滋味。

他看了看自己的手機，許星洲的手機現在還不在她自己手裡，傳訊息道歉沒用。

肖然和陳博濤再加上秦渡的三人小群裡刷了九十九則的新訊息，秦渡煩悶地點開一看，群裡陳博濤和肖然賭了五千塊，就賭「秦渡今晚到底能不能有進展」，陳博濤對他們離開時的氣氛盲目自信，認為秦渡今晚要是親不到就不算男人；而肖然賭的是「他會自己搞自己」，親得到才有鬼。

秦渡：「呵呵。」

時針指向十一點半。

秦渡在群裡說：『賭你媽呢。』

秦渡都已經抱著許星洲睡了兩個晚上——許星洲一睡著就非常黏人，投懷送抱的，嬌嬌軟軟的一隻，結果今晚玩完了遊戲，直接去睡客臥了。

秦渡斟酌了一下到底是扔遊戲光碟還是扔PS4 Pro，最終覺得不行的話兩個都扔了算了，留著也是禍害。

他在門口又等了一下，還是說了一句：「記得別鎖門。」

許星洲在裡面生氣地大喊：「沒鎖門好嗎！我又不傻！你去玩你的分手廚房吧！」

秦渡：「……」

秦渡憋屈地道：「不玩了，真的不玩了，我把遊戲光碟折斷。」

然後他聽見窸窸窣窣下床的聲音，接著許星洲打開門，瞇著眼睛對秦渡說：「你知不知道，遊戲是無辜的。」

秦渡簡直是個孫子，低三下四：「好好好──不折了不折了……別生……」

然後許星洲不爽地說：「有罪的是你，你玩遊戲太煩人。」

接著，許星洲將門咕咚一聲關上了。

秦渡一個人睡在自己的主臥裡。

夜風吹過遼闊大地，二十一歲的、天不怕地不怕的秦渡沒開空調，只是躺著思考著自己的家庭。

秦渡小時候，跟著他媽媽走南闖北。秦渡是他家的獨苗，而他的媽媽──姚汝君，是個天生的學者。

姚汝君與秦海遙相識時，就是個無法被安放的性格。她有著旺盛到難以置信的求知欲和行動力，那具不到一百六十的、甚至有些孱弱的身體裡，是一個燃燒著求知的靈魂。

秦渡六歲時跟著她去劍橋讀博，在三一學院廣袤的草坪上，姚汝君坐在噴泉旁，以英語與教授爭論。

姚汝君應該是和星洲投緣的。

可是她在和許星洲投緣之前，先是一個母親。

而許星洲被姚汝君看見之前，首先是一個無家可歸的、家庭破裂的，連心智都被情緒逼得模糊的十九歲女孩。

「我覺得那個阿姨真的很溫暖。」許星洲對他說。

「……可是她不會喜歡我了吧。」

秦渡難受得不行。

他的星洲——那個六歲患病、復發數次、自殺多次未遂的生活家，彷彿理所應當一般，熟悉這個世界在她身上的規則。

秦渡的床頭櫃上還放著他收起來的銳器，他一摸那個盒子——

下一秒，秦渡聽見外面傳來細碎的簌簌和嗚咽聲。

時針指著夜裡兩點，接著，門上傳來兩聲幾乎聽不見的「篤篤」。

秦渡：「……」

那聲音小得可怕，像是生怕把秦渡鬧醒了一般。

但是又伴隨著死死壓抑著的、破碎的哽咽，一下下地，實打實地敲在了門上。

許星洲做了惡夢。

她慣常夢見惡龍與勇者，她在荊棘遍布的城堡裡廝殺，猶如迪士尼一九五九年製作的《睡美人》一般。可是許星洲這次被惡龍死死踩在了腳底，她手裡的七色花被惡龍擄走，連最後的翻盤機會都沒有了。

許星洲醒來時就覺得眼前發黑，心口疼得發麻，窒息到無以復加。

那是連安定都給不了的睡眠，連鎮靜劑都無法給予的寧靜。

許星洲在屋裡，難受到無意識地撞牆，又把自己額頭上好不容易癒合了的創口磕開了，她絲毫不覺，眼前發黑，只覺得生的確痛苦。

那些讓她快樂的、讓她感到激情的一切都消失得無影無蹤。那些讓她心動的再也感動不了她，那些令她絕望的卻切實存在於世間。在無邊的絕望之中，許星洲只知道這世界上還剩兩條路。

一條路是跳下去，終結無邊的痛苦。

另一條是，尋找唯一的篝火。

許星洲拽著自己的被子，跌跌撞撞地、摔著跤跑了出去。

秦師兄的房間關著門，許星洲哭著站在他的門前，哭得發抖，連肩膀都發著顫，她怕把秦渡吵醒了，卻無論如何都想鑽到師兄懷裡，因此小小地敲了兩下門。

——那裡沒有惡夢，她想。

孱弱的勇者是打不過惡龍的，但是英雄可以。

許星洲擠著門板跪坐在地，難受得不住發抖，可是那點聲音連蚊子都吵不醒。

……不可以吵醒他，不可以給人添麻煩。

久病床前尚且無孝子，更何況這種虛無縹緲的喜歡——秦渡的喜歡是有前提條件的，許星洲不敢揮霍。

白天一天的好情緒到了晚上便只剩絕望，在濃得化不開的長夜之中，她拚命憋著嗚咽，咬著自己的手臂不哭出聲，不敢打擾秦渡睡覺，也不敢打擾任何人，只敢像向人類求愛的河流一般，在月光中，蜷縮在心上人的門前。

然而，下一秒，她所倚靠的門，開了。

許星洲重心失衡，差點摔在地上。

「……」秦渡蹲下來，看著許星洲，沙啞道：「不敢開門？」

許星洲哽咽著、發著抖點頭。

她不敢打擾秦渡的睡眠，更不敢磨滅人們對她為數不多的愛意。這世上的人們不需要許星洲，那些給她的愛意只是人性的施捨，與消遣用的電影爆米花別無二致。

秦渡嘆了口氣，扯起地上的被單擦許星洲眼角的淚花，那被角沾上了破皮處的血。

許星洲哭得發抖，極度焦慮不安地說：「……抱、抱著睡，好不好。」

秦渡：「好。」

於是秦師兄把許星洲牢牢抱在了懷裡，接著扣住膝彎，把還在發著抖的小師妹穩穩地抱了起來。

「離得這麼遠，」秦渡抱著許星洲，嗓音發啞道：「晚上還要來找我抱抱。妳是小色鬼嗎。」

許星洲手心都是汗，抓在秦渡身上時一抓一個手印，卻死死地、如同溺水之人拽住船錨一般，拽住他。

「妳不敢敲……」

黑夜中繁星漫天，秦渡抵著許星洲的額頭，沙啞道：「師兄以後睡覺就不關門了。」

第十四章 向落魄乞丐求愛

許星洲猶如溺水。

那女孩蜷縮在秦渡的懷裡，秦渡心疼得都快死了。那個女孩如同被世界拔去翅膀的候鳥，發著抖瑟縮在巨人的胸口。

他把許星洲抱到自己的床上，點亮了床頭的燈。

許星洲哭得滿臉通紅，抱著自己的膝蓋，似乎還在為打擾秦渡睡覺羞愧不已，秦渡從床頭抽了紙巾。

許星洲發著抖道：「我、我自己擦……」

秦渡又抽了兩張，欺身上去，危險地瞇起了眼睛。

「我……」許星洲卑微而顫抖地說：「師、師兄我自己擦……」

秦渡不容抗拒地幫許星洲擦了滿臉的淚水，她哭得太厲害了，鼻水都流了出來，狼狽不堪。

許星洲捂著臉不讓他看，另一手哆哆嗦嗦地去搶秦渡的紙巾，秦渡說：「別動。」

哭成這樣的許星洲絕對稱不上好看。

不僅不好看，甚至十分狼狽，她哭的眼睛都腫了，鼻尖通紅，鼻涕一抽一抽的，不住地推著秦渡讓他不要看。

秦渡心裡猶如被鈍刀割了一般。

「別動——」秦渡沙啞道：「師兄幫妳擦。」

然後秦渡用紙巾笨拙地擦拭她的眼角和鼻尖，許星洲推又推不過，睜著哭得像小饅頭一樣的眼睛看著他，卻奇蹟般地不再發抖。

秦渡心酸至極。

✧

次日早晨，鬧鐘還沒響起來，秦渡倒是先醒了。

外面似乎要下雨了，大約是早晨六點半的模樣，昏暗的光線落在許星洲茸茸的髮絲之間，女孩額頭上貼了ＯＫ繃，昨天晚上秦渡處理得有點笨，ＯＫ繃一邊的膠貼在了她的頭髮上，今天大概要撕下來重貼。

許星洲身上有種柔柔軟軟的女孩香氣，溫香暖玉的，全身心地抱著秦渡——大約是嫌抱著秦渡睡比較熱，她沒蓋被子，連帶著秦渡都不允許蓋，就依偎在秦渡的懷裡。

天光昏昏，光線曖昧得不像話，別說床鋪，連鼻尖的味道都背叛了老秦。

世界都這樣了，這要是沒點那什麼簡直不是男人——秦渡口乾舌燥，忍不住伸手攬住了許星洲。

那女孩仍在睡，秦渡攬著她的腰，迷戀地親吻小師妹的髮絲。

花瓶中的月季別開了臉。

秦渡動情地扣住了許星洲的腰。那女孩的小腰纖細又柔韌，盈盈一握，骨肉勻停，他甚至故意在許星洲腰上粗魯揉捏。

「小混蛋……」秦渡吻著她，沙啞道：「連夜襲都學會了，我該怎麼罰妳？」

許星洲翻了個身，嘀咕了一聲，迷迷糊糊地抱住了秦渡的脖子，那瞬間秦渡腦子都炸了，簡直想把這女孩活活拆開吞下去。

——這他媽簡直是個劫難，秦渡想，他媽的。

秦渡終於沖完澡出來，以毛巾擦著自己的頭髮，身後浴室一股難言的味道。

許星洲還迷迷糊糊地睡在秦渡的床上，沒抱著秦渡——這位秦師兄把小師妹揭下來之後，還盡責地團了一團被子塞在了她的懷裡。

早上七點十五，秦渡把廁所燈關了。

這種同居真的要人命，秦渡想，然後接著許星洲朝被子上滾了滾，彷彿在試探那到底是不是個人。

秦渡：「……」

接著許星洲大概發現了那團被子超乎尋常的柔軟，明白自己被一團被子糊弄了，她肩膀發抖，鼻尖幾乎是馬上就紅了——秦渡心想這不是要人命嗎，他還沒走過去，許星洲就害怕地睜開了眼睛。

秦渡：「……」

這到底是什麼魔鬼，秦渡舉白旗投降：「我起床洗了個澡，沒走。」

許星洲這才迷迷糊糊地點了點頭，睡了回去。

秦渡坐在床邊，他剛洗完頭，鼻尖還往下滴著水，俯下身以眼皮試了試許星洲的體溫。

——沒發燒。

秦渡親昵地問：「早餐想吃什麼？」

許星洲鼻尖還紅紅的，像個哭著睡著的小哭包，秦渡想起他昨天晚上把許星洲抱到床上時，那個哭得發抖的女孩居然漸漸平靜了下來。

「想……」許星洲糯糯地開口：「想吃南區學生餐廳的鮮肉生煎包。」

秦渡：「……」

「別的地方的不行嗎？」秦渡憋悶地問：「一定得南區學生餐廳？」

許星洲顯然還沒完全清醒，嗯了一聲，又認真地點了點頭。

秦渡：「……」

秦渡，學生會會長，本地地頭蛇——這位入學三年沒住過一天宿舍，沒吃過一頓學校餐廳的，蜜罐裡泡大的，證券交易所上市公司集團的獨子，頓時陷入了深深的迷惘之中。

許星洲好像確實喜歡吃南區學生餐廳的早餐，之前看譚瑞瑞吃早餐時好像經常和她偶遇，每次都要發貼文，將自己對自己副部的寵愛廣而告之。

譚瑞瑞，呵呵。

秦渡心裡記仇，然後伸手摸了摸罪魁禍首的腦袋。

秦渡道：「妳自己在家裡乖乖的，行嗎？」

許星洲乖乖地、認真地點了點頭。

然後秦渡走出臥室，拿出手機，打了電話給自己的學弟。

張博迷茫的聲音在聽筒裡響起。

『學長？』張博茫然道：『這麼早，怎麼回事？我給你的結果有問題嗎？沒問題的話我直接給吳老師看了。』

秦渡以舌尖抵了抵牙床，沉默了一下。

然後秦渡難以啟齒地開口：「這個先不談，學弟，南區學生餐廳能用學生證支付嗎？」

張博：『……』

『你去吃南區幹嘛？』張博茫然道：『那不是在學校淪陷至此的情況下都是最垃圾的餐廳？上次我吃一樓的拍黃瓜，他們居然把醬油當醋，吃得我那叫一個猛男落淚——學長聽我一句勸，你還是在外面買吧。』

秦渡發動了車，說：「不行，就說能不能用學生證吧。」

張博試探地問：『你是真心話大冒險輸了吧？』

秦渡說：「磨人精要吃，學長栽了。」

張博：『……』

張博似乎忍了一肚子的吐槽。

「不是南區還不行，」秦渡開車時不便打電話，嘴角上揚地開了擴音：「非得要那裡的生煎包，折騰得很。我還沒去過，有什麼需要注意的嗎？」

張博沉默了許久，由衷道：『沒有，您去吧，學生證沒問題。』

在妄想中被奴役的秦渡此時稱得上春風得意：「謝了，學弟。」

然後秦渡又想了想，得意地回答了張博一開始的問題：「你兩個問題的運算過程錯了一堆，下午提頭來見。」

張博那頭立時傳來一聲慘叫。

秦渡春風得意馬蹄疾，利用完了學弟，連慘叫聲都不聽完，得意忘形地把電話掛了。

許星洲醒來時，秦渡已經買完了早餐，並且已經晨練回來了。

外面彷彿要下雨，清晨社區裡瀰漫著詩一般的霧氣。

秦渡就這樣在霧裡跑了步，身上套了個寬鬆籃球背心，頭上紮了個運動頭帶，英俊面容上都是汗水，並以毛巾擦著汗。許星洲赤腳下了樓，茫然地看著飯廳桌上那一小盒熟悉的生煎包。

許星洲：「……」

許星洲說：「這該不會是我們那邊那個學生餐廳的……」

「對，」秦渡痛快道：「就是那個南區學生餐廳的。」

許星洲心裡簡直爆炸，心想為什麼來了這裡還要吃這個鬼東西，這東西在宿舍折磨她折磨得不夠居然還跑到秦渡家裡來了！誰想吃啊！你自己吃吧！

秦渡接著卻道：「……不是妳和我說想吃嗎？」

許星洲：「……嗯？」

秦渡得意忘形地哼了一聲，彷彿在問「師兄疼不疼妳」——接著，許星洲意識到，秦渡是為了她專門跑去南區買的。

天才如他，並不知道南區的生煎包實在不算多好吃，可能他連去買早餐都是第一次，從這裡去F大的距離並不短，秦渡卻硬是一路開車跑了大老遠，就去買了個她「可能喜歡吃」的早餐。

許星洲想了一下，笑了起來，對他說：「謝謝師兄。」

然後許星洲坐在了桌子旁邊，秦渡倒了杯橙汁給她，又遙遙靠在了牆上。

「師兄──」

「許星洲──」

兩個人幾乎同時開口，許星洲心情又算不錯，笑咪咪地看著秦渡。

秦渡看著許星洲暖暖的眉眼，想起自己早上的屈辱，突然覺得極為不平衡。

「妳昨天晚上，」秦渡漫不經心地說：「睡覺抱太緊了，我差點被妳勒死。」

許星洲臉紅了：「我忍不住……」

秦渡瞇起眼睛道：「控制不住夜襲我是吧？這是流氓罪了妳知道嗎，許星洲妳是不是晚上沒有我抱著就睡不著覺？這麼依賴我就搬到主臥──」

許星洲羞恥地開口道：「……我不要搬到主臥。你那邊的浴、浴室裡有怪怪的味道。」

秦渡：「……」

許星洲說：「特別嗆，又有點苦苦的，我總覺得在哪聞過。」

秦渡張了張嘴：「……」

許星洲不安地摸了摸自己的鼻尖，問道：「師兄，以防萬一問一個問題，你是不是在裡面打……」

「打個屁，」秦渡冷冷道：「妳懂男人嗎，還打？」

許星洲十分憋悶：「可是──」

秦渡冷漠地抬頭，「去吃妳的早餐。」

秦渡盯著許星洲把藥吃了下去，找了一個他以前用的手機，讓許星洲先用這個聯絡他。

儘管同居，秦渡還是沒留鑰匙給許星洲，但是留了一堆遊戲和雜書給她，算是個消遣——他不敢把鑰匙留給她，怕許星洲跑了。

儘管許星洲除了夜裡的那點崩潰，看起來都極為正常。她吃了藥後甚至非常配合地躺在沙發上，抱著秦渡大二時選修的複變函數催眠自己，一副配合治療到佛系的模樣，秦渡走時她還安詳地對他擺了擺手。

可是秦渡離開時，還是反鎖了門。

他不想把許星洲關在家裡，可許星洲有崩潰的前科。

秦渡臨走時把廚房也鎖了，只開放了幾個能讓她開心一些的、被他收走了尖銳物品的地方。

秦渡到了F大，去許星洲宿舍樓下拿了李青青收拾好的行李，他背著許星洲的粉紅色電腦包，迎面撞上了譚瑞瑞。

譚瑞瑞連想都沒想過會在這裡見到秦渡，嚇了一跳：「……秦渡？你來這裡幫誰搬宿舍？」

秦渡：「星洲。」

譚瑞瑞猶豫著問他：「我家星洲現在怎麼樣了？沒事吧？」

秦渡瞇起眼睛：「妳家？妳再說一遍誰是妳家的？」

譚瑞瑞：「……」

譚瑞瑞太他媽害怕秦渡記仇了。

上次放走許星洲去和高中同學吃飯，秦渡一個星期派了三個PPT給她，安排了兩場會議，還派會長團跟她磨了半天宿舍文化節的細節——而宿舍文化節是下學期的活動。

更可怕的是他還莫名地掐準了譚瑞瑞科系作業的截止時間，譚瑞瑞終於在痛苦中明白了雙重Deadline的滋味。

譚瑞瑞斬釘截鐵：「你家的，我為我的莽撞自罰三杯。」

秦渡的心情，似乎終於好了些。

「不是——」秦渡慢條斯理道：「是我老秦家的。」

譚瑞瑞：「……」

譚瑞瑞心裡腹誹了十句你這個老狗比，說你家還蹬鼻子上臉了，還你老秦家呢，你以為許星洲會放棄自己的人生去跟你當豪門太太嗎！

不！可！能！

但是譚瑞瑞敢想不敢說，只得目送秦渡把許星洲的小熊綁架了，連著她的電腦包和小行李箱一起，五花大綁地塞進了他的奧迪後車箱。

秦渡心情不錯，在夾著自己演算的結果去導師辦公室前，他的手機微微一震。

他拿出來看了看，是于典海傳來的訊息。

『秦先生，患者今天怎麼樣？』

——他是許星洲目前的主治。

秦渡看著螢幕上那句話，想了想道：『她情緒還可以，吃了藥，現在已經睡著了。我在學校，在外面最多逗留兩個小時吧，然後就回家，不會出事。』

于典海說：『那就好。』

秦渡不理解他為什麼這麼說，靠在人來人往的西輔樓走廊上，傳出了一個問號。

『秦先生，您的主意如果有任何改變……』于典海又說：『歡迎隨時告訴我。』

走廊盡頭有一扇窗戶。

那走廊沒開燈，黑而狹長，有教職員工的子女沒去上課，踩著溜冰鞋嗖地滑了過去，漆黑的走廊裡孩子的笑鬧聲不絕，時間近正午十二點，教授們敲著辦公室門，呼朋喚友一起去餐廳。

秦渡靠在牆上，傳訊息給于典海：『你什麼意思？』

他的語氣已經有些不太好了。

秦渡早已明確表達過不願意讓許星洲住院——他不想讓許星洲和一群比她更不穩定的人住在一起，身上真真切切地貼上精神病人的標籤，在一群病人的尖叫聲中，吃了安定，昏迷著入眠。

秦渡不願意

于典海說：『那個病人的情況比較複雜，如果只是單純的憂鬱還好說。只是單純的憂鬱我是不會建議入院的。問題是她的焦慮傾向和自殺傾向——至少我從量表評估的結果來看，我認為是一個非常危險的狀態，需要專業的、訓練有素的看護。』

秦渡：『危險的人多了去了，她現在狀態很好，早上還能說笑。』

于典海又傳訊息給他：『狀態很好的人也不在少數，說笑的人也有很多，可人的情緒就是這麼奇怪的東西——他們時時就會崩塌，秦先生。』

秦渡：「……」

秦渡道：『如果有我控制不了的情況我再告訴你，行了吧？』

他的語氣極為不善，可能于典海再提一次，他就準備換主治了。

『好的，』於是于典海識時務地說：『希望患者早日好轉，耽誤您時間了。』

秦渡將手機收了起來。

接著，他茫然地望著樓下廣袤的草坪。

那草坪上坐著背書的學生，也有社團聚在上面慷慨激昂地辯論著什麼——秦渡認為那是馬克思主義哲學學院。他們學院的一批批學生喜歡在草坪上開辯論會，辯論馬克思主義，辯論一些在實幹家們看來空想太過的歷史唯物主義，可又有種年輕熱烈、樸素又激昂的愛國感。

有女大學生穿著裙子騎著自行車離開大草坪，有人用塑膠袋裹著五毛錢一份的飯團一邊啃一邊看書，更有學生躺在草坪上以課本蓋著臉，呼呼睡覺。

那些十幾二十歲的、年輕又莽撞的靈魂中，沒有秦渡的存在。

他在八樓俯瞰著那片草坪。

秦渡冷漠，毫無同理心，不覺得自己屬於這群蠢笨的活人。秦渡以一種天之驕子游離世外的高傲眼神俯視著這群靈魂，儘管他做到了恰到好處的彬彬有禮，卻從始至終沒有半點能融入他們的模樣。

可是那些年輕莽撞的人裡，本應是有許星洲的。

那個像是執念一般將自己打扮得漂漂亮亮的十九歲女孩，那個會立下「嘗試一切再去死」的 flag 的病人——那朵穿紅裙子的雲，那一團熱烈而年輕的、彷彿永遠不會熄滅的火焰。

……她不在這裡。

她早上配著溫水吃了一大把白白的藥片。那些藥裡有抗焦慮的阿普唑侖、抗憂鬱的舍曲林、解痙鎮痛的水楊酸，還有催眠的地西泮。

秦渡站在八樓的窗邊，摸了摸胸口。

秦渡開車回家時，鐘點工已經做好了午飯，桌上的菜冒著嫋嫋白煙，花雕醉雞被玻璃罩扣著，上面還綴著小刀削的胡蘿蔔花。

秦渡問：「那個女孩情緒怎麼樣？」

鐘點工道：「睡了一上午。」

秦渡點了點頭，鐘點工背上包走了。

許星洲安靜地睡在客廳裡，瘦削的肩上披著一條灰色絨毯，水紅嘴唇微微發乾，乾淨柔順的頭髮映著天光。

他走了過去，輕輕在許星洲額上摸了摸——稍微有一點點低燒。

接著秦渡又覺得自己昨天晚上貼OK繃貼得太笨了，居然貼在了她的頭髮上，醒來可能會被許星洲嘲笑，於是又把醫藥箱拎過來，蹲在地上，用剪刀小心地剪開了許星洲額頭上的小OK繃。

許星洲眼睫毛纖長，眉眼纖秀，昏睡時呼吸熾熱地噴在秦渡腕上，那姿態極度浪漫，猶如索吻。

秦渡：「……」

他小心地揭開了OK繃的一角。

OK繃的膠黏糊糊的，黏著那女孩額角纖細柔軟的頭髮，秦渡生怕把她弄疼了，卻從來沒做過這種事，於是他一手按著許星洲的腦袋，另一手愚蠢地逆著頭髮撕OK繃。

熟睡的許星洲哼唧了一聲，似乎覺得疼，細細的眉毛皺了起來，帶著哭腔哼了一聲。

秦渡：「……」

蠢貨秦渡趕緊安撫她：「沒事，沒事喔……我幫妳處理一下傷口。」

許星洲開始難受地抽氣。

秦渡嚇壞了，生怕自己做的弱智事把許星洲弄得不舒服，又不想被小師妹罵，當機立斷，一腳踹開了那個醫藥箱。

外面沉沉暗暗，鉛灰天穹積著雨，天光流轉。

許星洲蜷在沙發上，睜開了濕潤的眼睛，連眼睫上都是水。

秦渡：「……」

女孩大概被秦渡弄得很疼，連鼻尖都紅紅的。

「我……」秦渡終於找死成功，手足無措地辯解：「我就是……貼壞了OK繃……」

許星洲紅著鼻尖，顯然還沒睡醒，水般的、剔透的晶狀體映著灰暗世界，她看了一圈，又閉上了眼睛。

秦渡連手腳都無處安放，生怕許星洲哭出來，她清醒的時候肯定不會因為這點疼痛就哭，但是她現在是個脆弱的病孩子，而且似乎連睡都沒睡醒，額角還紅紅的，被秦渡愚蠢地撕了一半的OK繃晃晃悠悠掛在頭髮上。

「弄疼了妳，妳打我吧，」秦渡憋屈地承認錯誤：「其實我根本不會處理……」

然而，下一秒，迷迷糊糊的小倒楣蛋許星洲向前探了一下身。

秦渡說：「小師……」

接著，在如同海浪的、席捲天地的大風之中，許星洲主動的、柔軟的吻，在夢的分界線中，落在了她師兄的唇角上。

那幾乎都不是個吻。

那是一輪落入荒草蔓延的凡間的月亮，向落魄乞丐求愛。

許星洲藥效仍在發作，渾身都沒什麼力氣，連神智都不甚清明——她艱難地仰起頭，親上去的還是秦渡的嘴角。

秦渡清晰地感受到女孩柔軟又有些乾裂的吻。他僵在了那裡。

——許星洲在親他。

這個事實令秦渡渾身發燙。

他的小師妹嘴唇柔軟，生澀地仰起頭，親吻他的嘴角。這個姿態充滿癱軟而又依賴的意味，像是不太敢碰觸秦渡，卻又無論如何都離不開這個男人一般。

然後許星洲親完，又揉了揉額頭上那團失敗的ＯＫ繃，若無其事地縮回了沙發上的毯子裡，睡著了。

秦渡：「……」

小混蛋，這到底是不是一個吻？秦渡想問許星洲。

這是這個小浪蹄子的初吻嗎？

那個撩遍自己身邊所有女孩子的，第一次見面就拐跑了秦渡的女伴的，把秦渡的聯絡方式團了又團丟進垃圾桶的，那個看誰勾搭誰的，猶如無處安放的、自由的靈魂的，許星洲的初吻。

秦渡腦中血管突突作響。許星洲為什麼要吻他？秦渡難道不是她考慮誰都不會考慮的人選嗎？

她有吻過別人嗎？她有沒有被人吻過？

——可是秦渡清楚地知道答案。

他知道沒有人敢親吻他愛上的這個女孩。她是一種甜蜜而沉重的責任，那責任太過可怕，猶如深淵，令人望而卻步。

因此從來沒有人把她從泥濘裡拖出來，更遑論如同秦渡這般疼她愛她，將她視為自己的生命。

秦渡將那一團OK繃撕了下來，又幫許星洲重新好好貼了一片，然後擠在沙發上，扯過許星洲的被子，與她一起蓋著。

天地間雨水靜謐，雨水沙沙地淋滿了露臺，深色窗簾被雨霧吹起。

秦渡與女孩的額頭相抵。

「蹬鼻子上臉越來越熟練了。」秦渡忍著笑道。

「……我警告妳許星洲，哪天再對我耍流氓，我就報警。」

然後秦渡愜意地眯起眼睛，動情地親了親許星洲的小髮旋，她身上暖暖的，此時依賴地蹭在秦渡懷中。

秦渡將她環在懷裡，把露臺滲進的風雨擋在懷抱外面。

「……不過這次我心情好，先放妳一馬。」

他得意忘形地又親了親許星洲的額頭。

天黑了，雨水已經將窗簾打得黏在一處，客廳黑大理石地面上一攤淋淋漓漓的雨水，連地毯都被泡濕了。

那安定藥效相當強，許星洲一覺睡到了下午五點。

許星洲醒來時秦渡是個牢牢抱著她的姿態，把許星洲護在懷裡，因此她身上沒半點濕，秦渡結實的後背摸起來卻潮潮的。

這人為什麼不關窗戶？連客廳地磚都泡水了，小心漏了水樓下住戶來罵人。許星洲內心犯嘀咕，接著她的肚子咕嚕一響。

她早上只吃了點南區學生餐廳的生煎包，那生煎包還是看在秦渡千里迢迢買來的分上才吃了兩口——因此她起來時就餓得很。而秦渡睡在她身邊，似乎睡得也不熟，許星洲肚子剛咕嚕了一聲，他就醒了。

秦渡睡眼惺忪地看了看許星洲的小肚皮：「……小師妹，餓了？」

許星洲點了點頭，紅著耳朵，從他懷裡鑽了出來。

大概又是自己抱的，許星洲羞恥地想……秦渡總不能報警吧？雖然以他的狗比程度，哪天心血來潮去報警的可能性也不低……

然而，秦渡不僅沒有報警，而且看起來相當饜足。

許星洲：「……」

他到底在饜足什麼？許星洲瑟瑟發抖地心想，總不能是抱著自己打了個手槍吧？

「桌子上有鐘點工做的小飯菜，」秦渡揉了揉眉心，慢條斯理地起身道：「我等等用微波爐熱一下，晚上我哥要來一趟，妳把妳的東西往臥室收一收。」

許星洲趕緊嗯了一聲，秦渡穿了拖鞋，起身去了廚房。

話說他總不能真的……那個什麼了吧？他早上肯定也……是想著自己嗎？

許星洲看著秦渡那種一日看盡長安花的得意勁，心中充滿疑惑。

過了一下，在許星洲確定秦渡不在客廳之後，她終於確定般地，做賊般地，伸手揉了揉自己的胸。

許星洲：「……唔。」

許星洲揉了兩下胸心中就明明白白，深刻地覺得自己不能侮辱秦師兄。

人家好端端的一個太子爺，哪能看上這種A罩杯啊！

這簡直是審美敲詐。

外面，秦渡喊道：「許星洲妳到底在幹嘛？我不是讓妳吃飯嗎？」

許星洲沒聽見，盯著浴室鏡子裡自己的倒影。

人生真是一關一關又一關，都準備接受秦師兄了，還要面對這樣的苦難。許星洲又摸了摸胸，心裡人身攻擊自己：許星洲妳這個沒用的女人，沒有化妝在人家懷裡睡了好幾天就算了，連胸都平。

話說不就是成長期沒胖起來嗎！憑什麼就沒長胸！好氣人哦。

秦渡不爽喊道：「許星洲妳出來吃飯！在浴室裡生孩子嗎？妳不出來我進去找妳了！」

許星洲這次終於清清楚楚地聽見了秦渡的不爽，然而她還沉浸在A罩杯的悲傷之中無法自拔，她一出浴室，又看到了自己的熊布偶小黑，小黑已經陪她睡了將近十年，是一隻合格的破熊了。

許星洲：「……」

許星洲看著小黑乖巧的紐釦眼睛，悲觀又憂鬱地心想，大概也只有這隻熊能接受主人的平胸了。

畢竟秦師兄談戀愛看臉，而且秦師兄的胸都比自己的大。

她腦筋還是不太對勁——這點體現在許星洲直接將那隻小破熊拖了出去，下樓，坐在了吧檯邊，甚至還把那隻破熊放在了自己旁邊的高腳凳上。

吧檯的燈溫暖地亮著，細雨沙沙，外面城市鋼筋澆築，卻散落了星星般的燈光。

秦渡端著在微波爐裡轉了幾圈的番薯薏米粥出來，一看到許星洲旁邊那隻熊先是一愣。

「這是什麼？」秦渡把碗往許星洲面前一放，問道。

許星洲認真地說：「是小黑。我奶奶買給我的玩具。我抱著小黑睡了很多年，前段時間沒有抱著它，我有點睡不著覺，謝謝師兄帶它回來。」

然後許星洲怕秦渡不喜歡自己黏人，小聲說：「我以後應該不會夜襲師兄，給師兄添麻煩了。」

秦渡：「……」

許星洲說完又帶著點小難過，伸手牽住了小黑毛茸茸的爪子。

秦渡酸溜溜地說：「這個熊能頂什麼，妳還是來夜襲——」

可是他還沒說完，門鈴就叮鈴叮鈴響了起來。

秦渡這邊酸味還撲著鼻，秦長洲直接刷了指紋，開門進來了。

玄關處燈光冷白，秦長洲站在玄關處，笑著道：「啊呀。」

「居然打擾了你們吃飯，真不好意思——」他一邊自顧自地換鞋，一邊笑著解釋道：「渡哥兒託我來看看星洲妳身上恢復得怎麼樣了，你們先吃，不用在意我。」

然後秦長洲換了拖鞋，到吧檯處坐著，摸了秦渡囤的果酒，幫自己倒了一杯。

秦渡在一邊酸溜溜道：「許星洲，妳把那隻破熊拿開，我看它不順眼。」

許星洲倔強至極：「我不！」

秦長洲身上似乎有點酒味，許星洲知道這是醫生的常態——臨床醫生這職業應酬相當多，什麼藥代什麼器材公司的應酬，恨不得個個都喝出酒精肝，因此酒量也是一個比一個的好。

秦長洲注意到許星洲的眼神，拿起玻璃杯晃了晃，莞爾道：「這個度數低，不影響判斷。」

許星洲頓時十分不好意思。

這人得怎麼稱呼呢？那是秦渡的堂哥，卻不是自己的，叫哥哥總歸不合適，但是叫秦醫生又太過生分，給人的印象不好——許星洲求救般望向秦渡，似乎在徵詢他的意見，到底應該怎麼稱呼他哥哥。

秦渡卻十分不爽地、酸不啦嘰地瞇著眼睛道：「妳看我幹什麼，許星洲，妳給我把那隻熊送回去。」

許星洲：「……」

小黑哪裡惹到他了啊，許星洲簡直想抄起熊揍他，卻突然靈機一動。

天無絕人之路！上帝為妳關上一扇門還是會為妳留下一扇窗！還是有一個合適的稱呼的！

秦長洲不解地看著她，又問：「怎麼了嗎？我臉上有東西？」

「沒有。」許星洲嚴謹地道。

秦渡極度不爽地盯著許星洲。

「這段時間給您添麻煩了。」

許星洲想了想。

——這是04級臨床醫學院畢業的老學長，叫哥哥不合適，叫秦醫生簡直就是找碴，因為級數差的太多，也不好叫學長。

於是，許星洲不太好意思地摸了摸耳朵，對秦長洲順從地喊道：「……秦、秦師兄。」

秦師兄三個字一說出來，許星洲莫名地覺得空氣凝固了一下。

秦渡望著許星洲，一雙眼睛狹長地瞇起。

許星洲莫名其妙地覺得他可能準備戳自己一指頭——但是師兄這個稱呼又不是秦渡專屬的，何況真要說的話秦長洲這位老畢業生才是師兄，秦渡就是個來蹭熱度的。

任你是天皇老子都沒有強占這個稱呼的道理。許星洲思及至此腰板立時挺直，用湯匙拌了拌自己碗裡的清粥，當著秦渡準備戳她一指頭的眼神，堂堂正正吃了口粥。

秦長洲絲毫不在意地笑了起來，說：「麻煩什麼，不麻煩——渡哥兒託我來的，妳吃飯就是。」

許星洲也笑了笑，在桌下一手牽著自己的小熊。

秦長洲又問她：「現在心態怎麼樣？」

「……還好。」許星洲認真地道：「這裡環境比較陌生，感覺稍微壓住了一點……現在心情就還可以，也在堅持吃藥。」

秦長洲想了想，又問：「我聽于典海講，妳以前住過院？」

許星洲：「是的。」

「我六歲的時候小，發作不算嚴重，也掀不起什麼風浪……所以是我奶奶照顧我的。」許星洲想了想道：「但是國中那次，就是我奶奶去世之後，我自己都覺得我自己非常難搞。」

秦長洲凝重地皺起了眉頭。

許星洲說：「……我那時候經常失控，反覆失控，情緒一上來就很絕望……每次一難受倒也沒什麼殺傷力，不會破壞周圍的東西，但是很需要別人看護。」

秦長洲：「什麼程度？」

許星洲把手腕翻了過來，給秦長洲看那條毛毛蟲般的傷痕。

「……很偏執，」許星洲道：「我這些都是在醫院割的，那些醫生護士都看不住我。第一次我用的是隔壁床小哥哥的指甲刀，第二次用的是鋁製的牙膏管，我在窗臺上弄出了個很長的豁口，然後硬是磨開了自己的手腕……所以傷口才會這麼凹凸不平。」

「……」

秦長洲咋舌道：「我的親娘啊，牙膏管？妳怎麼下得去手的？用那些東西？」

「就是，不想活了。」許星洲道。

「……一旦進入那個深淵，就什麼都不能想，是個無法思考的程度。」

溫柔燈光落在女孩削白的手臂上，那蒼白的、凹凸不平的傷口被光灼燒了一下，許星洲觸電般將那塊傷疤遮了。

許星洲像是為那條傷疤自卑似的，連耳根都紅了一塊，羞恥地小聲道：「因為我不被父母需要，奶奶也不在了，就算留在這個世上也只是一縷幽魂……當時大概就是這種想法，而且這種想法就像夢魘一樣，我完全無法擺脫。」

「……所以我那年滿腦子想著死，以至於什麼事都能做得出來。」

那的確是憂鬱症病人的生態，尤其是那些重症發作期間的、自殺傾向嚴重的人。

秦長洲聞言一句話都說不出來，想起自己在上精神病學課時老師在課上說過的話。那瞬間空氣中流淌著尷尬的沉默。許星洲耳根紅透，似乎還在為那條瘡疤感到羞恥，不敢看在場的兩個人。

打破了那片亙古沉默的是秦渡。

秦渡漠然出聲道：「現在還有這種想法？」

許星洲羞恥而又誠實地道：「偶爾，很偶爾了。」

秦長洲幫她檢查了一下。

許星洲腳踝已經只剩一點紫黃的瘀青和腫脹，現在活動幾乎已經不受限了。他幫許星洲看完傷，又留下蹭了點中午剩下的花雕醉雞——他說是女朋友加班不陪他吃飯，讓他自己在外面隨便吃一頓，他還沒吃晚飯。

許星洲坐在吧檯前，問：「秦師兄，你的女朋友是花曉花老師嗎？」

秦長洲嗤嗤笑了起來，夾了一筷角瓜，漫不經心道：「是啊，都叫老師了，我們確實年紀不小了……」

秦長洲看著對面的小女生，不無懷念道：「……我認識她的時候，也就是渡哥兒認識妳的年紀。」

「那時候簡直是最好的時候了。」

秦長洲又說：「她小，我也小，不懂得珍惜。好在誰都沒忘了誰。」

許星洲點了點頭，眼巴巴地咬著筷子。

秦渡不讓她碰酒精，因此許星洲這倒楣蛋只能吃桌子上的角瓜炒蛋和扣三絲，葷菜只剩乳鴿湯一道，許星洲——一個無辣不歡的湖北人，嘴裡硬是淡出了個鳥來。

秦渡還是一言不發，秦長洲放下筷子道：「哥吃完了，回家了。」

秦渡對著秦長洲不爽地道：「我今天不想送你，你自己走吧。」

許星洲趁著秦渡不注意，伸筷子去夾醉雞。

然而這位秦師兄顯然不是個好糊弄的人類，許星洲直接被秦渡搶了筷子，他充滿刻意地夾了條乳鴿腿，連湯帶水丟進了她碗裡。

他是故意的！許星洲悲憤喊道：「秦師兄——」

秦長洲披了外套，極有長輩風範地接了話，道：「師兄在。渡哥兒，你欺負人家小女生幹嘛。」

秦渡：「……」

秦長洲對許星洲一點頭，展顏笑道：「好好恢復，小師妹，加油。」

許星洲對他揮了揮手，禮貌地笑著說：「師兄再見！」

然後秦長洲拎包走了，將門一關，將他的堂弟——秦師兄一世和小師妹留在了身後。

渾然不知，自己留下了怎樣的腥風血雨。

秦渡將門插上插銷，踩著拖鞋走了回來。

許星洲坐在高腳凳上，赤著腳踩著橫欄，苦惱地盯著碗裡的飯，頗想告訴秦渡她不想吃了——他到底為什麼要找這個碴呢，許星洲怎麼想都想不明白。

燈光柔柔落在黑玻璃上，許星洲踢了踢橫欄，突然感覺身後一股殺氣。

秦渡危險地道：「妳剛剛叫他什麼？」

許星洲還沒反應過來：「……啊？」

她那一聲還沒叫出來，秦渡一把將許星洲壓在了牆上。

那瞬間簡直令人措手不及，秦渡結實的手臂摁著她的肩膀——那力道非常大，許星洲連反抗的力氣都沒有，被捏得連手臂都抬不起來，幾乎稱得上是禁錮。

許星洲哀求般道：「師、師兄……」

「誰讓妳叫他？」秦渡瞇著眼道：「許星洲，誰讓妳叫他師兄的？」

許星洲慘叫道：「師兄這兩個字是你家註冊的商標嗎！我叫師兄的人多了！沒有上百也有幾十！你幹嘛，你再這樣我就報——」

「操他媽的，報警啊。」秦渡啞著嗓放狠話：「看看誰抓走誰，妳師兄和市裡警察局長的兒子一起玩大的，他還偷我作業抄……」

去他媽的。許星洲悲憤至極：「我拉橫幅實名舉報你官商勾……」

「拉吧，記得寫上許星洲今天親了受害人。」

許星洲：「……」

許星洲聽完那句話，整個人都愣了。

那個女孩透明的晶狀體映著如山海的城市與燈，映著水與花。

「就這樣——」

他把許星洲的手腕摁在頭頂，不允許許星洲反抗。

然後，秦渡低下頭，在許星洲唇角一吻。

「就這樣……」

秦渡又在許星洲的唇上一吻。

他的小師妹腰都是軟的，面頰潮紅，用腳推他，秦渡不為所動地吻她的嘴唇，親吻她的面頰，親吻她受傷的額頭。

那姿態，猶如墜入火焰前的獨腿錫兵，虔誠地親吻他的舞蹈女孩。

「看清楚，妳就是這樣流氓我的。」

黑夜之中，秦渡居高臨下地看著許星洲。

許星洲嘴唇紅紅的，面頰也紅得能滴出血來，羞恥地別開眼睛不敢看他——秦渡於是捏住她的下巴，逼她轉頭。

她沒有反抗。

許星洲逃回房間時，臉還燒得不像話。

她整個人都昏昏沉沉的，回去直接咕咚一聲栽在了柔軟的長絨地毯上，但是許星洲摔上去時只覺得那是一朵雲。

許星洲暈暈乎乎地把自己的手機拽了過來，那手機積攢了無數簡訊和訊息，都是問她怎麼樣的——許星洲無法一一回覆，只回了程雁一個人。過了一下，門外響起敲門聲。

許星洲撩遍全世界，卻沒親過任何人，更沒被人摁在牆上強吻，此時簡直無法面對秦渡，模模糊糊喊道：「你不許打擾我睡覺。」

秦渡站在門外春風得意地說：「我就是想讓妳知道，師兄大人不記小人過，今晚師兄還是不關門。」

許星洲：「……」

「誰管你關不關門啊！你不關門怎麼了！」許星洲耳根通紅地對著外面喊道：「誰要你陪著睡啊！我有小黑了！」

於是，門外沒聲了。

許星洲想起秦師兄紅著臉逃跑的樣子，忍不住把通紅的臉埋在了地毯的長絨裡面。

接著，程雁回了訊息。

她明天回上海，此時應該在收拾行李，問：『這次需要住院嗎？』

許星洲耳根還紅著，羞恥地蜷縮成一團，回覆程雁：『……不知道。』

『我聽青青說了，妳現在暫時不住宿舍，』程雁道：『粥寶妳一定要聽醫生的，他不會害妳。』

許星洲：「……」

許星洲誠實地說：『秦師兄說要照顧我，讓我住在他家裡，妳不要說出去。』

程雁那頭傳了一個「妳腦袋沒問題吧」的貼圖，問：『妳覺得合適嗎？』

『先不說你們現在到底是什麼關係，適不適合住在一起的問題，』程雁道：『他具不具備照顧妳的資質？妳自己心裡其實非常明白妳發作起來是什麼樣子。』

許星洲愣住了。

程雁：『潘老師和我說過，妳當時床前掛的標誌——是帶『幻覺妄想』的。』

『渡哥兒，有空嗎？于主任讓我和你好好聊一下。』

五月的中旬，秦渡接起電話時，先是一愣。

他那時候剛從團委辦公室出來，手裡還拎著許星洲的假單和診斷書，正在去繳交的路上。

『……于主任今天拿到了許星洲以前的病歷，』秦長洲那頭喧囂不已，應該是在病房區裡，上午十點人聲鼎沸：『更堅定地認為許星洲應該入院治療。』

秦渡道：「我覺得這個問題我應該和他討論過無數次了。」

『你每次都反駁他。』秦長洲走到僻靜處：『搞得人家都不敢和你說。一說詳細了你就特別不配合。秦渡，你現在是患者家屬，你明白這個身分代表什麼嗎？』

秦渡擰起眉頭：「意味著我得對她負責。」

秦長洲嘆了口氣：『你懂個屁。病人家屬意味著得比病人本人更客觀更冷靜，你是下決定的人，你做到了嗎？』

秦渡擰著眉頭：「我不讓她住院，不行的話我可以去找看護——」

『……如果星洲小妹妹得的是別的病，』秦長洲打斷了他，問：『你會不讓她住院嗎？』

秦渡哽了一下。

電話裡，秦長洲道：『秦渡，你認為得了別的病住院是很必要的，你相信我們內外婦兒科出身的醫生，也相信我們的護士。但是你不相信精神科的。』

秦渡說：「這根本不是——」

『……你說你想去請看護，』秦長洲又道：『無論哪個醫院的護士都是考護士護理師資格證的科班出身，我們醫生一年無數次考試就更不用說了。那看護有什麼資質？你能保證你不在家的那段時間，那個沒有資質也不受職業道德管轄的人不會虐待你喜歡的小女生？』

秦渡霎時，眼眶一紅。

『秦渡，那是精神病病人啊，』秦長洲嘆了口氣道：『……前幾天我那個朋友，以一個月三萬五的月薪請了個保姆，那個保姆避開監視器，搧他只有八個月大的女兒耳光。』

『不太會哭的、很乖的小女孩尚且被虐待……』

『……那些不會說話，發病的時候意識模糊，餵了安定一睡就是一天的小病人呢？』

秦渡粗糲地開口：「——滾。」

秦長洲仍漠然地道：『你覺得你的許星洲只是情緒有時候會崩潰，只要安撫好了就不會有事，只要餵她吃藥，吃安定，陪在身邊，她就會乖乖窩在你懷裡睡覺。』

天上冰冷的光落在秦渡身上。

秦渡心裡被扎得要發瘋了，而手機那頭秦長洲仍在說話：『你覺得她只是有時候會超乎尋常的難過，你希望她打起精神，你根本不覺得自己是患者家屬——因為你根本不覺得她是個患者。』

『秦渡，我懷疑你連她發病的時候有多痛苦，都無法理解。』

秦長洲在電話那頭，冷淡又漠然地道，『——因為你他媽的，連自己都沒活明白。』

許星洲醒來時，外面颳著大風。

法桐樹葉被颳到了三十樓以上，有幾片留在窗臺外面，許星洲吃了藥剛睡醒，整個人都處在一個不能思考、渾身癱軟無力的狀態之中。

許星洲艱難地睜開眼睛，看到衣帽間的大門半掩著，裡面是幽幽的光。主臥外面傳來鐘點工模糊的洗碗拖地的聲音。

……考完期末考試的六月二十八號，許星洲模糊地想起，就是要去實習報到的日子了。還能不能去順利實習……這個機會是自己健全時努力爭取來的，而在自己去實習之前，這樣的狀態，能不能好起來呢。

明明已經那麼努力地，燦爛陽光地活著了。

許星洲連流眼淚的力氣都沒有，茫然地想。

那天天很黑。

許星洲躺在床上，茫然地望著天穹。她思考著自己的未來和不確定的一切，想著自己的實習，想著學業，想著以後要怎麼辦。鐘點工片刻後拿著拖把走了進來，許星洲看著床上的被單，茫然地回想發生了什麼。

秦渡對她非常好。

好到許星洲甚至會有些負罪感——她的師兄臨走前還傳了則訊息給她，讓她如果醒了，記得去飯廳吃早餐。

他從來沒有提過交往。

事實上，他如果提出的話，許星洲完全無法拒絕。

她吃在秦渡家裡，睡在秦渡家裡，雖說秦渡明確說了「房租一分都不會少收」，但許星洲是確確實實地欠著他的人情。

許星洲每次隔著餐桌看著秦渡時，都有些戰戰兢兢的，有點擔心他下一句話就是「妳來做我女朋友吧」。

可是秦渡從來沒有提過。

但是秦渡睡覺再也沒有關門，他一直開著門睡。僅僅就許星洲所知道的秦渡而言，他原來是個夜生活相當豐富的人——他作為一個富二代，其實派對聚會不斷，連他家裡那邊都有些活動是需要他正裝出席的。

連著半個月，他幾乎整天和許星洲泡在家裡，陪她看電視劇，一起玩遊戲，沒事躺在沙發上刷購物軟體，有時候拉著她的手出去散步，在社區裡看看如瀑布般的藤月玫瑰。

就像情侶一般。

許星洲艱難地伸手去摸自己的手機，她渾身還沒什麼力氣，鐘點工正在拖著地，小心地問：「……您醒了嗎？」

許星洲眨了眨眼睛，破碎地嗯了一聲。

鐘點工拿起許星洲的手機遞給她，繼續拖地。

許星洲看了看手機，秦渡早上走前傳了兩則訊息給她：一則拍了許星洲早上抱著秦渡的枕頭呼呼大睡的樣子——許星洲當時穿了條很短的短褲，秦渡，一個資深理工直男，硬是把熟睡的許星洲從四十六公斤的A罩杯小竹竿，拍成了七十五公斤。

許星洲：「……」

然後秦渡傳了第二則訊息：『睡相很可愛，師兄走了。』

許星洲盯著螢幕：「……？？？」

哪裡可愛了？他到底是從哪裡看出了可愛？許星洲看著那照片都沒有脾氣了，乖乖傳了一則「醒啦」給他。

秦渡過了一下，回覆說：『起來就去吃早餐。』

許星洲在秦渡的枕頭上蹭了蹭，問：『在幹什麼呀？』

秦渡：『還學會查崗了？我今天有點事，在外面買東西，下午三點回家。』

許星洲又小心地問：『什麼事？』

秦渡截了張自己手機上提醒事項的畫面，上面是：『公司：二十一樓二一〇八會議室，下午一點半至三點』，備註：『正裝出席』。

秦渡在通訊軟體上和許星洲道：『別怕，就是去買條領帶。』

他又不著調地說：『我從來不偷吃。』

許星洲看了那則訊息，先是愣了一下，然後將紅紅的面孔埋進了秦渡的枕頭中。

——她和秦渡天差地別。

這漫長的時間之中，許星洲其實無時無刻不在體會這個事實。可是隨著日子的流逝，她漸漸地發現，許星洲所恐懼的差別，對於秦渡來說根本不算什麼。

他從來沒將那些差距放在眼裡過。

接著，許星洲想起那個發生在夜裡的、清醒狀態下的吻——溫暖燈光如水蔓延，滾燙的嘴唇，在他們呼吸絞纏的剎那，秦渡猶如在親吻他一生的摯愛。

可是，許星洲想，會有這種東西嗎。

連自己的父母都不曾給我的東西，許星洲絕望地想，秦渡能給我嗎？

許星洲穿著拖鞋下了樓。

桌上是個歪歪扭扭的煎蛋，還有牛奶和烤吐司。

那時候鐘點工已經在綁垃圾袋，準備走人了。她一頭頭髮緊緊地紮在後面，紮成一個小丸子，穿著短袖的寬鬆制服，是個面目和善的四十多歲的女人。

鐘點工看到許星洲下樓，笑著道：「許小姐，您的早餐我幫您熱好了，就在餐桌上。」

許星洲看著那個鐘點工。

這個人是秦渡聘來的，在家政公司幹了許久，動作俐落，做事認真負責。

秦渡應該都沒和她打過幾次照面。他似乎不喜歡家裡有外人，因此只聘鐘點工幫他打掃衛生，有時候做飯——秦渡每天就把要求貼在冰箱上，有時候特別備註一下哪裡比較髒，除此之外，沒有任何進一步的溝通。

大概是許星洲盯著她的時間太長了，那個鐘點工變得有些不自在。

我在她眼裡是什麼樣的人呢？

許星洲看著她想。

——借住在有錢而年輕的僱主家裡的、時不時在僱主的床上醒來的心態脆弱、令這個毫無生氣的 Loft 樓中樓四處彌散著一股西藥嗆味的小女孩？

「……張阿姨，妳覺得我是什麼人？」

那個鐘點工愣了愣，彷彿沒想過許星洲會問這個問題——那問題的確非常突兀。

「挺漂亮的小女生啊，」鐘點工哄病人般地說：「是秦先生的女朋友吧？」

許星洲聞言笑了笑：「算是吧。他剛剛還和我說不會偷吃，我猜我應該是了……張阿姨，您忙吧，我去吃飯。」

鐘點工笑了起來：「好。許小姐今天開心點噢。」

接著許星洲坐在了桌前，拿起筷子，鐘點工和她道了別。

她的手機亮起，秦渡傳來了訊息，得意忘形地問：『小師妹，吃飯了沒？告訴妳今早雞蛋是師兄煎的。』

許星洲那一瞬間，淚水決堤。

微弱的灰暗陽光落在她的腿上，許星洲心裡難受又酸脹到一個不可思議的程度。以至於坐在桌子前一滴滴地掉著眼淚。

她只覺得心裡長出了一株參天的馬纓花。

那馬纓花在盛夏的雨裡茁壯生長，猶如北歐神話的世界之樹，龐大枝幹上構築了整個世界——那棵樹將她的心肺纏作一團，將她拖回世界之中。

他為什麼會對我這麼好呢，許星洲一邊哭一邊想。

這樣的自己——這個無能的、灰暗的、自己一個人連覺都睡不好的許星洲，這個從小就沒人疼愛以至於只能拚命自愛的許星洲，這個不停地向世界求愛卻毫無回應的許星洲——配得上這樣的喜歡嗎？

感情的開始都是溫柔的——父母相遇的下午的公園，父親的尖頭皮鞋，母親翻飛的裙裾和落在他們肩頭的合歡花，他們跨越大江南北的山盟海誓，許星洲在愛意中呱呱墜地，啼哭的瞬間。

她聽見滾滾春雷，聽見穿過峽谷的颶風，聽見自己年輕的心臟轟轟作響，猶如雷鳴。世人只看到了愛開始時的光鮮和溫暖。

詩人們堅貞似鐵地歌頌這樣的歲月，畫家們描繪情人金色溫柔的、猶如教堂彩色玻璃的吻。

他們給愛以落拓荒蕪的月亮，給愛以朝聖者的心，給情人以時間和歲月的留痕，給他們以黃金雕就的玫瑰與少年的誓言——無人看到愛離去時的狼藉滿地。

可許星洲見過。

她哭得哽咽，抹著眼淚傳訊息給秦渡，說：『師兄，雞蛋好吃。』

秦渡那頭傳來則語音訊息，許星洲發著抖點開。

『那是當然了，』秦渡語調得意忘形地上揚道：『師兄從小就會煎——不用太感動，師兄一向十項全能。中午幫妳訂了外送，等我回家。』

許星洲一邊哭一邊笑。

誰十項全能啊，許星洲一邊哭一邊想，我從小就會做了。我不僅會做，我還會做滿漢全席。

——奶奶曾經說過女孩子不能不會做飯，不會做飯嫁不出去的，於是她一樣樣地教小小的許星洲，一邊教一邊說「這是當年妳外曾祖母教我的做法，肉要這樣焯才嫩」……然後許星洲在奶奶死後，一邊哭一邊做飯給自己吃。

奶奶根本沒想過自己嫁不出去怎麼辦，她想的是她走了，會不會餓到自己的孫女。

許星洲一邊哭一邊想告訴奶奶，有一個可能沒下過廚的手殘師兄煎蛋給我吃了。

儘管我可能不會討他父母的喜歡，儘管我和他地位猶如雲泥，儘管他是個無法負擔我的混蛋，儘管我認為我很快就要耗光他的耐心了。

但是，他至少現在是愛我的。

如果一切能靜止在這一刻就好了，許星洲模糊地想，不用看到之後即將發生的一切，不用和秦師兄說再見。

——就讓故事在高潮落幕。

第十五章 他的在劫難逃

秦渡一手搭著西裝外套，在推門回家時看了看錶，是下午兩點五十八分。

外面狂風大作，秦渡時間觀念極強，有種從他父親那繼承來的菁英式的偏執。他刷了指紋開門，門還沒開，就被恐怖分子襲擊了。

被襲擊的秦渡愜意地瞇起眼睛：「……唔。」

許星洲在他懷裡蹭了蹭。

那女孩穿著黃色的小裙子，乾淨的頭髮紮著絲巾，像一隻日落蝶。她笑得眉眼彎彎，先是在秦渡脖頸處蹭了蹭，又小聲道：「沒喝酒啊，還以為你會喝呢。」

秦渡把許星洲攬在了自己懷裡，狠狠揉了揉她的頭髮道：「想讓我喝酒幹什麼？」

許星洲乖乖地趴在他的脖頸處，小聲說：「……師兄你猜呀。」

秦渡：「……」

「小色鬼，」秦渡不爽道：「酒後亂性也沒妳的份，勾引師兄有用嗎。」

許星洲小難過地哼唧了一聲。

秦渡注意到許星洲居然還噴了點淡香水，油桃混著蜂蜜，有種盛夏的戀歌味道。秦渡又抱著她聞了聞，簡直無法懂——這味道並非沒聞過，相反他去 Jo malone 專櫃時聞得毫無感覺，可是這香水噴在許星洲身上時，卻令他怦然心動。

秦渡大放厥詞完畢，又不想許星洲跑了，趕緊把她扣在懷裡。

「今天情緒這麼好？」秦渡笑著與許星洲抵了抵額頭，沙啞地道：「還塗了口紅。」

他家的星洲，眼睛裡像有星辰一樣。

「是你喜歡的那種。」許星洲溫暖地道：「上次塗的顏色深，你不喜歡——我猜師兄你喜歡這種淺淺的，對不對？」

秦渡：「……」

秦渡還沒反應過來，星洲淺淺的、嬌嬌軟軟的吻就落在了他的唇上。

那個吻像是他們相遇時的緋紅山櫻，又像是燈火輝煌的、寺廟徹夜燃燒的夜晚。

唇一觸即分，可秦渡還是被吻得耳朵都紅了。許星洲甜得不像話，秦渡注意到她還化了個淡妝，本就有種無關風月的美感的女孩此時簡直入了世，像一隻被馴養的山雀。

「我警告妳……」秦渡瞇著眼睛道：「許星洲——」

許星洲瑟縮了一下，又難過地問：「師兄發火了，是要揍我嗎？」

秦渡：「……」

「秦師兄你威脅過我要揍我的，」許星洲裝出淒慘兮兮：「還要把我堵在小巷子裡劃書包，下雨的時候搶我的傘，和我約架，約了好幾次。師兄是要揍我嗎？」

那一瞬間，秦渡徹底潰敗了。

許星洲硬是裝模作樣地紅了眼圈：「你要打就打吧——」

秦渡崩潰地道：「許星洲……」

「我哪裡捨得……」

秦渡發著抖摟住許星洲，大風吹得玻璃隆隆作響，猶如他的心跳。

他沙啞地、以一種潰不成軍的語氣道：「——我寵妳都來不及。」

「我那天吃醋了，妳要去見高中同學，和他吃飯，還打扮得花枝招展的……忍不住就……不是我家星洲不好看……」

「我家星洲好看得很，」秦渡顫抖著親吻許星洲的髮頂：「誰說妳不好看師兄揍誰。」

許星洲抱著秦渡的脖子，大哭著不住地蹭他，像個對他充滿依賴的孩子。

秦渡簡直受不了許星洲的半滴眼淚，她一哭秦渡就肝膽俱裂，秦渡抱著大哭不已的星洲去沙發上安撫，抽了紙巾擦她的眼淚。

許星洲哭了好半天，才囁嚅著說：「……我那天不是為了見林邵凡打扮的。」

秦渡一愣。

「我……」許星洲哆嗦著趴進秦渡懷裡，道：「我以為師兄會喜歡的。」

——那是他曾經彷彿永不會到來的春雨，他的一見鍾情再見傾心，他的滿腔愛意，是他的銀河之畔，星河之洲。

秦渡簡直快把許星洲揉進懷裡了。

他早就知道許星洲會撒嬌，這位小婦女之友撒起嬌來能把譚瑞瑞和一干女性部員黏得團團轉，連她閨密程雁那種教務主任式的女孩都只有哄她的份。這可是女的啊，連女的都頂不住。

嚴歌苓在《陸犯焉識》裡寫女人落淚：「哭起來傭人們都吃不消，都陪她擤鼻子。一串眼淚落得如珠如寶。」秦渡可算體會到了。

以前許星洲對誰都撒過，唯獨沒有黏過秦渡，這是第一次。

秦渡坦白之後許星洲簡直離不得他，秦渡去廚房倒點水都要拽著，秦渡想都沒想過小師妹這麼甜，放在平時，以他的狗比程度，怎麼都得嘲笑兩句，這下居然被甜得一句重話都說不出來。

她爸媽真是腦子進水了，秦渡發瘋地想，這種小女孩都不要，活該被我撿走寶。

秦渡一身的汗，在浴室裡面沖涼，許星洲蹲在外面小聲地、軟軟地喊：「師兄，我想你啦。」

秦渡窒息道：「靠，三分鐘，就三分鐘。」

秦渡真的要瘋了，小混蛋連解決生理問題的時間都不留給他，他三兩下沖完，套了背心長褲就出了浴室。

許星洲抱著膝蓋坐在浴室門前，真的在等他。

秦渡：「抱妳？」

女孩笑得眼睛都彎了，伸出兩隻手，秦渡立刻任勞任怨地把許星洲攔腰抱了起來。

「我重不重？」許星洲得寸進尺地問：「你說我重我就不要你抱了。」

秦渡想都不想：「重。」

許星洲立刻拚命掙扎。

秦渡好不容易軟了，此時又硬起來，簡直想彈許星洲兩下額頭——然後他直接把許星洲摁在了窗前躺椅上，讓許星洲老實點，兩人擠著一張凳子，他從書包裡摸出筆電，開始辦公。

外面仍是狂風大作，室內猶如一方港灣。

闊葉蘭在花盆中生長，生命力旺盛，枯葉落在雪白地毯之上。

許星洲靠在他的胸口，秦渡摸了摸她的腦袋，在她頭頂一吻。

「我家星洲太乖了吧……」秦渡忍笑道：「心情真的這麼好？太黏人了，師兄真的差點就辦了妳。」

許星洲摸了摸秦渡手指上的刺青，開心地說：「你辦嘛。我今天超乖的，怎麼欺負都不反抗。」

秦渡展開手指讓她摸那圈梵文：「不行。」

許星洲不敢相信投懷送抱都被拒絕了：「哎——？」

「太早了，」秦渡漫不經心地點點她：「十九歲的小妹妹。」

許星洲聽了年紀，確實也覺得不算合適，只得悻悻嗯了一聲，和秦渡擠在一張凳子上。過了一下，她又好奇地問：「秦渡，師兄，你胸口有刺青欸。刺了什麼？」

秦渡瞥了許星洲一眼：「不給妳看。」

許星洲：「……」

許星洲蹬鼻子上臉早已熟練至極，立刻準備動手扯秦渡上衣，然而她爪子剛一拽住他的衣擺，秦渡就一掀許星洲的小裙子，那意思極為明確：妳看我的我就看妳的。

許星洲：「……」

許星洲敵不過師兄，狗也狗不過，又不想被他看光光，只得憋屈地鬆了手。

秦渡揉了揉眉心：「刺青不是不給妳看。以後再說。」

他過了一下，又道：「星洲。幫我拿一下書包裡面那本報表，我要用。」

許星洲順從地嗯了一聲，依言去翻秦渡的包。他書包裡的東西在直男裡還算整潔，有幾本講義，一點活動剩的徽章，一團 Sennheiser HiFi 降噪耳機，還有一個透明資料夾，這顯然就是秦渡要用的東西。

許星洲將那資料夾一抽出來——

那一瞬間，一把小小的抽屜鑰匙滾落在了書包底部，與幾支中性筆和碎紙屑躺在了一起。

許星洲：「……」

她目不轉睛地盯著那把秦渡藏起來的抽屜鑰匙，彷彿不敢相信就這樣找到了。

片刻後，她聲音有些發抖地對秦渡道：「師兄，我好渴。」

「……幫我倒點水好不好？」

秦渡嗯了一聲，也沒想太多，接過資料夾，往旁邊一放，就極其順從且沒有地位地，去廚房幫許星洲倒水了。

秦渡拿著水回來時，許星洲面孔還有點紅。

他俯下身在許星洲面頰上親了親，狂風颳開一線陰天，落在許星洲小腿上的光線短暫而金黃，許星洲哈哈大笑，繼而抱住了秦渡的脖子。

「不是渴嗎，」秦渡整個人都要被小混蛋弄化了，可是沒有一點辦法：「不喝水抱著我做什麼？」

許星洲笑咪咪地抱著他說：「因為我喜歡你呀。」

那女孩的眼神帶著全然的依賴和愛意，清澈又熾熱，像是二月末枝頭綻開的迎春。

秦渡愜意地瞇起雙眼：「小師妹，害不害羞啊。」

然後他把許星洲摟在自己懷裡，把自己的手機塞給她玩，在許星洲耳畔溫情道：「我也喜歡妳。」

許星洲眉眼彎彎地道：「手機都給我啦？不怕我翻哦？」

秦渡：「翻吧，我對妳沒有祕密。」

「妳想知道什麼……」秦渡沙啞地道：「問我就行了，我對妳沒有隱瞞。」

秦渡連瞞都沒想過。

他的頹唐、自我厭棄，他身上的野心勃勃和不可一世，他的過去他的少年時代，那個聰明而無所謂活著或是死了的男人，他的自卑和自負。

許星洲笑了起來，在秦渡脖子上蹭了蹭，討好他：「這麼寵我呀。」

秦渡沙啞地嗯了一聲，接著他扣著許星洲的腰肢，看那張報表，鼻尖滿是女孩清甜的香氣。

他的書包在一旁敞著，秦渡又不想許星洲太無聊，有一搭沒一搭地與她說話。

「還學會噴香水勾引人了。」

許星洲笑了起來——天知道她為什麼這麼愛笑，簡直能要了秦渡的命。

「師兄，」許星洲溫暖地笑著道：「如果有一天我不在了你會怎麼辦呀？」

秦渡想了想，相對嚴謹地表態：「得看是什麼級別的不在吧。」

「如果妳是去樓下買零食，」秦渡漫不經心道：「我是不會找的，妳可別想著用離家出走的方式折騰我，我不吃這一套。」

許星洲甜甜地親親他：「把人當什麼了啊，我可一點都沒有折騰人的愛好。」

秦渡瞥她一眼：「許星洲，妳還沒有？」

許星洲訝異地皺起眉頭：「有嗎？哪裡？」

秦渡示意了一下：「——小腿。」

「……」

許星洲皙白的一條小腿壓著秦渡的褲襠，秦渡瞇著眼睛道：「……妳是真的很擅長性騷擾我啊小師妹。」

許星洲：「……」

許星洲臉紅耳熱地說：「你不就是給我騷擾的嗎？」

秦渡簡直被這個十九歲小混蛋氣笑了。

「行。」他說。

許星洲：「怎麼回事你怎麼不情不願——」

「——有妳為這個毛病哭的時候，」秦渡在許星洲額頭上吻了吻，壞壞地道，「妳等著吧，啊。」

他沒看到，許星洲瞳孔裡映出窗外凜冽的雨。

秦渡人生第一次知道，談戀愛能甜成這樣。

申市被細雨籠罩了，斜風細雨，窗外映著流金般的水珠。

他的小師妹特別乖，又乖又皮，還黏人。秦渡凶不得訓不得，只能捧在手心，許星洲連訂個外送都要賴在他懷裡。

許星洲晚上的胃口也很好，秦渡訂了當初她挺愛吃的那家上海菜，幾乎把她夾過兩筷子以上的菜全訂來了。秦渡在廚房切了點水果飯後吃，許星洲去門口拿外送，提回來時簡直有點懷疑人生。

許星洲艱難地把那一大袋東西放在桌上，喊道：「你到底訂了多少啊！」

秦渡說：「愛吃的我都訂了。」

許星洲把紙袋裡的菜一樣樣取出來，還都滾燙著，裝在瓷盤裡面——她取到最後一樣時，看到了裡面一張被水蒸氣泡軟了的收據。

秦渡把切開洗好的桃杏拿過來，許星洲捏著濕乎乎的收據，算了半天價格，囁嚅道：「……我那天給你的錢是不是太少了？」

秦渡痛快地點頭：「嗯。」

許星洲：「……」

許星洲心塞地說：「……可是，那就是我有的全部了。」

一個月兩千的生活費，她的父親對她其實非常慷慨——據她所知，連她那個妹妹每個月都未必有這麼多錢，許星洲的生父給錢時猶如贖罪一般。

那的確是她有的全部，許星洲想，再多就沒了。

秦渡：「我跟妳要全部了嗎？」

「再貴也是蛋白質，」秦渡用筷子一敲許星洲的頭：「大不了多吃點。」

許星洲笑了起來，伸筷子去夾油爆毛蟹。

她吃螃蟹吃得特別離譜，把螃蟹從中間斬斷，簡直是準備吃滿身的愚蠢吃法，一咬就是滿臉——秦渡徹底沒轍，用筷子敲敲許星洲的爪子，示意她擦擦手。

許星洲滿手血腥的紅醬，委屈地道：「可是師兄我想吃……」

「妳會吃嗎。」

許星洲：「螃蟹有什麼不會吃……」

秦渡不耐煩地剪了那隻毛蟹的八條腿，拽著蟹掩靈活一摳，白皮一去，下面盡是金黃鮮亮的蟹黃蟹膏。他又三兩下剪了扎嘴的蟹殼，去了三角蟹胃，又在裡面添了點紅亮的湯汁——那一連串動作堪稱行雲流水，一看就知道精通吃蟹之道。

秦渡剝完，示意許星洲先吃。

「還他媽得供著妳吃螃蟹，」秦渡滿手的油，又去捅那幾條蟹腿給許星洲，不爽地道：「妳到底什麼比我強？」

許星洲用小湯匙挖著蟹黃，超級不開心：「可你下午還誇我可愛！」

「師兄喜歡妳——」

秦渡將剝出來的，蟹腿雪白鮮嫩的肉餵給許星洲。

「——和妳沒師兄厲害，又不衝突。」

許星洲那一瞬間，眉眼一彎，笑了出來。

秦渡覺得許星洲實在是太可愛了，她眼睛亮晶晶的，像是有小星星一般。她的鼻尖還沾著醬，甜得不像個晚上抱著他大哭的病人。

秦渡想著以後要怎麼辦——他父母那邊他頂得住壓力，所以不會是大問題。秦渡叛逆已經不是一兩年了，如今也差不多自立，反抗父母是他十三四歲時就精通的項目。如果許星洲畢業之後沒有別的打算，和她領證也不壞……誰還能抗拒豪門太太的誘惑嗎？何況這還是秦渡二十一年來，第一次怦然心動。

說不定一張證就是一輩子了，他一邊扒著螃蟹一邊嗤嗤地笑。

滿世界樹葉嘩嘩響，冷雨綿密落在窗外。

城市上空，雷電轟隆炸響，室內卻瀰漫著一股暖乎乎的甜味。

許星洲笑咪咪地對秦渡說：「師兄，一定有很多小女生喜歡過你。」

秦渡剝開第二隻螃蟹，回答得漫不經心：「有的吧，師兄高中也收過不少情書，情人節也有小女生扭扭捏捏送巧克力……被表白好像也有過兩三次吧，記不清了。」

許星洲啾了他一下。

秦渡耳根發紅：「星洲……」

「記不清嗎。」許星洲撐在秦渡的肩膀上，看著他笑著道：「那些喜歡你的人，要記住才行啊，師兄。」

「她們在最年輕最好的時候鼓起勇氣對你表白，把最赤誠的喜歡給了你。」

「忘掉她們這件事，實在是太沒禮貌了。」

長夜雨聲不絕，上海的夏天來臨，夾著雷雨穿過深夜的天穹。

床上，秦渡單手攬著他的小師妹。

許星洲趴在秦渡胸口，抱著秦渡的 iPad 看新聞，看了半天，慢吞吞地打了個哈欠。

秦渡有些無聊，伸手摸了摸許星洲圓滾滾的後腦勺，「看什麼呢？」

許星洲將 iPad 一扣，語無倫次地說：「保、保研捷徑……？」

「啊？」秦渡皺起眉頭：「妳看那個幹什麼？想讀研了？實話說我覺得你們科系讀研沒什麼意思……」

許星洲看起來十分作賊心虛，說話都結巴了：「不是，是……」

「小師妹妳看這種東西幹嘛，」秦渡點了點 iPad 後殼，漫不經心道：「我剛入學那年數學科學學院有個玩遊戲猝死的男生，住的好像還離妳們宿舍不太遠，在六棟。當時學校封鎖了消息，代價是他們全宿舍保研——要說保研捷徑的話，只有這個。有這時間不如去報個夏令營呢。」

許星洲結結巴巴：「就就就是這——」

「捷徑個屁，好好念書，」秦渡不爽道：「有什麼不會的找師兄。妳GPA沒那麼糟糕，申請出國都夠用了，就是好學校可能難一點，但是如果GRE[6]考得好，也能彌補。」

「不是啦……」許星洲小聲、難過地道：「……我沒想讀研啦，是說，如果……」

許星洲把臉埋在了床單裡——這個問題令她變得可笑又可悲，像是契訶夫所寫的套中人。

「師兄，」許星洲羞恥又難過地問：「師兄，你是學生會會長可能會比較清楚。」

「是不是宿舍裡有人死掉的話，學校為了平息事端，會讓室友保研？」

這又是什麼問題？

秦渡想了想道：「是，不過必須在校內。校外意外事故的統統不算。」

許星洲的腦迴路一向比較天馬行空，秦渡只當是場閒聊，又把女孩稍微抱緊了一點，又在她的耳朵上親了親。

室內空調稍微冷了些，他怕許星洲的小身板凍著，整個人貼了上去。

許星洲一句話都沒說，只是微微嘆了口氣，過了一下，秦渡附在許星洲耳邊問：「寶寶，要不要睡覺？」

他簡直太能取名了，一下小師妹，一下我家星洲，又是直呼其名，又是小混蛋小浪貨……現在乾脆變成了「寶寶」，像是第一次談戀愛的男孩，要把世界上所有的愛稱都交給

6 GRE，研究生入學考試（英語：Graduate Record Examinations），是由私立的美國教育考試服務中心（ETS）主辦的標準化考試，用來測驗大學畢業生的知識技能掌握情況。

自己喜歡的女孩似的。

許星洲終於像是關上了開關一樣，突然之間癱軟了下來，順從地點了點頭。

秦渡笑了起來：「寶寶，我去幫妳拿藥？」

許星洲渾身一僵。

「不了吧，我今天不想吃，我想再做一次夢。」

許星洲轉過身，鑽進秦渡的懷裡。

「——吃了藥，就太黑了。」

安眠藥帶來的睡眠，稱得上漆黑一片。

許星洲發病第三次，早已受夠了這種昏迷式的睡眠，卻又將用這種方式將自己葬送在這世上。

她在黑暗中睜著眼睛，淚水一滴滴地往下掉。

秦渡在她身側躺著，已經陷入了許星洲所不能擁有的深度睡眠，許星洲拿起自己的手機，看著自己訂的第二天去蘇州的車票，次日十點半，正好卡在秦渡明天上課的時候。

今晚沒有吃，加上白天，省下了兩顆藥，許星洲冷靜地想。不知道抽屜裡還有多少顆——于典海醫生開藥太謹慎了，剩下的那些也許不夠，不過按小時候的經驗，那些量是能夠達到目的的。

然後許星洲看著那車票訂單，無聲地哭了出來。

大概是去不了了，許星洲覺得自己像個蠢貨，但是如果死也有價值的話，不如讓程雁和李青青她們保研。

見到死人是很可怕的，許星洲一邊抹眼淚一邊想，但是也只是害怕一時而已。而保研和生活是一輩子的事情。李青青她們為了系裡僧多粥少的保研機會早出晚歸，朝五晚十一地泡在圖書館，程雁爸爸媽媽特別希望程雁繼續讀研……希望她們不要恨自己。

本來是打算跑遠一點的。

許星洲想起自己曾經宣布過的「我要活到八十歲去月球」和「我要體驗了一切再去死」……可是那種攫住了心臟的絕望卻無時無刻不在糾纏她，跗骨之蛆一般，出現在她身邊的每一寸空氣裡。

「去死吧，」它說，「這世上沒人需要妳，許星洲是一座孤島。」

妳的父母結了婚，最疼愛妳的奶奶去世，那聲音鑽上深淵，捉住了許星洲往深淵裡拉扯，程雁遲早會擁有自己的家庭，而秦渡——

許星洲淚眼朦朧，發著抖親親她的壞蛋師兄。

「……唔，」秦渡抱住懷裡的女孩，朦朧地親了回去：「小流氓……再親下。」

許星洲在黑暗中，被秦渡親得滿面通紅，眼中春水蕩漾。

可是心裡卻執拗又絕望地想：我不會知道的。

華言樓西輔樓三〇一教室，外面仍颳著狂風，似是有颱風即將提前登陸。剛下課，教室裡人聲鼎沸，秦渡夾著講義去找助教交課堂小考的題目，帶他的吳教授看著秦渡，饒有趣味地道：「小秦，」吳教授笑道：「今天怎麼這麼高興？」

秦渡莞爾道：「我有女朋友了算嗎？」

吳教授哈哈大笑：「改天帶來老師看看——就是那個新聞學院的小女生？」

秦渡一笑：「還能是別人嗎老師？」

「老樹開花，」吳教授撫掌大笑：「我和小張還有個賭約，就看你什麼時候談戀愛。小張賭你追不到，老師就對你有信心——話說那小女生現在怎麼樣了？」

秦渡春風得意，也不想和張博計較了，想了想道：「應該還在睡覺吧，我覺得她最近狀態巒好的。」

吳教授點了點頭。

許星洲醒來時，已經快十點了。

她看了看自己的手機，那上面的火車票已經不能退了。那張火車票倒也不貴——她醒來冷靜的可怕，心想如果秦渡找的話，以他的人脈，有這張火車票，他說不定會找到蘇州去。

其實許星洲認為最好的死法，就是無人牽掛，無人知曉。

最好是過幾年或者過幾個月，在秦渡對她激情消退之後，偶然得知——或者永遠都不知道「許星洲已經不在人世」。她生時轟轟烈烈，死的時候卻不願意暴露在眾人的目光之下。

如果沒人哀悼，看起來該有多可憐。

可是，如果死還能帶來一點價值的話，被他發現，其實也沒什麼。

橫豎不過一死，許星洲想，什麼也帶不走，身後留著什麼也不必去看了。

許星洲從躺椅的縫隙裡，摸出那把鑰匙。

塞在那縫隙裡其實非常講究，許星洲絕望到極致時思維縝密得可怕——儘管她毫無預謀：如果被秦渡發現鑰匙沒了，可以解釋是他一不小心碰掉的，卻又很難被看見。

十四歲的那年，許星洲預謀自殺，趁護士走後，吐掉了每一顆安眠藥，放在一小包紙巾裡。

十九歲這年，許星洲即興犯罪，偷走了秦渡鎖住安定的抽屜鑰匙。

許星洲打開了書房的那個抽屜，裡面孤零零裝著一個塑膠袋。

於是許星洲坐在了地上。

她跪坐在地上，耐心地把藥丸一顆顆擠了出來，找了一個小紙袋裝著，又把鋁片塞了回去，最後將藥盒上的封條貼得天衣無縫——這樣的話秦渡打開抽屜的第一時間，不會懷疑安定被偷。

她一邊做一邊掉眼淚，只覺得自己是個思維縝密的神經病，不配得到任何人的喜歡。

許星洲這次不敢轉帳給秦渡了，唯恐打草驚蛇，她把自己的手機密碼取消了，又把自己支付的密碼用油性筆寫在了手機背後。

——這就是她有的全部了。

許星洲的人，她幾乎不值一提的錢，她一生唯一一次的喜歡，初吻和第一次抱抱，她十九歲的春天。

那隻鳳尾綠咬鵑擁有的不多，可是在故事的最後，她什麼都願意給那個年輕公爵。

最後許星洲在餐桌上留了張紙條，說「我去樓下買個零食」。

窗外細雨綿密。

許星洲孑然一身出門，將那扇門無聲無息地闔上了。

秦渡懶洋洋地靠著窗戶坐著，梧桐樹葉在風雨中招展。

「看什麼看啊，學弟，」他幾個相熟的同學打趣一個小學弟：「沒見過活的拓撲學滿分嗎？」

傳奇的GPA四點零——秦渡很配合地對小學弟禮貌地一點頭，手中的中性筆靈活一轉，點在亂糟糟的計算紙上，是個閒散而銳利的姿態。

小學弟不好意思地對秦渡說了聲「學長好」，趕緊跑了。

秦渡簡直一朝看盡長安花，心想這個場景應該讓許星洲小混蛋看看，她男人——指不定畢業之後十年都沒人能刷新的傳奇。

他一個同學好奇地問：「渡哥，你畢業打算幹嘛？出去讀研？」

秦渡：「沒想好。」

「……真羨慕你，都這時候了還可以『沒想好』，」那個同學感慨道：「不好好讀書就得回家繼承上市公司，不回家繼承上市公司就可以去劍橋牛津碩博連讀，希望我也能過上這樣的人生——渡哥耳機借我用用，我下節課不聽了，睡一下。」

借耳機嘛，小事，就在包裡，和鑰匙在一起。

於是秦渡漫不經心地，伸手去掏自己的書包。

牛毛細雨落在階梯教室的窗臺上。

秦渡一掏，就覺得手感不對。

他怕把那把小鑰匙弄丟了，因此平時就將鑰匙纏在那團耳機裡，如今那團耳機還在，裡面的鑰匙沒有了。

秦渡當時就是一身冷汗，立刻把裡面的東西一樣樣拿了出來。

其實不過是把鑰匙而已，他可能是在拿講義拿課本時把鑰匙弄了出來，也可能是掉在了車裡——可是無論是哪個走向，秦渡都負擔不起有可能出現的，最慘烈的後果。

——許星洲昨天騙了他。

于典海主任說的一切猶如詛咒一般響起，秦渡在書包底部顫抖著摸了又摸，又想起昨天稱得上燦爛的許星洲——她笑咪咪的，甜得不像話，又是撒嬌又是抱抱，溫暖的額頭抵在他脖頸處。

如果，這是個騙局呢？

他的同學茫然地問：「耳機沒帶？」

秦渡將耳機扯了出來，發著抖道：「下節課點名的話幫我說一聲，家裡出事了。」

他的同學一驚：「什麼事啊？」

秦渡卻已經跑了，他連書包拉鍊都沒拉，在悠長樓梯間裡跑得飛快，包裡的徽章紅袖套掉了一地，眾人回頭看著這個幾乎肝膽俱裂的，二十歲出頭的青年人。

砰一聲巨響。

秦渡滿頭是汗，眼珠通紅地推開家門。

裡面安安靜靜，正在掃地的鐘點工一愣，秦渡沙啞道：「許星洲呢？」

鐘點工還沒回答，秦渡立刻衝進主臥。裡面還沒打掃，床上只有一個淺淺的小凹陷，被子在旁邊團成一團，許星洲晚上又要抱師兄又要抱小黑，此時她的師兄站在床前，那隻破破爛爛的小熊捲在被子裡，女孩人卻沒了。

秦渡：「……」

秦渡怒吼：「許星洲！」

無人應答。

他五臟六腑都要爛了。

秦渡發瘋地跑去書房翻那個抽屜——秦渡沒有抽屜鑰匙，發瘋拽著那抽屜拉環反覆扯，拽不開，於是把檯燈一拉，一桌書和紙帶著筆和筆筒嘰哩呱啦掉了一地，秦渡舉著鋼檯燈對著鎖釦狠砸幾下。

他是個從不懈怠鍛鍊的男人，力氣非常大，何況他拼了命。

木質堅硬的黑胡桃木抽屜連著鎖環被砸得稀爛，滾落在地，檯燈三兩下被砸得變形，秦渡把徹底報廢的抽屜和木屑一撫，在昏暗的世界裡，拉開了抽屜。

——藥安然躺在裡面。

秦渡：「……」

他稍放鬆了點，揉了揉眼睛，難受地跪在了滿地狼藉之中。

鐘點工大概被嚇到了，小聲道：「許小姐今天不在，她在桌上留了紙條。」

秦渡沙啞道：「她說什麼？去哪裡了？等等幫我把地板掃一掃。」

鐘點工微微一怔，說：「……就說自己出去買零食了，具體我也不知道去哪。」

秦渡心裡涼了一半。

蓄謀已久。

他發著抖拆開藥盒，裡面每片藥都被摳出了藥丸，許星洲今早細心摳完藥，還把那鋁片放了回去。

秦渡那一瞬間，死的心都有了。

他想起程雁曾經說過許星洲尋死時十分冷酷並神經質，她能在手腕同一個地方割三次，能用鋁製的牙膏管將手腕割得鮮血淋漓，如今終於在一日極致的溫情後，騙了秦渡，將鑰匙偷走了。

秦渡跪在地上，發怔了許久。

他不知道許星洲為什麼會這麼做。

——他做得不夠好？不夠愛她？可是秦渡已經恨不能掏出自己擁有的一切送到許星洲手裡了。

秦渡暴怒，眼睛都氣得通紅，猶如即將死去的人一般。他想把許星洲活活掐死，卻又在想起那個落淚的女孩的瞬間，絕望到喘不過氣。

他發著抖，接著又摸到一個重重的藥盒，他捏著那個藥盒打開，裡面是許星洲的手機。手機背後用油性筆寫了兩行飛揚又俊秀的數字，支付密碼。

——這種時候都想著算清帳。

他的小師妹，不氣吐他不甘休。

雨刷刮乾淨雨水，車燈暈染在霧裡。

陳博濤在前面開著車，秦渡坐在後座，外面白茫茫一片，呼哧呼哧喘著粗氣。

「真的開不得車？你都有開不得的一天啊……」陳博濤茫然地問：「手抖成這樣？」

秦渡沒回答，抖著手解鎖手機，接了通來自世中實業助理組的電話。

『小少爺，是我，何助。』

『許星洲小姐昨天下午一點五十三分透過旅遊軟體下單了一張今天早上十點三十四去蘇州北的車票……』世中助理組的何助理在電話裡道：『但就我和火車站票務組溝通的結果而言，她購買的那張票沒有出票紀錄，也沒有檢票，近期查得嚴，沒有票的乘客是進不去的。』

秦渡：「……」

秦渡粗糲道：「有他媽的才怪了——沒有開房紀錄？」

何助那頭想了想：『沒有。如果有的話，警察會第一時間通知我們。』

「那就好說了，不在旅館裡，」秦渡沙啞而暴虐道：「媽的十九歲的小丫頭，學會了騙感情，連反偵察都很會嘛。」

電話裡，何助理小聲道：『我覺得她想不了這麼多……』

秦渡從牙縫裡擠出一絲冷笑，把電話掛了。

陳博濤：「別對員工撒氣，你爹忌諱這個。」

秦渡理都不理，冷冷道：「她會不會就在F大裡面？」

陳博濤一愣：「啊？為什麼？」

「她昨天晚上騙我的時候，抱在我懷裡，說她喜歡我，我被騙得團團轉。」秦渡喘著粗氣道：「小女生腦筋有問題，問我知不知道保研捷徑，我隨口說了兩句……」

陳博濤：「保研捷徑？就是每個大學的固定大學傳說保研路和保研寢？」

秦渡嗯了一聲。

「……」陳博濤由衷道：「這他媽到底在想什麼……」

「為了讓室友保研……」陳博濤窒息地說：「這也太……太可憐了，你沒有愛她嗎？」

雨刷咯吱刮過那輛保時捷的玻璃，雷聲轟隆穿過天穹，傾盆大雨落了下來。

「我求求你，」秦渡近乎崩潰地道：「我求求你快點。」

安眠藥不同於割腕。

秦渡不知道她為什麼會想去尋死。同樣不曉得昨天甜甜的小師妹到底是不是在騙他。秦渡心痛如割地覺得這是臨時起意又是蓄謀已久，像是一個叫許星洲的六歲小女孩準備去死——不管這世界上，這個叫秦渡的二十一歲男人有多愛她。

秦渡理智上，其實不怕。

許星洲一個沒背景的大學生，在沒人掩護的情況下，在秦太子爺的手下甚至逃不過三個小時。以秦渡的人脈，手裡的天羅地網一張開，許星洲只要沒跑到雲南，基本上五六個小時就能找到人。

可是他的心裡怕得要死，連手心都在出汗。

秦渡下了車就衝進雨裡，南區宿舍的上坡盡頭，東南颱風吹得他幾乎跑不動——好在四棟並不遠。

四棟是純女生宿舍，不是鴛鴦樓，秦渡刷不開門禁，且因為形跡可疑，被胖胖的舍監大媽攔了下來。

胖胖的舍監大媽：「小夥子……」

「……有學生出事了，」秦渡發著抖道：「三一二寢室的許星洲，我是她男朋友。」

然後他在舍監大媽驚愕的目光中，把自己的身分證和金融卡壓在門口，擠進了女生宿舍。

——那是許星洲在F大居住了兩年的地方，卻也是秦渡第一次進，學校這一片老舊的大學生宿舍。

宿舍大樓舊舊的，走廊狹窄，採光不好。牆上貼著瓷磚，一條走廊上盡是潮濕的開放式鐵窗，在天頂上晾著濕漉漉的衣服，有力氣小的女孩子洗了衣服擰不乾，還在滴滴答答地往下滴水。

秦渡跑上三樓。

天穹落雨不絕，三一二寢室門前的露天走廊全是積水和鞋印，窗臺上幾雙晾了許久的鞋子，橡膠都灰了，可是其中又有幾棵小盆栽，上面端端正正貼著紙條——「新聞一五〇三許星洲」。

——她是那麼認真地活著。

就在這樣逼仄平凡的宿舍裡，這種平凡而絕望的現實裡，熱烈得猶如水中燃燒的蓮花。

秦渡發著抖拍三一二寢室的門，拽著門把晃，大聲喊道：「許星洲——！」

裡面沒有半點聲音，秦渡手足無措地站在那扇門前片刻，才想起要去找阿姨拿鑰匙。他甚至連他沒有許星洲寢室的鑰匙這件事都忘了，而這個門無法暴力破壞。

他剛準備下去，那個攔住他的胖阿姨就拿著一大串鑰匙，扶著膝蓋爬了上來。

「小夥子，」胖阿姨氣喘吁吁道：「你等一下嘛，別急，阿姨拿個鑰匙。」

秦渡那一瞬間，覺得腸胃都絞在了一起。

舍監阿姨開了門。

初春梅雨不斷，雨天格外潮悶，女孩們的寢室裡有一股經久不散的溫暖霉味。

靠窗的那側床桌搬空了大半，掛著粉色床簾，桌前貼著宇宙兄弟的海報和NASA貼紙，課本在桌下堆得高高的。在書和海報中間，許星洲軟軟地趴在桌上，面色蒼白如宣紙，嘴裡咬著自己的頭髮。

秦渡要死了似的，拚命把許星洲抱在懷裡。

他的星洲身上幾乎都沒有溫度了，她是淋了雨過來的，身上卻乾了不少。面色白得猶如冰雪，口唇發紺，連眼角都是青的。秦渡沙啞地呼喚她的名字，許星洲連半點反應都沒有。

春雷轟隆炸響，穿過連綿群山。

秦渡發著抖，以手背試他的星洲的呼吸。

女孩的呼吸微弱至極，如同下一秒就要沒有了一般，人也輕輕軟軟的，讓人懷疑這樣的身量怎麼樣才能如此堅強地、孤身一人活在世間。

那一瞬間，秦渡幾乎以為許星洲會在他的懷裡嚥氣。

什麼不緊張，什麼五六個小時就能找到，秦渡幾乎連氣都喘不過來了，這世界的風聲，他周圍鼎沸的人聲，都與他隔著山海。

許星洲是他斷了線，又撿回來的風箏。

秦渡抱著許星洲不住地抽氣，像是忍著淚水，半天心口剖肉般地告訴自己：「找、找到了……」

——找到了。

他的夏花，他的春日，他一生的柔情。

他沉重柔軟的責任，他一輩子的在劫難逃。

車窗外車水馬龍，人間百態。

暴雨之中，救護車嗶啵嗶啵地呼嘯而過。

一個醫生將許星洲從擔架床上扶了起來，拆了個壓舌板，扶著這個瘦削蒼白的女孩的肩膀，強行將壓舌板塞進了許星洲嘴裡。

「Babinski 征陽性……」醫生訓練有素道：「瞳孔縮小，光反射遲鈍，血壓 90/60，典型安眠藥中毒。」

另一個護士嗯了一聲，然後往板子上記了兩筆。

醫生低聲道：「……又一個。」

然後他壓著許星洲的頭讓她前傾，她還在昏迷，那醫生的動作稱得上俐落又直接，將壓舌板往裡捅了捅，觀察她的口腔黏膜。

「黏膜完好，」年輕醫生道：「話說這是這週的第幾個了？」

護士想了想道：「安眠藥的話，是第一個。」

年輕醫生微一嘆氣，幫許星洲套上了淺綠色的氧氣面罩。

擔架床上的許星洲臉上一點血色都沒有，全然沒了平時的穠麗俏皮。

「……挺漂亮的一個小女孩，」年輕醫生感慨道：「怎麼就想不開呢。」

秦渡沙啞道：「這個女孩怕疼，醫生你等等輕……輕點。」

那年輕醫生一聽就火氣不小：「這還只是給氧你就讓我輕點？」

秦渡痛苦地說：「……對不起。」

「——患者家屬，」那醫生不忍道：「還沒結束呢，我覺得後面你都不用看了，看了心疼。」

秦渡：「……」

醫生莞爾道：「提醒過家屬了，後面的治療過程特別幻滅，鐵粉看了都要脫飯的哦。」

小護士拍他一巴掌，怒道：「老水你別貧了行吧！上個月的投訴還少嗎！」

這些急診室的醫生護士早已見慣生死，那個感情騙子所經歷的，在他們眼前或許不值一提。

可是對秦渡來說，無異於世界崩塌。

只是那條線仍在跳，P波QRS波，一導聯二導聯三導聯——

那一條心電圖，仍在雨中燃燒。

急診入口的患者來來往往，家屬與病人擠在一起，空調連半點都不管用，熱氣騰騰。室內足有三十多度，秦渡又緊張，短袖汗濕地貼在身上。

那個女孩被按在病床上，身上鋪著治療巾，年輕醫生問：「……有憂鬱症病史？」

秦渡抹了抹鼻尖，乾澀道：「有自殺傾向。沒管好藥。」

「……真難，辛苦了，」年輕醫生搖了搖頭：「是什麼藥？量多少？」

秦渡想了想道：「那個醫生資歷老，開藥很謹慎，截止到今天早上應該還有三十幾顆，她全拿走了，應該是一顆都沒有留。」

年輕醫生咋舌：「……有藥包裝嗎？」

「而且，」年輕醫生又看了看藥包裝道：「現在的苯二氮卓……」

他想了想，和護士點了點頭，外面雨水沖刷世界，周圍傳來其他患者家屬尖叫哭泣的聲音，猶如人間最殘酷的煉獄。

秦渡看著床上小小的凸起。

——這個世界上最惡劣的騙子。

從第一面就不把他放在眼中，第二面撒了最拙劣的謊言，第三面翻桌子逃跑，讓他跪著找了她無數遍，卻只要一笑就能把他的命都勾走的混帳。

秦渡眼眶通紅，看著那個護士幫騙子洗胃。

「一遍不夠的。」那個姓水的醫生道：「等等靜推一毫升氟馬西尼，然後過一個小時洗一次，直到洗出來的東西澄清為止。」

小護士點了點頭，那個醫生對秦渡微一點頭道別，接著就被同事叫走了，說是有個大嘔血病人，那邊人手不夠。

外面悶雷轟隆作響，天地間茫茫悠悠一片大雨。

鼻胃管是從鼻子進去的，護士訓練有素地托起許星洲的後腦勺，令鼻胃管進得更順暢——五十多公分的鼻胃管，矽膠堅硬地抵著她的鼻腔，許星洲難受得不住發抖，連鼻尖都紅了，淚水一滴滴地往外掉。

秦渡心想活該。

不就是洗胃嗎，秦渡眼眶通紅地想。

他媽的連自己的命都能不要了，洗個胃算什麼？

許星洲血氧不太好，一側鼻腔用膠帶黏著氧氣管，生理食鹽水進入時難受得不住發抖，淚水一滴滴地滲進枕頭裡，蒼白又孱弱。

活該，秦渡發瘋地想，難受死她才好呢。

不就是想死嗎？

然後許星洲又被抽出去的生理食鹽水逼得無意識地發出破碎的、哀求般的音節，口水都流了出來，幾乎崩潰。

「救、救救……」許星洲求饒般地抓那根鼻胃管：「救救……」

護士連想都不想就把許星洲的手摁住，不許她碰，對著外面大喊道：「這裡幫我拿一套約束帶過來——！」

秦渡心疼得發瘋，像碎了一樣。

「別拿約束帶……」秦渡落著淚道：「我抱著她。」

秦渡捏著許星洲的手腕，不讓她亂動去拔鼻胃管。

那兩隻細薄手腕下是堅強的、堅實的脈搏，是那個不屈的許星洲存活的證明，證明著許星洲一顆心臟的跳動，和她未曾離秦渡遠去的事實。

許星洲涼涼的，體溫偏低，像是初夏荷葉。她眼眶下一片青黑，瘦到凸起的骨頭硌著他的胸口，頭髮亂蓬蓬的一片，嘴唇乾裂。

秦渡抱著亂七八糟的、他的星洲，在嘈雜的、人間的急診室裡不住地落淚。

這裡大概就是人間了，秦渡想，這大概就是活著。

那個小護士端著治療盤過來，將治療盤放在秦渡旁邊，解釋道：「這是給許星洲患者的拮抗劑，剛剛開的，打了會醒。」

秦渡抹了抹臉，疲憊地靠在床頭，鬆了許星洲的右手，示意她打。

護士扯過仍在淺昏迷的許星洲的右臂。

一個聲音在身後響起：「患者我認識，小護士，我替妳把針打了，妳去忙。」

秦渡抬起頭，看見了秦長洲。

秦長洲戴著金邊眼鏡，穿著本院的白大褂，頭髮亂糟糟的，似乎剛下手術。

秦長洲指了指秦渡，和善道：「他是關係戶——我是普外的副主任醫師，妳放心去就是了。」

護士：「……」

「我和我弟弟我弟媳……」秦長洲對那個護士笑著解釋：「總之，我有話和他們說。」

秦長洲戴著金邊眼鏡，長得又帥，顯得風趣又和善，饒是穿著F大第二附院三十六塊錢一件的肥肥白大褂，都顯得長身玉立，翩翩君子。

那個小護士不好意思地笑了笑，把位置騰給了秦長洲。

躺在床上的許星洲昏睡著，卻還化了點淡妝，插著鼻胃管，口紅暈開，秦渡已經幫她擦了擦。

秦渡捏過許星洲細白的手臂，秦長洲取了止血帶，用力綁住了女孩的上臂。

那止血帶綁得頗緊，秦渡怕許星洲疼，下意識地想去鬆那個帶子，被秦長洲一巴掌拍了回去。

短暫的打針與連續的點滴不同，無論是抽血還是打針，大多選貴要靜脈，因為它粗、明顯且好找，可是此時被止血帶綁了，那青藍色的血管卻還是細細的，幾乎連下針的地方都難以找尋。

「你家星洲有點缺水哦，」秦長洲在許星洲手肘彎上拍了拍，拍得那塊皮肉通紅，又仔細地用碘酒擦了擦：「可見情況還是不算樂觀，等等哥找找人，幫你轉個科——」

然後秦長洲停下動作，抬起頭，看著秦渡，道：「你還是趁早感謝一下，我怎麼幫你找到的于主任吧。」

秦渡張了張嘴。

「執意不入院，」秦長洲說：「明明是個自殺傾向那麼嚴重的小女生，連鑰匙都敢偷……這次情況這麼可怕，是因為她怕自己不死，又吃了別的藥，懂不懂？」

許星洲那一瞬間，在他懷裡微微抽搐了一下。

秦渡眼眶都紅了，死死咬著牙關。

「所以于主任連藥效稍微重一點的，都不敢開給你。」

「——卡著量，」秦長洲說：「卡著藥名，卡著劑量，所以她晚上總是哭著醒過來……」

秦渡：「……」

秦長洲莞爾道：「我大學的時候聽他講座，那時候就知道他厲害，手下患者康復率特別高，自殺率是最低的。」

「苯二氮卓中毒預後很好。」秦長洲一邊說著，一邊以手繃了許星洲冰涼的皮肉，將針推了進去。

「別慌了，」秦長洲抬起眼睛，看著秦渡，說：「渡哥兒，你是個撐起她的人。」

外面仍在下雨，轟隆隆的雷雨將月季打得七零八落，劍蘭花在雨中指著天。

急診室外面起了糾紛，似乎是有個小孩父母想插隊，拽著醫生護士吵得天翻地覆，這世上每片靈魂都喧囂不已，都在痛苦而自私地活著。

拮抗藥起效極快。

秦渡還以棉球抵著許星洲手臂上的小血點，許星洲的手指就動了一下。那手指頭纖纖細細的，秦渡曾經幫她笨拙地包紮過，如今傷口已經癒合，只有一點不自然的白。

然後，許星洲茫然地睜開了眼睛。

她還插著鼻胃管，細長眼角都是紅的，看起來極為可憐，一睜眼眼裡就是淚水，將睫毛沾得透濕。

秦渡：「……」

許星洲一眨眼淚水就往外掉，一滴滴地滲進自己的髮絲之中，黑白分明的眼睛裡映著雪白的天花板。

那一瞬間，秦渡火氣止不住地上湧。

——這個騙子在裝可憐給誰看？她想做什麼，還想尋死？

秦渡五內翻騰，暴怒到想把許星洲掐死在這張床上，那脖頸纖細白皙，裡面還含著根矽膠鼻胃管，堅實地抵著這個女孩的食道，令她難受得發抖。

「許星洲，」秦渡冰冷地捏著許星洲的手腕道：「妳現在就是活該。」

許星洲淚水止不住地外湧，哭得面頰都紅了，女孩哭著將自己的面孔別開。

可是，秦渡如何捨得碰她一指頭。

「我他媽……」

秦渡氣得太陽穴鼓起，他要把許星洲罵一頓，或是掐死在床上，讓這個騙子哭出來，為自己的欺騙和演戲付出慘痛的代價，就看到了許星洲翕張的唇。

「抱……」許星洲近乎崩潰地道：「抱抱……」

她那時候亂糟糟的，聲音又破碎又沙啞，秦渡幾乎是立刻紅了眼眶。

不能抱她，秦渡告訴自己，要給這個女孩一點教訓。

她不愛自己，一切都是演戲，那些親親抱抱，那些抱在一起的耳鬢廝磨，全都是蓄謀已久的告別。

許星洲連反偵察技巧都用了，我就偏不讓她知道我真的發瘋一樣查過她。

然後許星洲乖乖地伸出手，沙啞地對秦渡說：「……抱抱呀，」小女孩崩塌般地道：「師、師兄抱抱洲洲……」

秦渡坐在旁邊凳子上，冷淡地看著許星洲。

許星洲藥效沒過，還是有些譫妄，說話含糊不清，加之仍然憂鬱，整個人又是掉眼淚又是崩潰的，秦渡幫她辦完入院，回去的時候許星洲就木木的，進入了一個相當淡漠消極的狀態。

秦渡：「晚上了，吃飯嗎？」

許星洲癱在床上，不回他。

「……我去幫妳買飯，」秦渡毫無尊嚴地逗了逗她，道：「不可以餓著，想吃什麼？」

許星洲仍不回，背對著秦渡，看著那扇小小的窗戶，墨藍雨天，璀璨的金色雨滴。

秦渡的心裡，都快爛了。

她大概從來沒有愛過我，秦渡想。

秦渡可能只是她的一個工具，高興了就來喊兩聲師兄，不高興了立刻踹進桌底，秦渡掏心掏肺地對她好，在雨裡發瘋的找尋，這些東西在許星洲眼裡——她放在眼裡過嗎？

這個不可一世的騙子。

她換上了病人服，寬鬆的條紋棉將她襯得幾乎沒有了似的，瘦瘦一小隻，卻那麼壞。她壞得無師自通，她捏著秦渡一顆從未被人拿捏過的心，終於成為他人生最痛的劫難。

「因為我喜歡你呀」，在璀璨的燈火中，小騙子甜甜地說。

然後，轉眼偷走了抽屜裡的藥。

——我對妳沒有隱瞞，那個青年近乎卑微地對許星洲說。

他的驕傲自尊和放縱頹唐，他的自戀自厭和他的人生，所擁有的一切。

秦渡眼眶赤紅地看著許星洲消瘦的、裹著薄棉被的背影。

「妳沒有話對我說嗎。」秦渡冷漠道。

許星洲畏光似的背對著秦渡，那根長長的、令她痛苦的鼻胃管還杵在許星洲的體內，令她一動不敢動。許星洲過半個小時還要洗一次胃，她沒聽到似的，一言不發。

有什麼辦法能讓她愛上我嗎，他絕望地想。

秦渡摸出手機，打算出去買些許星洲能吃的，總不能讓她餓著。她現在又瘦又吃不下飯，胃也被弄得難受，不願意說話也正常，而秦渡實在是捨不得讓她吃醫院的飯菜。

然而，就在那一瞬間，於化不開的黑暗之中，傳來了許星洲的抽噎：「……師、嗚……師兄……」

秦渡握著門把的手頓了一下。

「訂個外送？」秦渡轉過頭問：「不想我走？」

許星洲蜷在被子裡，難受地、語無倫次地說：「沒有騙、騙人。」

秦渡冷冷道：「騙什麼？不想我走的話訂個外送，沒得抱，做了這種事抱什麼抱，心裡沒點數嗎。」

許星洲抽泣個沒完，蜷縮在小床上，伸出隻手拽住秦渡的衣角。

雨聲穿過長夜，隱約雷鳴，病房外燈光暖黃，護士推著推車來來往往。

「沒有……」許星洲抽抽搭搭地道：「我沒有騙你呀。」

秦渡一怔。

許星洲哭著道：「粥粥沒有騙你，是、是想……」

「想，師兄有一天也會不喜歡我了，」許星洲發著抖，崩潰地大哭，「那時候就不、不會對我這麼好了，不會抱著我睡覺，不會哄著我吃飯，連抱抱都不會抱，晚上會把門關上，讓我自生自滅……」

她語序顛三倒四，言語不清，每句話卻都像是在嘔出心頭的血一般。

憂鬱症患者是拒絕和外界溝通的，可是她大約是感受到了秦渡那句話中的絕望，生怕秦渡誤會她。

於是許星洲硬是鮮血淋漓地把自己逼了出去，將自己一顆心血淋淋剖開，發瘋般地捧給秦渡看。

「用屁股想都知道師兄媽媽不會喜歡我這種人——」許星洲哭到哽咽，連鼻胃管都抖抖的，那矽膠管絕對令她十分難受，因為許星洲甚至發起了抖：「爸爸也不會喜歡，爺爺奶奶也不會。」

「我知道我和師兄天差地別，師兄朋友覺得我是被包養的，你接觸過的東西我連碰都沒碰過，我從小到大都是最普通的人，我沒……沒有勇氣……」

我沒有勇氣，看到未來。許星洲想說。

儘管我曾經熱愛活著這件事，可是被拖進深淵底部時，我被浸泡在絕望之湖。湖中沒有氧氣，只能用最悲觀的天平來衡量深淵外的愛——許星洲一生不曾被需要，因此迷茫而自卑。

秦渡：「……」

「可是，」許星洲大哭道：「我那天真的是為了見師兄才打扮的。」

「因為師兄幫我付錢的那天吃醋了，才會刪好友的……」

「為師兄哭過好多好多天，」許星洲淚水簡直止不住地往外掉，像一串斷了線的白水晶，「可是師兄來道歉就很開心，戳我額頭也高興，因為拒絕了師兄的表白難受到睡不著，師兄封鎖了我太太太難受了……」

許星洲鼻尖通紅，眼眶裡都是絕望的淚水。

「真、真的沒有騙你。」

許星洲哭著拽住秦渡的衣角，生澀而難過地道：「所以……」

「所以，別、別生粥粥的氣了……」

然後許星洲哭著，主動鑽進了秦渡的懷裡。

那姿態帶著一種全然的依賴和愛慕，裹挾著窒息和無望的纏綿——於是那飛鳥一般的、柔軟而熱烈的女孩依賴著他。

——依賴。

秦渡只覺得自己離瘋已經不遠了。

他死死抱住許星洲，將她摁在病床床頭，粗魯地吻她。

鼻胃管有些礙事，許星洲嘴唇上還鹹鹹的，口腔裡還有漱口後的藥味。

門外似乎有護士的推車灑了，有小孩在外面追逐打鬧，秦渡聽見許星洲的心跳：咚的一聲，咚咚兩聲，猶如劈裂的火種，凡間眾生嘈雜，人間庸碌。

——一切都證明她活著

那個親親發生的三分鐘後。

外面雨聲仍不斷，病房裡燈亮了起來。單人病房裝修尚算考究，牆上掛了一幅墨筆揮就的「大醫精誠」——落款甲申年十二月，乃是院長的手筆。

護士拆開一次性醫療用品的包裝：「算我求求患者家屬了，能不能老實一點？」

許星洲蒙在被子裡裝死，秦渡死豬不怕開水燙，漫不經心地坐在床邊凳子上。

「真沒見過這麼不配合的患者家屬，」那個護士長資歷頗老——而資歷老的護士長在醫院裡是鬼見愁的存在，向來敢從住院醫師嗆到主任：「小女生還插著鼻胃管呢，你就在意這一下子嗎？」

秦渡滿面春風，伸手牽住了迷迷糊糊的許星洲的小手指。

護士長：「……」

護士長又幫許星洲洗了一次胃。

許星洲還是難受得不行，洗出來的水幾乎都是澄清的了，秦渡看得心驚膽戰，生怕許星洲的胃有什麼問題——護士長觀察了一下洗出來的胃液，最終還是將管子拔了。

「患者會有些嗜睡，等等有什麼問題記得按鈴——」護士長和善道：「提醒患者家屬，現在可以親了，還可以趁睡著了親。」

秦渡一句話都沒來得及說，護士長就閃人了。

秦渡：「……」

「這他媽的，」秦渡心道：「壞了我好事還要嘲諷我。」

他低頭看了看許星洲，許星洲蜷在被子裡，又恢復了一句話都不肯說的狀態。

秦渡：「餓不餓？」

她發作還是稍微嚴重了些，加上還有苯二氮卓中毒的思維遲緩，秦渡看著她圓滾滾的後腦勺，掀開被子跟她躺在一起，把許星洲抱在了懷裡。

「……洲洲，」秦渡親昵地道：「不理師兄了哦？不就是親親被看到了嗎。」

許星洲使勁推了推他。

秦渡悶聲笑道：「……我家小師妹為了讓師兄抱抱，連那麼長串的表白都會說了……誰能想到師兄是一個矜持的男人呢？我考慮兩天再答覆妳，希望妳尊重我，給我這個機會。」

許星洲正思維遲緩著，聽到這句話，直接整個人埋進了被子裡。

「好乖。」秦渡親昵地親親許星洲的髮旋，哄道：「小師妹，回答師兄一個問題好不好？」

秦渡接著又忍不住騙她：「不是白回答的，回答的話，師兄和妳交往的機率會大一點。」

幽暗的燈光中，許星洲一邊難過地想原來他們還不算交往啊，明明親也親過抱也抱過了呀……一邊又順著杆子上了當受了騙，嗯了一聲。

秦渡把許星洲牢牢摟在了懷裡。

他的力氣非常大，許星洲都要被摟散架了，她不太清明地心想，一定是準備羞辱自己的問題吧，畢竟師兄還沒有消氣。

就算羞辱，許星洲朦朧地想，應該也不會太難回答。

雨夜有葉子打在了窗戶玻璃上，深夜馬路傳來車碾過水窪的聲音。

在靜謐和喧囂的萬物之中，秦渡終於開了口：「誰他媽——」

秦渡的語氣，有種許星洲所不熟悉的、壓不住的暴戾。

「說妳被包養的？」

第十六章　我的鏡面人

夏雨落進靜謐的長夜，路燈映亮世界。

許星洲靠在秦渡的懷裡，黑暗之中，他身上還有股柔軟菸草香氣，分不清究竟是香水還是他犯的菸癮。

秦渡生怕她跑了，拽著她的手壓在兩人中間，然後把許星洲勒得緊緊的。

許星洲模糊不清地道：「那、那天晚上……」

秦渡：「嗯？」

「就是，」許星洲語言能力下降的非常厲害：「就……下雨的那天，高架橋，一群人聚在那裡聊天。」

秦渡立刻明白了是哪一天，哪一群人，瞇起眼睛：「記不記得長什麼樣？」

許星洲想了好久，搖了搖頭，道：「師兄，他們說真師妹不會領來這種場合，還說你對我還沒有你對你國中的時候……那幾個校花好。」

秦渡：「……」

許星洲看不到秦渡的臉，只聽得他不辨喜怒地嗯了一聲：「還說什麼？」

「沒、沒什麼了……說，從我背的包看覺得你不寵我。」

黑暗中，秦渡把許星洲抱緊了一點，許星洲聽見他粗重的喘息，猶如悔恨。

許星洲破碎地敘述道：「他們還問包一個像我這樣的要、要多少錢……好像是十萬吧，我真的是十萬塊嗎？」

秦渡眼都紅了，發著抖道：「放屁。」

「不是十萬塊吧。」許星洲帶著哭腔道：「不是就好，我最喜歡師兄了。」

長夜靜謐，風聲溫柔，窗外大雨滂沱。

秦渡湊過去，與許星洲鼻尖相抵。

那是個極盡親密的姿態，他感受到女孩柔軟的、發涼的呼吸，他看著許星洲的眼睛。她面孔微微發紅，細長眼尾還緋紅著，盈著淚水。

妳無價，許星洲。

——我什麼都可以給妳，連我不值錢的這顆心和我的命，都是妳的。

一川風絮，梅子黃時雨。

第二天，秦渡醒來時，許星洲還在昏睡。

醫院的病床實在不算大，就算是單人房也是標準的醫院單人床——寬一公尺的那種，許星洲個頭不大，睡覺的時候也不亂動，秦渡，一個大男人，卻是十分施展不開的。

他睡慣了好床，從來沒和人擠過這麼小的床，加上他從小橫行霸道，醒來的時候發現自己把許星洲擠在了床角上，那個女孩可憐兮兮的，被秦渡抱著，連枕頭都沒得枕，簡直像是受了虐待。

秦渡：「……」

秦渡把許星洲拽了回來，裝作無事發生。

然後他摸出手機，看到陳博濤的訊息。

秦渡看了那則訊息一下，然後下了床，把桌前的手錶戴在了手腕上。

他一天沒換衣服，也沒有洗臉，鬍渣都長出來了，有種頹廢又囂張的英俊——那床頭還放著電動刮鬍刀，這些東西還是秦長洲晚上送來的，說是讓他保持一下自己形象，別被小女孩嫌棄。

秦渡看了看時間，早晨七點五十六，接著把那電動刮鬍刀一收，伸手在許星洲額頭上摸了摸，確定她沒發燒，然後將外套一披，走了。

他出門時正好撞上秦長洲，秦長洲打著哈欠，似乎準備叫秦渡一起去吃早餐。

「渡哥兒，」秦長洲剛下手術，睏得要死，問：「這麼早就起了，不陪小妹妹暖被窩，你是出門上課嗎？」

秦渡：「不上課，出門揍人。」

秦長洲：「……」

秦長洲的瞌睡蟲都嚇飛了，喊道：「秦渡你從國中就和你爸保證——」

「——我叛逆期結束的時候，就和我爸保證，不隨便動手了。」秦渡想了想道：「但是，我他媽手癢了一整晚。」

「你放心——」秦渡漫不經心地對秦長洲道，「我盡量，不揍到他住院。」

許星洲是被一束花的香氣勾起來的。

她睜開眼睛，映入眼簾的是一捧卡薩布蘭卡和橙黃的康乃馨——那些花兒爭奇鬥豔，被牛皮紙包著，又以黑白相間的緞帶綁著，花瓣上還滴著露水。

送花的人正坐在旁邊玩手機，她穿了件紅黃相間的絲綢襯衫，高跟鞋一晃一晃，低著頭，卻能看見深紅的唇，猶如火焰一般。

肖然看到許星洲，將手機收了，溫和地問：「醒啦？」

許星洲茫然地眨了眨眼睛。

「老秦託我來照顧妳一下，」肖然笑了笑道：「妳昨天可把他嚇死了，他手抖得連車都開不了妳信不信？今天說什麼都不敢放妳獨處，就把我叫來了。」

許星洲囁嚅道：「……然、然姐好。」

肖然伸手摸了摸許星洲的頭：「他緊張妳呀。姐姐送妳花，要快點好起來。」

許星洲藥效還在，安眠藥中毒合併水楊酸，手背上還連著新一天的點滴瓶。她腦袋昏昏沉沉，心裡卻知道自己必須快點好，於是認真地點了點頭。

她和肖然安靜了片刻，許星洲又控制不住去看窗外。

時間是十點多，肖然咬著棒棒糖緩解菸癮，片刻後又覺得棒棒糖不夠，決心打破沉默。

「想不想聽老秦以前的故事？」

這個提議實在誘人。

畢竟秦渡顯然這輩子都不會和許星洲講，她動了動眼珠，好奇地望向肖然。

肖然紅唇微微揚起，莞爾道：「——這些事他大概想帶進墳墓裡，妳聽完就裝作沒聽到，不准把我賣出去。」

許星洲認真地點了點頭。

肖然：「妳想聽什麼時候的？」

許星洲搖了搖頭表示不知道，過了一下又試探著小聲道：「……隨便，來點我不知道的就可以了。」

肖然：「……」

「那確實蠻多，」肖然咬著棒棒糖，散漫道：「他不喜歡瞞妳，但是絕對不會主動告訴妳的。」

肖然瞇起眼睛道：「——星洲，老秦不喜歡談戀愛。」

許星洲一愣。

「他真的不喜歡，只有對妳才積極。」肖然莞爾道：「國中那種屬於小打小鬧，說白了他就是喜歡集郵而已——他十三四歲的時候覺得應該有個女朋友，所以談了兩個。」

許星洲：「……」

什麼叫應該有個女朋友，就談了兩個？

第一次見面時，秦渡的身邊就有女孩子陪著，後面還不知從哪裡來了個學臨床的，會「用橋本X奈的語氣喊他師兄」……這個學臨床的女生該不會還來醫院實習了吧……話說大學臨床實習好像都在這個醫院！秦渡跑到哪裡去了！

肖然：「……」

顯然提錯了水壺的肖然立刻道：「換一個話題。」

「換……」許星洲憋屈地道：「換一個話題吧……他人去哪了呀？」

肖然來了興致，故意道：「人去哪了不重要。」

「星洲，妳知不知道，老秦十五歲的時候，和他爸有過一個約定，以後不對人動手？」

許星洲一愣，莫名覺得肖然似乎是在影射什麼。

秦渡展現在外的模樣其實還挺好相處的，他架子不大，做事情效率超群，雖然有時候喜歡挖苦諷刺人，但是許星洲還是覺得他脾氣不錯，很溫柔。

他這種人——自以為是、高高在上，又聰明又銳利，活脫脫一個欠揍的菁英，許星洲第一面見到他時，雖然覺得他危險，但是她這輩子都想不到，秦渡這種一看就喜歡找打手的人……

許星洲試探地問：「師兄是……親自打人的嗎？」

肖然：「……」

肖然瞇起眼睛：「妳覺得呢？」

許星洲自己也覺得這個問題過於智障，不好意思繼續提了。

「把來挑事的那些人揍到住院都是常事。」肖然道：「他爸媽當年賠的醫藥費太多了。」

許星洲：「……」

「最過分的那次好像……」肖然沉思片刻，謹慎地說：「被他揍的那個挑事精好像住了三週的院……」

許星洲簡直嚇愣了，資深山大王想不到秦渡衣冠楚楚人模狗樣遵守社會規章制度的太子爺外表下還有一頭猛獸，她掙扎了一下，小聲道：「然姐放心，我、我以後盡量不惹他。」

肖然：「……」

大雨滂沱，灰暗天幕擰出雨水，大風將窗戶颳得咯吱作響。

許星洲安靜地睡在床上，是個缺乏安全感的姿態，肖然支持般地握著她的手。她的床前放著一束肖然送的香水百合和橙黃康乃馨，面孔仍白得像紙，她們身後的秦渡披著件藏青風衣，他個高腿長，手裡握著束含著露珠的花，走進來時鞋上還都是雨水。

肖然道：「……已經睡了。」

秦渡把自己訂的那束向日葵和黃玫瑰放在了許星洲的枕邊。

秦渡：「醒過？」

「醒過，醒了二十幾分鐘吧……」肖然想了想：「又撐不住，睡著了。」

「好像還在昏睡，剛剛護士說好像還有點缺氧，呼吸抑制什麼的……等等還不好的話還是要吸一下氧。看這個模樣，應該還得住院觀察幾天。」

秦渡酸澀地望著許星洲。

那女孩睡在花中，黃玫瑰落在被單上，太陽花抵在她蒼白的唇間。

肖然於心不忍地道：「老秦，她已經好很多了。」

「……妳說，」秦渡自嘲地笑了笑，道：「她以前沒有我的時候，是怎麼過來的？」

肖然：「……」

「孤家寡人，」秦渡沙啞道：「沒有家人……肖然，她爸爸只打過一次電話給她，問錢夠不夠用。」

肖然陷入沉默。

秦渡說：「——卻活得很好。」

「明明都這樣了，還是想體驗一切，想做很瘋的事情，」秦渡沙啞地道：「喝醉了就會很有正義感，我怎麼欺負她都會用最溫暖的方式看待我，說不了幾句話就開始笑，從她身上每個地方都能意識到，她活得又燦爛又美好。」

肖然眼眶也紅了。

秦渡說：「——像是我的鏡面人。」

「我怎麼都活不好，」秦渡忍著酸澀道：「所以上天把她送給了我，讓我照顧她，讓她好起來，給她她所沒有過的東西。」

肖然說：「老秦。」

秦渡：「嗯？」

「你打算怎麼做？」肖然說：「我是問你以後的打算。」

秦渡：「先讓她好起來。」

秦渡伸手去撫摸許星洲的眉眼，肖然注意到他指節破了皮，肖然相當熟悉這種傷口——秦渡發狠揍人時拳拳使指骨。

——他大概把那個人揍得不輕。

許星洲醒來時，已經快下午三點了。

秦渡坐在她身邊，他已經把自己的電腦搬過來了，靠在她身邊辦公。許星洲朦朧地透過向日葵花瓣看了他一下，小聲開口：「……是作業嗎？」

秦渡抬起眼睛，看了她一眼，道：「不是。」

那語氣，擺明了不太想讓她知道那是什麼。

於是許星洲新仇舊恨一起上心頭，伸了伸爪子，讓他過來。

秦渡不滿道：「妳是膠帶嗎。」

許星洲嘴硬地道：「我不是！」

秦渡拿著電腦靠到床邊，順從地讓她看著，螢幕上是些花花綠綠的圓形圖，許星洲看了一下，往秦渡的方向伸手摸了摸秦渡破皮的指節。

「師兄，」許星洲有點心疼地問：「今天摔跤了嗎？」

秦渡哧地笑出聲：「我都這麼大了。」

許星洲心疼地揉了揉秦渡的破皮處。

那動作極其輕柔，帶著女孩子柔軟溫暖的體溫，簡直撓在了秦渡的心上。

秦渡愜意地道：「我在看公司上季度的財務報表，暑假要用。」

許星洲：「實習？」

「差不多，」秦渡把許星洲抱在自己懷裡：「我畢業不出國也不讀研，暑假去自家公司學點東西，應該比深造實用。」

對哦，人家是可以繼承百億家產的，許星洲想起自己的實習崗位，實習的目的是三千塊的薪水，連稅都不用繳……又有點沮喪，感慨不同人不同命……

許星洲心塞地問：「是不是不讀研就只好回家繼承百億家產……你是要當秦總了嗎？到時候要叫你總裁？」

秦渡那邊，氣氛瞬間凝固。

許星洲卻渾然不覺：「話說回來了，師兄，其實我有話要和你說……」

秦渡頭都不抬地開了嘲諷：「話等等再說。許星洲，妳看妳那個Kindle裡的書看傻了吧。」

許星洲：「……？？？」

「……男孩子的泳褲下到底有什麼呢？」秦渡將電腦闔上，瞇起眼睛道：「總裁辦公室桌子上的鋼筆到底有什麼名堂？為什麼還會嗡嗡地振動？嬌羞的小神父到底為什麼牽動了妳的心弦？高H總裁文好不好看？」

許星洲：「……」

「我……」許星洲羞羞的祕密猝不及防暴露在外，羞恥到想哭：「……秦渡你是壞蛋嗎！我是真的有話和你說啊！」

她混沌一片的腦子完全不能接受自己的Kindle居然被秦渡翻了個底朝天的事實——這件事實在是超出了她的承受範圍，他到底為什麼要突然翻這個舊帳？

那時的許星洲還不知道答案。

秦渡終於開口道：「妳說吧，妳到底想說什麼？」

許星洲臉色通紅，小聲道：「……師兄。」

秦渡嗯了一聲，把許星洲往自己懷裡攬了攬，在她額頭上微微蹭了蹭。

「我覺得……」許星洲抱住他的脖子：「我還是去住院比較合適。」

秦渡：「……」

許星洲那一瞬間，明顯地感到秦渡的肌肉繃緊了。

窗外落雨淅淅瀝瀝，翠綠爬山虎被風撕扯了下來，濕淋淋貼在牆外。

許星洲想了想道：「……師兄，你以前和我提起過，你不想讓我去住院。但是其實住院也沒有你想得那麼可怕，周圍也不總是尖叫的人……我以前住院的時候也交了很多朋友，雖然後面復學之後作業太多就失去了聯絡，但是在我康復的那段時間，他們也給了我許多支持。」

秦渡冷淡道：「許星洲，這個話題我們明天再——」

「——我們現在說嘛。」可是他的小師妹抱住了他，有點要哭的意思：「師兄，我們現在說嘛。」

她像是缺乏安全感似的。

秦渡幾乎能感受到她溫暖的呼吸：那氣息穿過遙遠的山嵐與大海，溫柔地抵達他的門前。

「……師兄，我知道你為什麼不想我去住院。」

她貼著OK繃的手背上有些發青，是點滴速度過快導致的瘀血。那一定很痛，秦渡想，因為許星洲的皮肉是那麼生嫩。

「你怕我在那裡難過，怕我覺得自己被拋棄了，你覺得自己能看好我，讓我不覺得自己太過糟糕。我理解你是在保護……」

許星洲說話時有點語無倫次，秦渡豎起一根手指，示意她別說話了。

秦渡道：「妳理解，然後呢？」

許星洲微微一怔。

秦渡沙啞道：「許星洲，說實話，從昨天我找不到妳開始，我就在考慮這個問題了。」

「我哥也好，妳的醫生也好，」秦渡說：「他們反覆和我提起讓妳住院的事情，只是我一直沒有當一回事。」

秦渡說：「許星洲。」

許星洲愣著，抬起了頭。

然後他便不再說話，許星洲覺得胃火辣辣的，像是胃黏膜受損一般，也怕秦渡生氣不愛她了，於是紅著鼻尖鑽進了秦渡的懷裡。

秦渡把許星洲攬進懷中，溫暖掌心按在了女孩的腹部，揉了揉。

那小腹摸起來柔柔軟軟，卻涼涼的，像是怎麼都捂不熱一般。

「……我最終，沒能照顧好妳。」

秦渡說那句話時，幾乎像是在剜去自己心頭的肉。

秦渡應該是有許多事情要做的。

秦渡馬上就要大四了——那些要出國的早就已經考GRE考TOEFL，那些要參加秋招的也已經在人生的關鍵時期，他們急需輝煌的履歷和豐富的工作經歷來讓自己的人生更上一個臺階，而許星洲卻用自己的病，把那個天之驕子牢牢捆在了原地。

秦渡默認的那一瞬間，她甚至覺得心裡有種惡意的放鬆。

——妳看，他果然覺得妳拖累他了。

那個黑糊糊的許星洲縮在淤泥裡，這樣告訴躺在外面的許星洲。

——他喜歡妳沒錯，可是那句話妳沒聽過嗎——「妳能喜歡上一隻狗，卻不能愛上牠」。許星洲妳終究是外人，連妳的家人都不愛妳，秦渡也只是把妳當成一個普通的交往對象而已。

許星洲窩在床上，肚子一絲絲的疼，秦渡站在暗沉光線中，自己倒了杯水，一仰脖子，一飲而盡。

秦渡的太陽花隔在他們兩個人中間。

了。

許星洲忍著眼淚想，那就夠了啊。

還要什麼呢？能有一個叫秦渡的青年喜歡許星洲，願意在力所能及的地方給她支持就夠了。

這就好比一對情侶在高三報志願時沒有因為「所謂的愛情」而報同一所大學一般，秦渡也不過是在被拖累時，做出了最理智的選擇——連這種正常的事情都要鬧彆扭嗎？

她高中時，上一屆有一個叫丹楊的學姐。那個學姐瘋狂迷戀當紅流量影星何川，為了何川放棄普通升學考去學了戲劇，那簡直是千軍萬馬過獨木橋。許星洲當年還勸了半天，最終也沒有勸動，最終只得以丹楊學姐為反面教材，教育自己以後絕不能因為男人而放棄自己的未來。

結果到了現在……許星洲忍不住唾棄自己。

秦渡過了一下，道：「小師妹，後天就能出院了。」

許星洲埋在被子裡，乖乖地嗯了一聲。

「出院之後……」秦渡想了想又道：「師兄就送妳去身心專科醫院，妳還是于典海主任主治。他確實很有經驗，師兄相信他一定能治好妳。」

許星洲揉了揉紅紅的眼睛，心想：大道理我都明白，可是我還是好捨不得師兄呀。

秦渡：「……」

秦渡大約意識到了許星洲的沉默，奇怪道：「怎麼了？」

許星洲把臉埋在被子裡，半天悶悶地、帶著哭腔說：「……師兄，我肚子痛。」

許星洲身為一個資深人渣，早就練就一身撒謊不臉紅的功夫，加上她肚子確實也有點不太舒服，因此此時那一聲「肚子痛」稱得上石破天驚並真情實感，極度令人動容。

於是秦渡順理成章地被嚇了一跳，生怕許星洲洗胃留下什麼後遺症，過來用手捂住了許星洲的小肚子。

許星洲演了一下肚子痛，有點演不下去，又小聲加碼：「師兄，比生理期來還要痛。」

秦渡心疼地道：「上次……上次疼哭了不是？師兄記得。」

秦渡揉按的力度恰到好處，手掌溫暖，手指修長，有種男人的堅實。

「嗯……」許小騙子舒服得瞇起眼睛：「師兄，肚子還痛。」

秦渡於是翻身上床，給騙子當人肉暖爐。

「知道疼就行，」秦渡一擰許星洲的臉：「還敢吃藥嗎？」

許星洲不回答，有點依賴地靠著秦渡。

上次發病的時候，許星洲想起，似乎從來不曾有人來探病。

那時她奶奶的葬禮已經結束了，從此這世間沒有楊翠蘭這個老人。

許星洲住院的近半年的時間裡，許星洲離開醫院，都是為了幫奶奶掃墓。

胡同裡的鄰居曾經來過，連隔壁炸菜丸子很好吃的阿姨都來了，他們買了一些水果給許星洲，盡到了身為鄰居的責任，後來他們便不再來。

許星洲的同班同學——那些和她追逐打鬧過的，一起回家的，在回家路上一起買炸雞柳和烤冷麵吃的同學們，被父母明令禁止去精神病院探病。後來他們課業繁忙，從此忘了班上那個因為憂鬱症休學的許星洲。

唯一固定來的，就是許星洲的父親——他一週大概會來一次。畢竟他是法定監護人，因此要來醫院繳錢，順帶盡一點父親的義務。他會買點吃的喝的給許星洲，有時候帶兩本書給她，也許也會坐著陪她說說話，但是大意就是「洲洲，我對不起妳」之類。

十九歲的許星洲躺在床上，想起那些她十四歲那年夕陽金黃的下午。

她發病時不願說話，床頭掛著防自殺防出走的標籤，隔壁床學日語的躁鬱症研究生破碎地唱著中島美嘉的〈曾經我也想過一了百了〉。而許星洲的生父坐在雕像一般的頭婚生女旁邊，坐立難安地等待一個瞬間。

——十四歲的許星洲清晰地知道他在等待什麼：他在等待離開許星洲，回到自己的家中的時機。

許星洲無法責怪他。

他只是不再需要許星洲這個女兒了而已。

她只是無論如何都無法原諒這個中年人，更無法原諒這對把她拋棄在世上的夫妻。

許星洲拽了拽秦渡的衣角，小聲道：「師兄。」

——師兄，我想和你講那些陽光燦爛的午後，那些支持我一路走來的病友。

睡在三十七號床的研究生姐姐是W大的高材生，學的是商務日語，她是雙向情緒障礙患者，低落時能一個星期不說話。可是她和我講過日本從沖繩而起的櫻花線，那櫻花線在人間四月時，從沖繩逐漸蔓延過萬里冰封的北海道，漫山野的櫻吹如雪；她和我講過W大的櫻花和參天的法桐，珞珈山的壯闊和校園傳說——她臨走前鼓勵那個國三的女孩走遠，再遠一點，因為這世上還有百年都走不完的遠方。

隔壁病房三十四號床的大叔，在患上妄想性障礙之前，是一名火車駕駛員。

……至少他是這樣告訴我的，說他曾經駕駛火車在草原上飛馳。大叔告訴我，他開火車時駕駛座外總有很美的雲，美得像他初戀情人的腰窩。他在十八歲離鄉的那年永遠失去了她，從此他的愛人變成了火燎過的雲，永遠地飛揚在了他的滾滾鐵軌之上。

那個大叔臨走前告訴小許星洲，語氣像是繡口一吐的半個盛唐：妳看，這世上哪有孤獨，連雲都是情人。

秦師兄，許星洲想和你講那些在她灰暗的人生中，將她支撐起來的人。

——可是，還有更重要的事情，要和他約好。

許星洲鼻尖微微發紅，小聲道：「師兄，住院以後，我如果叫你的話……我是說等你有空了的話，一定要來看我哦。」

秦渡想了一下，嚴謹道：「說實話，我覺得這個真的沒必要。」

許星洲那一瞬間鼻尖都紅了，幾乎就要落下淚來。

秦渡伸手擰了擰許星洲的鼻尖，揶揄道：「妳是屬年糕的嗎，黏著我就不放了，看在妳這麼甜的分上，我答應妳，盡量吧。」

能「盡量」就好了，許星洲被捏出鼻水的時候，這樣告訴自己。

秦渡至少沒有騙人。他如果騙許星洲「我保證隨叫隨到」才是最糟糕的——與其給一個不打算兌現的諾言，還不如從一開始就把幻想戳破。

可是還是好想哭啊。

許星洲拚命憋著眼淚，鑽進秦渡的懷裡，並趁著現在還能朝夕相對，摸了摸師兄的胸肌。

秦渡：「……」

許星洲淚眼朦朧地摸完，中肯地評估：秦渡真的賠本，他的胸肌好像比許星洲本人的胸大。

程雁來探病時，許星洲正在睡覺。

許星洲藥效殘留，如今就算吃抗焦慮藥都能睡得很，因而連程雁的一面都沒見到，醒來時只看到程雁留給她一打她課上記的重點，和買來探病的周黑鴨的——空殼，包裝上是魷魚和鴨翅。

許星洲：「……」

秦渡吮了吮塑膠手套上的醬道：「沒想到啊。以前怕麻沒吃過。還挺好吃的。」

嗜辣如命的許星洲，看著那兩個被拆開的盒子，再看看正在扯鴨翅上的肉絲的秦渡，登時如遭雷劈。

他居然能吃？吃了兩盒？一點都沒剩？說好的上海男人不能吃辣呢！

許星洲最喜歡吃鴨翅和魷魚，一看就知道程雁是專門買給她的，居然被秦渡吃了個精光，此時，許星洲護食的眼淚都要出來了。

秦渡靠在窗邊，把鴨翅拆了，片刻後瞇起眼睛：「妳要幹什麼？」

「師兄，」許星洲可憐地搓了搓爪子，露出懇求的姿態：「師兄。」

許星洲這幾天只吃醫院的病人營養餐和秦渡訂的稀粥小菜——他訂的拍黃瓜連蒜都沒放，醋裡還得兌點水，許星洲上次還看到外送單子上掛著「淡一點，再淡一點，不要調味料」的備註。因此，她此時看到周黑鴨，和看到路邊可以隨便親親的漂亮小妹妹也沒有兩樣。

許星洲可憐兮兮地看著他，竭力使沒什麼屁用的美人計。

秦渡捏著鴨翅過來，高高在上地道：「——張嘴。」

許星洲乖乖張嘴，含住了……秦渡的手指。

許星洲：「……」

許星洲：「？？？」

秦師兄被許星洲含著指頭，惡意地、捏捏小師妹的舌尖：「——黑鴨重油重辣，師兄吃和妳吃是一樣的。」

許星洲：「……」

秦渡大約又覺得女孩好欺負，故意往她嘴裡戳了戳手指。那場面又色情又萌，許星洲像是被欺負愣了，唇裡含著秦渡的兩指，他手套上的辣油還蹭在女孩的臉上。

辣油會疼，秦渡正準備幫她擦一擦呢——

許星洲想起臨床小學妹又想起那句石破天驚的「我盡量來看妳」，說不介意是不可能的，說能原諒簡直就是放屁，他居然還敢騙人！

此時新仇舊恨一併湧上心頭，於是她毫不猶豫地咬了下去。

醫院走廊人來人往，金黃璀璨的陽光落在花崗岩地板上，映著來往交錯的人影。下班的年輕住院醫師們從便利商店買了咖啡，打打鬧鬧地擠著走了。

單人病房外，秦媽媽疑惑地道：「……兒子？」

秦渡：「……」

「你的手……」秦媽媽猶豫了一下，問：「你手怎麼了？」

秦渡兩根手指被咬得流血，尷尬地關上門，道：「搶……搶食搶的。」

秦媽媽頓了頓，小聲道：「兒子，不能不給人家東西吃啊。博濤那天還告訴我你對人家小女生特別小氣……」

秦渡：「……」

「她現在怎麼樣？」秦媽媽擔心地問：「睡著了的話媽媽看一眼，沒睡著的話就不太合適了……應該沒有危險吧？」

「現在沒有了，明天出院。」

秦媽媽：「……那就好。」

「醫院這邊的伙食不好。」秦媽媽比秦渡矮了足足兩個頭，她一邊從自己的書包裡往外掏東西一邊對秦渡道：「小女生又要護胃，又要補充營養，還得鎮定安神。我讓張阿姨煮了點能提味道的病人餐和小點心，讓她不要餓著自己。」

秦媽媽抬起頭看著秦渡的眼睛道：「可是，兒子，媽媽擔心她，不代表媽媽認可。」

秦渡停頓了一下，慢吞吞道：「……曉得。」

他們之間甚至連凝固的氣氛都不曾有。

「好了，東西送完了，」秦媽媽拍了拍自己的包，笑咪咪地說：「媽媽走啦！去圖書館還書，明年三月還要考博，零基礎，還有點慌。」

秦渡：「啊？」

秦渡莫名其妙道：「又考……媽，這次考什麼？」

「考個人文社科類的吧，」秦媽媽笑咪咪道：「最近媽媽看了不少書，覺得挺有意思的，人到這個年紀腦袋就不太好用，搞不動自然科學了，怕延畢。」

秦渡：「……」

然後秦媽媽把沉沉的包背在肩上，揮了揮手，走了。

她身後，滿地的夕陽。

秦渡知道，姚汝君根本不可能認可許星洲。

他的星洲年紀甚至都不到二十歲，不過十九歲，秦渡也不過二十一。她自幼失恃，脆弱得可怕，而他的母親只見過許星洲一面，還是她最崩潰的時候。

秦渡拿著保溫桶開門，許星洲正踩著拖鞋站在床下，紅著眼眶，愣愣地道：「……我還……還以為你走了。」

秦渡有點好笑：「我走？做什麼？」

許星洲眼眶微微有點發紅，不說話。

秦渡在許星洲頰上吻了吻，把保溫桶一揚，道：「吃飯了。」

他是不是忘了呀。

許星洲被他抱在懷裡時面頰緋紅，心裡卻有種說不出的酸澀。

秦渡應該是忘記了，他需要給我一個答覆吧。

可是這種東西，終究是強求不來的。

——畢竟我不能指望貓變成烏鴉，也不能指望秦渡像愛自己的眼珠一樣愛我。

許星洲被秦渡抱起來時，有點難過地心想。

秦渡將保溫桶打開來。

保溫桶裡溫著一碗燉得乳白的人參老雞湯，佐以蛋絲和竹笙，又以白胡椒提了味，朱紅枸杞飄在高湯上，令人食指大動。主食是瀝了水的龍鬚麵，還有幾樣用香油調的小菜。

許星洲哇了一聲，忍不住擦了擦口水。

秦渡：「……咦。」

許星洲小聲問：「好好吃的樣子……誰給的呀？」

秦渡莞爾道：「啊。我媽送過來的。」

許星洲又擦了擦口水：「幫我和阿姨道謝喔，雞湯好香，看在雞湯的分上原諒你搶我的周黑鴨吃這件事了！」

秦渡忍不住就想捏許星洲兩把，道：「妳胃疼還敢吃？」

許星洲拒不回答，坐在床上，拿了筷子，把雞湯倒進龍鬚麵裡拌了拌。

許星洲嘗了一點雞湯，簡直感動落淚，道：「太好吃了吧——你家阿姨手藝真好。」

秦渡嗤地一笑：「我家阿姨？」

許星洲一愣：「不是你家阿姨做的嗎……？」

秦渡用湯匙舀了點湯，餵給許星洲，漫不經心道：「是嗎。」

「我以前住院的時候，也喝這個。」秦渡用紙巾幫許星洲擦了擦嘴角，一邊擦一邊道：「很費時間，要煲很久，火候也很重要。我家阿姨不會。」

許星洲怔了怔。

「多喝點吧，」秦渡忍笑道：「那位不願意透露姓名的姚女士忙著申博，時間寶貴得很。」

許星洲出院時，是個陽光燦爛的好天。

醫院門診大樓外車水馬龍，大雁長唳掠過天穹，月季花花期已盡，花瓣委頓一地。秦渡拎著藥與肖然和自己送給許星洲的花，許星洲悠悠地走在他的身後。

近六月的日子，地上金晃晃的都是太陽。

「去了身心專科醫院呢，」秦渡被大日頭曬得出汗，道：「在那裡要乖一點，好好吃藥好好治療，師兄等等有事，入院評估就不陪妳了。」

秦渡已經朝夕不離地陪了許星洲三天，肯定壓了不少事要做。許星洲乖乖嗯了一聲，離開門診的陰涼，一腳踩進了陽光之中。

那感覺陌生而熟悉，像是被溫暖的火苗舔舐。

「我……」許星洲恍惚道：「是不是很久……」

我是不是很久沒有走在陽光下了？

秦渡像是知道許星洲在說什麼：「是吧？之前我怕妳出去不舒服，沒帶妳出去溜達過，這麼一算，妳還真是蠻久沒出門了。」

許星洲點了點頭：「嗯。」

秦渡一手幫許星洲的臉遮住了太陽。

「曬太陽是挺好的。」秦渡嘲道：「但妳沒塗防曬霜，我可不想回去聽妳對著鏡子哼哼唧唧我是不是曬黑了——快走，我現在等不及擺脫妳。」

許星洲：「……」

許星洲心裡酸酸地說：「那你現在擺脫我吧，我自己搭計程車——」

秦渡一把把許星洲摁在了自己懷裡。

他在女孩額頭上親了親，壞壞地道：「我不是開計程車嗎？還想去攔車，妳就是黏著師兄不放。」

然後他拎著許星洲的行李，一手緊緊攬著自家女孩，拉開了自己的車門。

許星洲被計程車三個字堵了許久，費盡心思想反擊，終於功夫不負有心人地找到了秦渡目前的軟肋。

「可是，你三天沒洗澡。」

許星洲靠在秦渡胸口，嚴謹地說：「我是不會黏你的。」

秦渡一路上安靜如雞，終於不再說騷話了。

畢竟那句三天沒洗澡給這位騷雞師兄帶來的打擊太大，他變得極度敏感，甚至把許星洲塞在了自己的車後座上。他和許星洲寸步不離地待了三天三夜，只有買飯的時候會稍微離開片刻，說他三天沒洗澡還真沒冤枉他。

他們到了身心專科醫院後，于典海主任帶著他們辦了入院手續，與他們一起買了些能用上的東西——盆、牙膏牙刷、少許洗漱用品，大多是特供的——他們的病人無法排除傷害自己或他人的傾向，原則上必須院內購買。

然後，于主任帶著他們穿過長長的、灑滿陽光的走廊。

「病人要離開醫院的話，」在那長長的、落滿陽光的走廊之中，于主任對秦渡道：「絕對不允許私自離開，至少要通知我一聲，由我，也就是主治醫生來判斷情況，判斷的權力在我身上。」

秦渡抱著一大包病人服和生活用品，許星洲亦步亦趨地跟在他的身後，他們身前的陽光金黃燦爛。

于主任直視著秦渡，重複道：「……判斷的權力在我這裡。」

秦渡單手牽著許星洲的手指，與那個穿著白大褂的醫生視線相對。

「秦先生，您把患者交到我手裡——」那個四十七歲的、行醫二十餘年的，戴著眼鏡的小個子醫生說：「是因為相信我作為醫生的判斷和學識，相信我的醫德和精誠，相信我的判斷，因而願意將她的健康託付給我。」

秦渡：「是的。」

「所以，」于典海笑了笑：「我學弟告訴我，秦先生您浪慣了，我只希望您別帶著患者亂跑。」

秦渡笑了笑，晃了晃與他的星洲相勾的手指，表示認可。

許星洲抬起頭，不好意思地揉了揉自己的鼻尖。

「我們正經醫生，永遠不會把保證治好這四個字掛在嘴邊，那是莆田系[7]的活。」

于典海推開臨床心理科病房區的玻璃門。

「我們正經醫生，」于典海道：「考慮的是病人的預後，他們日後的生活品質，他們的復發率和康復率。」

下一秒，于典海被一個橡皮球砸中了腦袋，那皮球正中他的鼻梁，把他的眼鏡砸掉了。

秦渡：「噗哧。」

許星洲：「……」

7　莆田系，來自福建省莆田市的從業者經營的民營醫藥體系，利用虛假宣傳包裝假醫生的形式，向輕症患者誇大或虛構病情，以不必要的假醫療行為斂財。

于典海把眼鏡撿了起來，回頭看向這對小情侶。

秦渡：「我……」

「秦先生，我忘了說了，我們現在沒有單人病房，」于典海打斷了他道：「許星洲患者入院太晚了，近期特殊病人又多，我們近期單人病房完全沒有空餘。」

秦渡：「……」

誰要住單人病房啊！許星洲有點開心地說：「好耶！我最喜歡集體……」

「——無論如何，」秦渡直接摁住了許星洲的頭，簡直用上了施壓的語氣：「無論如何我都要一間單人病房，不能協調一下？」

許星洲比他還不爽：「秦渡你憑什麼幫我下決定！誰要住單人病房啊！你要住自己去住！」

秦渡不容反抗地摁著許星洲的頭道：「單人病房。」

許星洲下手撓他爪子，喊道：「病友！」

秦渡：「病你媽個頭，單人病房。」

……探病「盡量」來，牆則要頻繁爬，不僅看上了橋本X奈，還跟臨床醫學院的糾纏不清，摁自己頭絕不手軟，親親抱抱倒是積極。

許星洲大喊：「單人病房個屁股！我要病友！可愛女孩子的那種！」

秦渡眉頭一擰：「許星洲妳還敢——」

于典海：「噗哧。」

秦渡：「……」

「單人病房真沒有了，許星洲患者入院太晚，已經被用完了。」于典海正經地道：「我以前還試著幫您預留了一間……等有出院的病人我再幫您協調吧，反正秦先生您還能回家住，病房原則上不歡迎……」

秦渡：「……」

秦渡羞恥道：「靠。」

然後他在許星洲頭上一摸，說：「我先走了，等我忙完了再說，在這好好吃飯。」

許星洲和護士抱著兩束花和七零八碎的生活用品，推門進入病房。

午後金黃燦爛的陽光落在空空的十五號床上。這張床靠著窗，只是怕病人翻窗逃跑。外面架了老舊的護欄，爬山虎投下濃密的陰涼。

許星洲好奇地看了看隔壁病床，隔壁床是一個套著病人服的老太太，另一張床空著，床頭櫃上還有個把吸管咬扁了的病友是出去玩了。

她病情遠稱不上嚴重，因此住在開放病房區，理論上是可以去隔壁散步的。

那個老太太看到許星洲就笑，笑得像個小孩子，問：「小朋友，妳怎麼抱著兩束花呀？」

許星洲笑了起來，道：「一束是朋友送的，一束是……嗯，應該算是男朋友，他前幾天送的。」

「啊呀厲害，」那個老太太開心地說：「小朋友妳還有男朋友？男朋友在哪裡？」

許星洲抱著向日葵莞爾道：「不曉得。泡到手就不要了，說是現在跟著我的主治去辦什麼陪護證還是什麼的，反正我也不太懂……」

然後許星洲深呼了一口氣，總結道：「……總之，反正我決定不要太指望他。網路上說的對，男人都是大豬蹄子，他也不例外。」

老太太從床上坐了起來。

她頭髮花白，臉上都是歲月風吹日曬的刻痕，裡面穿了件洗得發白的卡通T恤，眼神卻猶如孩子一般澄澈。

許星洲把東西放下，身強力壯的護士又把東西幫她攏了攏，還體貼地把肖然送的那一把卡薩布蘭卡插在了飲料瓶裡。

老太太道：「小朋友。」

許星洲捨不得鬆開秦渡送的向日葵，把向日葵摟在懷裡，茫然地問：「嗯？」

「妳，睡的那個十五號床，」老太太神神祕祕地，講鬼故事一般道：「病人上週死了。」

許星洲：「……」

「妳不知道吧，」老人笑咪咪地說：「她死的時候我還見到了最後一面……」

護士喝道：「夠了！別嚇唬新來的小女生。」

老太太悻悻地閉了嘴。

然後那個護士又轉過頭對許星洲道：「鄧奶奶喜歡嚇人，別被嚇到。」

許星洲：「這有什麼好怕的。我還活著呢。」

護士忍俊不禁：「什麼啊……行吧，反正上一個十五床的已經康復出院了，祝妳也早日康復。」

許星洲道了謝，抱著自己的小包和向日葵，坐在了床上。

那個老太太——鄧奶奶，恐嚇許星洲未果，可能是覺得無聊，又挑事道：「小朋友，妳男朋友是什麼人啊？」

許星洲抱著向日葵，想了一下，道：「很厲害的。」

「他做什麼都超級厲害，」許星洲認真地說：「全國數學競賽金牌，金牌保送我們學校。家裡也很有錢，長得很帥，個子一百八十……我不知道，總之比我高一個頭，是我學長。」

鄧奶奶：「不錯嘛，他不陪妳來嗎？」

許星洲心平氣和地說：「他忙，可是以後會來看我的。」

渣男宣言。

「這是什麼屁話，」鄧奶奶不高興地表態：「男人說的話能算數，母豬都能跑上樹，網路上說的對，男人都是雞子棒槌。」

許星洲：「……」

比大豬蹄子還過分啊！

可是這個孩子般的老人卻有種莫名的、讓人放心的特質。

許星洲吐槽道：「我讓他有空了來看我，他跟我說盡量——盡量是什麼鬼啊！什麼叫盡量。好吧其實我也理解他要做的事情一堆一堆的……」

奶奶一拍桌子：「男人就是靠不住！」

「靠不住！」許星洲大聲應和，義憤填膺：「我對男人很失望。他居然還想讓我住單人病房……」

鄧奶奶又找碴般道：「小朋友，遇到這個不願意來看妳的對象，是不是不太願意治了？」

許星洲微微愣了一下。

「我是說，」鄧奶奶慢吞吞地摸出自己的圖畫本和彩色粉筆，「放棄多輕鬆啊，反正都遇到那種對象了，出去也是糟心，在裡面還有人表演尖叫雞給妳……」

隔壁病房，恰到好處地響起一聲慘絕人寰的尖叫。

許星洲：「……」

許星洲望向窗外金黃的蔓藤，小操場上，單槓在夕陽中金光閃耀。

有瘦弱的、穿著病人服的男孩撐著那根單槓晃晃悠悠，片刻後將臉貼在了單槓上，猶如委頓又鮮活的白楊。

——那是「活著」本身，是野草焚燒不盡的頑強，星火燎過的荒野。

她與世界之間的那層薄紗，終於破開了一個洞，漏進了一絲金黃的陽光。

許星洲抱著那束向日葵，認真地開了口。

「奶奶，就算沒有他，」她說，「我還是會治下去。」

就像之前的每一次那樣。

許星洲會跌進深淵。

可是只要她沒有粉身碎骨，就會抓著岩石向上攀登。

許星洲會爬得滿手血痕，反覆摔落谷底，疼得滿嘴是血——但是當她爬到半山腰時，會看到漫天溫柔星河。

然後，許星洲就會想起自己的夢想。

要活到八十歲去月球，要擁有一顆自己的星星，要去天涯海角留念，還要去世界和宇宙的盡頭冒險——這世界這宇宙如此大而廣袤，同時這麼值得去愛。

因此要體驗了一切，再去死。

✧

有偉人說：「厥詞好放，屎難吃。」

許星洲滿懷雄心壯志地表達了對自己治療的期望，下午吃完了病人餐，就有點後悔了。那病人餐比F大附院的飯還難吃，甚至比秦渡訂的沒有味道的外送還糟糕，米飯焦成一團，菜倒是煮得生生嫩嫩，一口咬下去都是草味，里肌能當凶器，許星洲吃得猛男落淚，又想起自己的實習，想起自己的期末考試，整個人都鬱鬱寡歡了。

十三號床的高中生終於回來了，他抱著個Switch，看了一下躺在床上的許星洲，莫名其妙地問鄧奶奶：「奶奶，這是新病友？憂鬱症？」

「好像是吧。」鄧奶奶一邊畫畫一邊說：「剛來的時候好好的，活力十足，還和我罵了半天男人都是雞子棒槌。」

高中生：「……」

高中生十分懷疑「雞子棒槌」的真實性，猶豫道：「那這、這是因為男人變成這樣的嗎？」

鄧奶奶連頭都不抬：「不是。因為一塊里肌。」

高中生：「……」

高中生說：「我能理解。」

過了一下，那個高中生又問：「那……她抱著那個向日葵幹嘛？」

鄧奶奶一邊亂塗亂畫，一邊道：「因為男人。」

高中生：「……」

許星洲抱著被她揉得皺皺巴巴的向日葵，有點心塞地想秦渡到底去哪裡了呢，他到底知不知道我在這裡已經被病人餐虐待了。

鄧奶奶笑嘻嘻地說：「向日葵插進瓶裡吧，小妹妹。」

許星洲倔強地把向日葵往懷裡摟：「不！」

「看看。」鄧奶奶說：「為了個男人——為什麼不插進去？花都蔫了。」

許星洲感到委屈。

她一邊和自己鬧彆扭一邊想：憑什麼讓我插進瓶子裡，我一定要抱在懷裡才行！

話說他到底為什麼還想讓我住單人病房……

許星洲還沒嘀咕完第三句話，病房門就吱呀一聲開了。

爬山虎映在牆上，暖黃的陽光裹著許星洲和她懷裡蔫巴巴的向日葵，原先新鮮的黃玫瑰已經被太陽曬了整天，一動就掉花瓣。

她連頭都不想回，心想應該是護士發藥。

然而那並不是護士，許星洲接著意識到，是秦渡進來了。

他應該是回去洗了個澡，又刮了鬍渣，一條寬鬆的國潮褲，頭髮向後一梳，一頭短髮還紮了個小髻，猶如落魄而色情的修士，騷氣爆棚。

許星洲：「……」

秦師兄把行李箱一放，許星洲把向日葵一腳踹開——太丟臉了，只以為他是回去幫忙收拾行李的，不好意思地說：「師兄你有沒有幫我把小黑帶來——」

秦渡：「什麼都沒幫妳帶。」

接著秦渡從行李箱裡拿出電動刮鬍刀、潔面慕斯、他的家居長褲和短袖、眼罩和牙刷牙膏，襪子和內褲，合適的換洗衣物，把許星洲的櫃子擠占得滿滿當當。

許星洲：「……」

許星洲愣愣道：「？？？你不是回去幫我拿東西了嗎？為什麼要來我這裡走T臺？」

秦渡極度憤怒：「T妳媽。」

他似乎不爽到了極點，環顧了一下周圍——靠牆的床上是正在打遊戲的焦慮障礙高中生，中間的床則是個病名不明老奶奶，兩個人直勾勾地看著他，片刻後，高中生抵不住秦渡這種 top player 的目光，焦慮地將 Switch 摔了。

於是，秦渡終於高傲地坐在了許星洲的床上。

許星洲：「……」

怪不得他非得住單人病房。

——人活著真好啊，許星洲想，活的時間長了，有生之年還能看到秦渡吃這種癟。

玫瑰色的風吹過窗外的藤蘿。

許星洲抱著一個裝滿色紙的小籃子，怔怔地看著窗外。她這幾天沒有安眠藥吃，此時又睏又睡不著。

秦渡的電腦留在床旁桌上，一堆雪白的影印紙——訂書針被秦渡摳去了，就這麼七零八落地散著。

桌旁收音機音樂臺放著歌，許星洲把自己摺著玩的東南西北放下，向外看去。外面小操場空蕩蕩，秦渡似乎不在醫院，他回學校交結課作業了。

期末考試的季節悄然來臨，許星洲自己都不確定自己能不能趕得上，如果趕不上大概就要重修——下一學年繼續。

她想了一下，把秦渡的電腦打開，回了封郵件給自己實習單位的HR，感謝了這次實習機會，並明確說了自己因為身體情況突然惡化的原因，無法報到入職了。

要好好治病。許星洲想。

要從情緒的深淵爬上來，重新回歸原本的自己。為了這目標，她將付出的時間、考試和實習的機會都是次要的。

許星洲又坐回床上，閉上眼睛。

于典海醫生在許星洲入院後，幫她換了一套醫囑，藥效比之前還強，許星洲吃了藥便無法思考，渾身軟綿綿的像是被裹在雲裡。

鄧奶奶說：「我要聽情感熱線。」

許星洲一動不動。

隔壁狂躁病人開始唱歌，卻並不討厭。許星洲不覺得自己清醒，卻也不想睡覺，這歌聲猶如連接睡夢中的她和現實的橋梁，她昏昏沉沉聽了片刻，護士就推門走了進來。

「許星洲患者，」護士端著治療盤道：「幫妳打針。」

許星洲點了點頭。

這裡的生活作息極其規律，治療時間也是固定的，許星洲在固定的時間吃下固定的藥物，就能陷入無夢的黑暗。

收音機裡一個播音腔的男人字正腔圓地賣著藥酒，許星洲抱著小收音機伸出前臂，那個護士看了一下，道：「換隻手吧。」

許星洲的左手又青又黃，滿是紅紅的針孔，她在附院住院時就沒打靜脈留置針，這幾天下來保守估計也扎了五六針，看起來相當淒慘。

「換隻手吧，」老護士和善地道：「小女生皮嫩，要不然手就被扎壞了，以後不好看。」

怎麼能不好看了呢。許星洲在雲霧中想。

以後還要用這隻手寫字，用它牽手，和它一起走遍天涯，拍一堆漂亮的 LOMO 照片，還要用它按下拍立得的按鈕。而且左手是用來戴戒指戴手串的。

於是許星洲配合地將病人服拉了上去，露出了右臂。

許星洲隔壁病房的那隻尖叫雞——那個絲毫不消停的，又是唱歌又是喊叫的狂躁患者，在許星洲入院的第三天，惹出了大亂子。

下午兩點，天昏昏欲眠，藤蘿也垂下了枝蔓。

那時候秦渡不在醫院，他導師找他有事，上午就走了。許星洲一個人坐在房間裡折小兔子。隔壁床的鄧奶奶出去電痙攣治療，就在那時候許星洲聽見了一聲劇烈的慘叫。

「啊啊啊！」那男人暴怒大吼：「放我出去——放我出去啊——我在裡面會死的，真的會死——」

那聲慘叫稱得上撕心裂肺！

接著塑膠盆摔在地上，人扭打在一起，年輕的主治醫師大概被咬了一口，疼得痛呼一聲！

牆的那邊摔盆子摔碗的聲音持續了足足半分鐘，終於安靜了。

大概是狂躁發作，被捆起來了吧，許星洲想。

這種事實在是太常見了。

憂鬱症患者鮮少需要捆綁，但是狂躁患者卻與他們正相反，他們頻繁發作時一週被捆好幾次都是常事。

——狂躁患者發病時情緒高漲，心情極佳，自我感覺極度良好。

他們積極社交，自我評價相當高，卻極度易激惹，伴有幻覺時極其容易傷害到別人，堪稱社會不安定因素。

許星洲在床上抱著自己摺紙的籃子，小籃子裡裝著摺得歪七扭八的小東南西北和兔子，她愣了片刻，又覺得十分好奇，忍不住趿上了拖鞋，出去一探究竟。

那騷亂實在是驚天動地，在大多數人都沒什麼事好做的開放病房區裡至少支撐得起一下午的病人交談。許星洲穿著睡衣，剛從自己的病房裡走出來，就看到了走廊裡，那些有餘力的老老少少都在探頭朝外看。

走廊中，那年輕的醫生衣領都被扯鬆了，手臂被咬了一個牙印，疼得齜牙咧嘴，痛苦道：「……我遲、遲早要把他送到別的病房區……」

那個醫生抽了張紙巾，將那個血淋淋的牙印上的血水擦了。

許星洲好奇地看了那醫生一眼，然後抱著自己的小紙籃，推開了那間病房的門。

門推開時，滿地被摔的塑膠盆，盆有些都裂了，靠窗的那張床上捆著一個年輕的男人──前幾天的尖叫雞。

尖叫雞身量挺小，大概也就一百七十三四的身高，然而長相俊秀，眉毛曾經精心修剪過，如今已經長雜了，一頭染成熟灰的短髮此時汗濕地貼在額頭上。許星洲看見他床邊放著一把吉他，那把吉他上貼滿了爆炸般的字母貼紙。

許星洲覺得有點意思，這是一個在入院時會攜帶吉他的男人。

他狂亂地抬起頭望向許星洲，威懾般吼道：「放開我！」

許星洲想了想，對他鎮定地說：「我做不到。」

「我做不到，」許星洲看著他的眼睛，說：「你是因為生了病才會被捆起來的。」

生病的尖叫雞連聽都不聽，暴怒地不斷扭動，擺明了要掙脫捆住他的約束帶。這動作許星洲見過許多次，可是大概連巨石強森都無法成功。

然後許星洲從自己的籃子裡拿出了一個東南西北，放在了尖叫雞的床頭。

許星洲喃喃自語：「我也是因為生了病，才會在這裡的。」

「我們的身上，到底有什麼呢？」

許星洲看著那個正在震耳欲聾地大吼的人，自言自語道。

「──會讓我們這麼痛苦的東西。」

許星洲眼眶發紅。

「讓我們絕望的東西，將觸怒我們的心結……令我們失控的閥門，通往深淵的鑰匙。」

那個人抬起頭就要咬她，許星洲動作還有點遲緩，差點被咬了手。

「……尖叫雞，我送你一個我摺的東南西北，」許星洲鼻尖酸楚地說：「等你不打算亂咬人了，可以拿著玩。」

晚上六點半，是他們科病房裡固定的看電視時間。

住院病人的作息非常規律。

許星洲吃了藥，整個人智商下降十個百分點，津津有味地看著電視機裡的天雷現代偶像劇《活力四射姐妹淘》，不時樂的咯咯笑。

秦渡考試迫近，也不像平日那麼欠揍了——此時他攤了一部稅務法，鼻梁上架著金邊眼鏡，靠在許星洲的床上看書——他喜歡用的削尖了的木枝鉛筆配計算紙統統沒有，如今他為了遷就本院的規矩，手裡轉著一支木質自動鉛筆。

許星洲看著電視，再加上藥效，暈暈乎乎的，半天又迷迷糊糊笑了起來。

秦渡心理有點不平衡道：「妳不複習？」

許星洲躺在床上，安詳地回答：「不，我要好好康復。」

秦渡瞇起眼睛：「期末考試……」

許星洲說：「都不知道能不能考。」

「只要能康復，」許星洲看著電視，認真道：「無論是休學還是實習，這些代價我都能支付。」

秦渡笑了起來，莞爾道：「很有力氣嘛。」

許星洲模糊地說：「我最近覺得好多了。」

「雖然有時候還是不想說話……」許星洲抱著被子，瞳孔裡映著色彩繽紛的電視螢幕。

「可是，和以前不一樣了。」

「我現在覺得，我是能堅持下去的。」

秦渡放下自動鉛筆，隔著鏡片望向許星洲。

許星洲又不好意思地說：「所以，師兄，你別擔心啦。」

「以前都不願意和師兄說這種話，現在倒是挺好的。」

秦渡伸了個懶腰，朝許星洲處一瞥。

「──如果是迷魂湯的話，師兄就揍妳。」

許星洲笑得眉眼彎彎地嗯了一聲，鑽進了被子裡，乖乖去睡覺。

秦渡湊過去和她親了親，關了床頭燈，不再看書，躺在她身邊。

──她上次發病也是這樣嗎？

在黑暗中，秦渡想。

就這樣──自殺自毀自棄，卻又從廢墟裡掙扎著重新站起。

渾身是血地重新生活，逐漸變得樂觀又燦爛。

然後呢？又會像秦渡初見許星洲時那樣，去等待那不知何時會墜落的長劍再度穿透自己年輕的胸膛嗎？

──《我還沒摁住她》02完──

高寶書版集團
gobooks.com.tw

YH 176
我還沒摁住她（02）

作　　者　星球酥
封面繪圖　虫羊氏
封面設計　虫羊氏
責任編輯　楊宜臻
內頁排版　賴姵均
企　　劃　何嘉雯

發 行 人　朱凱蕾
出　　版　英屬維京群島商高寶國際有限公司台灣分公司
　　　　　Global Group Holdings, Ltd.
地　　址　台北市內湖區洲子街88號3樓
網　　址　gobooks.com.tw
電　　話　(02) 27992788
電　　郵　readers@gobooks.com.tw（讀者服務部）
傳　　真　出版部(02) 27990909　行銷部 (02) 27993088
郵政劃撥　19394552
戶　　名　英屬維京群島商高寶國際有限公司台灣分公司
發　　行　英屬維京群島商高寶國際有限公司台灣分公司
法律顧問　永然聯合法律事務所
初版日期　2024年11月

原著書名：《我還沒摁住她》由北京晉江原創網絡科技有限公司授權出版。

國家圖書館出版品預行編目(CIP)資料

我還沒摁住她/星球酥著. -- 初版. -- 臺北市：英屬維京群島商高寶國際有限公司臺灣分公司, 2024.11
冊；　公分. --

ISBN 978-626-402-123-4(第1冊：平裝). --
ISBN 978-626-402-124-1(第2冊：平裝)

857.7　　113016523